금객

[恭愍王琴]을 생각한다!

금객

琴客

이호철 장편소설

창작시대사

구름 같은 벼슬 따윈 급급할 바 아니라서…

대개 02시 30분경에 노트북을 연다. 몇 시간 앞서 물을 큰 잔에 가득 채워 마시고 잠자리에 들었기 때문이다. 다음은 심호흡과 동시에 수덕사에 수장돼있는 '공민왕 거문고'를 생각한다.

공민왕 거문고의 주인은 육교(六橋) 이조묵(李祖黙)이었다. 이조묵은 어린 나이에도 불구하고 조선 최고의 골동서화 수장가로 거문고를 사들였다. 거문고와 악보를 빙허각 이씨와 시동생이며 제자인 풍석 서유구의 감정으로 진품임을 재확인했다. 또한 어느 누구도 왕의 거문고에 손대지 못하던 일을 해냈다. 길일을 잡아 거문고에 새겨진 '恭愍王琴' 금명과 함께 내력을 쓴 찬문이 이조묵의 친필이며 아로새긴 각자도 본인의 솜씨다. 끝내 거문고는 대원군 이하응에게 넘어가 손자 의친왕 이강이 만공스님에게 시주하여 오늘에 이른 것이다.

공민왕은 노국공주가 난산으로 숨지자 슬픔에 겨워해 석상자고동으로 거문고를 만들었다. 공민왕은 노국공주의 죽음을 다스리지 못하고 거문고에 매달려 위안 삼았다. 결국 왕조가 파국으로 치달았다. 고려의 마지막 군주였던 공양왕이 거문고를 끌어안고 혁명군에게 참살당한다.

나라가 바뀌자 피 묻은 거문고와 악보의 주인도 바뀌었다. 거문고는 이방원이 두문불출하던 맏형인 진안대군 이방우에게 보냈다가 퇴짜를 맞았다. 다시 회유책으로 동문수학한 고려인 야은 길재에게 보냈으나 속셈을 알아챈 벗은 선물을 미련 없이 돌려보냈다. 세종이 총애하던 박연에게 국악을 연구하라고 거문고를 주었으나 아들이 '단종복위거사'에 가담하자 연좌되어 세조에게 빼앗기고 말았다. 거문고는 광해군과 인조를 거쳐 김자점에 이르렀다. 김자점은 인조반정에 가담하여 전리품으로 핏기 가시지 않은 거문고를 하사받은 것이었다.

조선과 중국의 문인들은 온통 동파(東坡) 소식(蘇軾)에 빠져 있었다. 19살의 이조묵은 추사 김정희의 소개장으로 청나라 대학자 담계 옹방강(翁方綱)을 만나기 위해 북경으로 험난한 여행길에 나섰다. 왕의 거문고도 동행했다. 옹방강은 박제가에게 글공부해서 시·서·화에 능하고 진적을 찾아내는 손자뻘인 감식안을 단박에 알아보았다. 금석문 따라 고증학으로 명분만 내세우는 허울은 벗고 실사구시 학문을 강론하였다. 옹방강은 이조묵에게 아끼던 ≪천제오운첩≫까지 손수 모사해 주면서 자신과 묵연의 증거로 삼게 하였다. 이조묵은 옹방강과 사제지간이 되고 아들 수곤과는 단금지교를 맺었다. 이로써 조선과 중국의 격의 없이 서로를 아끼고 예우해주는 동등한 학문적 민간외교의 초석을 마련하게 되었다.

옹방강은 이조묵이 조선으로 돌아가 서재를 보소재(寶蘇齋)라 이름을 짓고 호도 보옹재(寶翁齋)라 정했다는 소식을 듣고 무척 기뻐했다. 이에 시를 지어 보냈다.

봉답

(중략)
김군(김정희를 말한다)이 보담편액을 걸었거늘
그대는 또 보옹이라 이름지었구나.
영광을 함께한 것이 부끄럽거니와
한없는 정에 머리 숙인다.
오운의 해 그림자는 붉고
비를 머금은 채 산을 밝게 비춘다.
석연 병풍 앞에 마주한 모습을
누구에게 부탁해 그림 그릴까.
(중략)

이조묵에 있어 시문집과 화첩은 차치하더라도 신라와 백제 나아가 고려의 금석문을 고증한 《나려임랑고》는 다른 문장가와 비교된다. 청평사 중수기비문을 취재하고 '붓놀림은 봉황이 몸을 뒤채는 듯하다'고 묘사할 정도였다. 또한 탁본할 때 실전교재인 〈탁비비결〉은 아무도 계몽한 적이 없었던 가히 독보적이다.

이조묵은 6조의 판서를 두루 역임한 문헌공 이창수의 장남이었지만 입신출세를 멀리하고 과거에는 응시조차 하지 않았다. 언제나 공민왕 거문고와 함께하였다. 진정한 금객(琴客)이었다. 그는 외곬으로 시서화와 금석문과 고증학에 심취했다.

　　헌종도 소동파의 지독한 마니아였다. 당호도 소동파를 보배로 삼는다는 보소당(寶蘇堂)으로 지었다. 사랑하는 경빈 김씨를 위해 지은 건물의 '낙선재' 편액은 옹방강의 제자 섭지선의 글씨다. 낙선재의 기둥에 주련 글씨는 옹방강의 친필이다. 사제지간은 서체가 빼닮았다. 이조묵의 시서화나 김정희의 추사체도 옹방강의 영향을 크게 받았을 것이다. 조선과 중국을 아우르는 소동파에 빠진 문인들이었다.

　　훗날 고종은 퇴위 직전에 이조묵이 끔찍이도 멀리하던 벼슬을 내렸다. 비록 그가 세상을 떠난 뒤였지만 통훈대부 장례원 장례를 추증받은 것이다. 필자는 골동서화에 빠져 살았던 금객 이조묵의 예술정신을 기리고자 1,095일간 붓을 놓을 수가 없었다.

이호철

// 목차 //

만남

남산 허리쯤에 바람꽃이 뽀얗게 피어났다. 바로 큰바람이 두어
차례 일어 봉창을 두드리며 지나가더니 비를 뿌리기 시작하였다.
가뭄 끝이라 태종우 같은 반가운 봄비였다.

"나리, 손님이 왔는데요."

"누구라?"

"종실이라는데 성은 몰라요."

"늙은이냐?"

"웬걸요. 갓은 썼는데 어려 보입니다."

이조묵(李祖黙)은 며칠째 고뿔로 고생을 한 터라 몸이 천근만근
이었다.

"나리, 조반도 거르시고 괜찮으신지요."

"이 자리끼나 걷도록 해라."

복덕은 주인을 부축하여 아랫목의 보료 위로 자리를 잡아주었다.
대문 여닫는 마찰음이 들리고 헛기침 소리가 사랑방 앞에서 났다.
젊은이는 다소 긴장된 표정을 지으며 방으로 들어섰다. 조묵은 처
음 보는 터라 의아했다.

"누군가?"

"소인은 종실 이하응(李昰應)이라 합니다."

"그래, 나를 아는 터이니 이리 찾았을 테고 종실의 어느 분 자제인지?"

"예, 남연군(南延君) 어른이 선친이 되십니다."

이하응은 갓을 고쳐 매며 절을 하려고 무릎을 꿇었다.

"아니 되오. 세상이 아무리 변했다 하나 이러하면 아니 되오."

조묵은 손사래를 치며 자리에서 일어나려 하는데 상대의 갓끈은 방바닥에 닿고 있었다. 조묵은 얼떨결에 맞절을 하고 말았다.

"삼가 대인께 문안 여쭙습니다."

이하응은 예를 반듯하게 차렸다.

"허허, 이것 참. 정도가 아닌 듯싶소."

조묵은 말리고 싶으나 몸이 말을 듣지 않았다.

"불편하시면 다음에 찾아뵈올까 합니다마는."

"참, 선친께서는 연전에 작고하셨다 하더이다. 장례는 잘 치렀는지요."

"예. 여러분의 도움으로 포천에다 장지를 마련하였지요. 하나 형님들께서 영택을 충청도로 옮기고자 의논 중입니다."

"그래, 이 쓸모없는 늙은이를 찾아온 연유가 있을 터인데 말해 보오."

"고명하신 선생께 그림을 배우고자 하여 뵙기를 청하였습니다."

"금년에 몇이나 되었는지요."

"열여덟 살입니다."

"10년 전에 그 댁 어르신과 압록강을 건너면서 아들 중에 난초를 잘 친다는 소릴 들은 적이 있소."

"예, 소생이 바로 그 막내아들입니다."

이하응은 무릎을 풀고 가부좌를 틀어 앉으며 조묵을 바로 쳐다보았다. 조묵도 한동안 손질하지 못한 거친 수염을 쓰다듬으며 상대를 응시하여 훑어보았다.

'이것 봐라. 어린놈이 보통이 아닐세. 저 눈에 뭘 감추고 와서 능청을 떤단 말인가. 도통 짐작이 가질 않네. 혹여 내 수장품에 눈독을 들이고 왔을까?'

"공부라면 추사 문하에서 수업을 받는다는 얘길 들었소만. 나 같은 주제에 무슨 재주로 남을 가르친단 말이오. 당치 않소. 내 몸이 심히 고달프니 말을 돌리지 말고 터놓도록 하시게."

"그러시면 소생의 그림이라도 한번 평해 주시면 영광이겠습니다."

이하응은 품 안에서 종이 뭉치를 꺼냈다.

"허허, 이제 보는 눈도 침침해서 무슨 도움이 되겠소?"

조묵은 잔기침을 하고 종이 뭉치를 펼치면서 입맛을 다셨다. 난초 그림 넉 장이었다.

"소품이긴 하나 풍란 끝이 이슬을 맞아 살았구려."

"대인께서 과찬을 해주시니 몸 둘 바를 모르겠습니다."

"그러지 말고 이제 용건을 말해 보시게."

"예, 잘 알겠습니다. 바로 말씀을 드리자면 선친의 유명을 받들어 찾아뵙게 된 것입니다."

"선친의 유명이라니?"

"정녕 모르시겠습니까?"

"그렇소."

"대인께서 소장하고 있는 전조의 거문고는 본래 왕실의 것입니다. 그것을 돌려주셨으면 하여 부탁드립니다."

이하응의 눈빛이 달라졌다.

"뭐라? 공민왕의 거문고가 왕실의 것이라고!"

조묵은 몸을 바로 잡으며 놀라움을 금치 못했다.

"그건 안 될 말이요. 수십 년 전에 엄연히 대가를 치르고 손에 넣은 것인데 종실이라 해서 내놓으라면 부당한 처사라 세상이 웃을 것이오. 또한 왕조가 바뀌듯이 주인은 언제든 바뀌는 법이잖소."

"대인께서 오래전에 제 어르신께 이미 약조한 바가 있었습니다."

"약조라니 금시초문이오."

이하응은 도포 소매에서 접은 종이 한 장을 꺼내 내밀었다.

信

"대인께서 제 선친께 써주신 신표가 아닙니까?"

종이를 받아든 조묵의 손끝이 파르르 떨렸다.

'믿을 신이라. 내 필적이 맞는 게야.'

순간 지난 일이 스쳐 지나갔다. 2차로 중국 가는 길에 압록강을 건너면서 남연군에게 써준 자신의 필적이 맞았다.

앞서 1828년 청(淸)나라는 서역의 회강을 토벌하였다. 조선에서 승전을 축하하는 진하사를 보내게 되었다. 순조 28년의 일이었다. 순조는 정조의 둘째 아들로 태어나 어린 나이에 보위에 올랐다. 아버지와 대립 관계에 있던 영조의 계비 정순왕후의 수렴청정을 받았다. 왕후가 죽었으나 외척인 안동 김씨의 세력에 왕이 제대로 힘을 쓰지 못하고 있었다. 중신들은 몇 달씩이나 고생만 죽도록 해야 하고 오랑캐에게 머리를 조아려야 하는 연행 길에 몸을 사렸다. 연행은 한성에서 출발한 조선의 사절단이 청의 연경(燕京, 북경)을 다녀오는 일정을 일컫는 말이었다.

"전하, 이번에는 진하사이오니 종친 중에서 선발하심이 가한 줄 아뢰오."

"맞사옵니다. 그리하심이 지당한 줄 아뢰옵니다."

서로 간에 인사도 하지 않는 정적이었던 안동 김씨와 풍양 조씨가 모처럼 의기투합하였다.

"경들의 생각이 그렇다면 그리하시오."

"전하, 성은이 망극하나이다."

"종실에 마땅한 사람이 있소이까?"

"전하, 남연군이 어떨까 하옵니다."

"남연군이 누구요?"

"아뢰옵기 송구하오나 남연군은 본래 인평대군의 후손이었으나 은신군이 후사가 없어 입적한 바 있었습니다."

"참, 그렇지요. 짐이 다른 생각을 했나 봅니다. 사촌을 몰라보다니요."

"전하, 사사로운 촌수에 연연하지 마옵소서."

"알겠어요. 그럼 남연군으로 하여금 진하사로 삼도록 하시오."

"전하, 성은이 망극하옵니다."

석양의 왕조에 두터운 그림자를 드리우던 두 가문이 합창을 하면서 엎드려 부복하였다. 남연군은 졸지에 사은사의 정사로 발탁되었다.

이 무렵에 조묵은 남은 가산을 털어 두 번째 연행을 벼르고 있었다. 오래전 처음 연경에 갔을 때 스승으로 모셨던 옹방강(翁方綱)과 단금지교를 맺었던 옹수곤(翁樹崑)의 묘소라도 둘러보고 싶어 견딜 수가 없었다. 또 옹수곤의 아들인 인달(引達)이라도 살펴보고 와야 눈을 감을 수가 있을 것 같았다. 청나라에 가는 사절을 기다리고 있었다. 의주에서 남연군을 만나 신표를 써주고 사절단에 합류한 것이었다.

"대인께서 이제는 생각이 나십니까?"

이하응의 목청이 굵어졌다.

"흐음, 내 필적이 맞소. 하나 거문고는 내 목숨이나 진배없소."

조묵의 목소리가 가늘어졌다.

"그리하시면 약조를 저버리겠다는 뜻인가요?"

"말이 났으니 말인데 딱 꼬집어 거문고를 넘긴다는 약조는 없었소. 그리고 언약대로 북경까지 가지도 못하고 요동에서 되돌아왔소. 올 때도 석별의 정에 그 댁 어르신께서 못내 아쉬워 서로 손을 부여잡고 울기도 하였소."

"그럼 이 신표는 무용지물이라는 말씀인지요?"

"내가 중도에 돌아온 터라 약조를 저버리진 않았다는 사실이오."

"선친께서 사도세자의 넷째 은신군의 양자로 입적하여 군호를 받았으나 한직에 머물렀지요. 하여 소생이 아직 종실의 대접을 제대로 받지는 못하지만, 장래에 품계를 받으면 그때 찾아뵙도록 하겠습니다. 소생이 무리수를 두지 않는 것은 단지 추사 스승님의 체면을 봐 드리는 것입니다. 하니 깊은 통찰이 있기를 부탁 말씀드리고 오늘은 이만 물러나겠습니다. 부디 병환이 쾌차하시길 바랍니다."

"그 댁 어르신의 양어머니께서 홍대용 선생의 당질녀란 사실과 추사 형님의 양어머니와는 친 자매지간이라는 말은 나도 익히 알고 있소."

"대인께선 어찌 그리 소상히 알고 있는지요?"

"추사 형님이 일러준 얘기올시다. 형님과는 박제가(朴齊家) 스승께 동문수학한 적이 있었다오."

"추사 스승님 말씀으로 대인께서 경우가 반듯하신 분이라 하셨습니다. 또 풍류를 아는 조선의 진정한 금객(琴客)이라 하였지요. 하오니 거문고 일은 부디 원만하게 해결을 지어 주시리라 믿습니다."

이하응이 떠나자 멈추었던 기침이 끓어올랐다. 진정할 기미를 보이지 않자 복덕이 참다못해 대접에 물을 담아 들어왔다.

"나리, 그 애송이는 어디서 굴러먹던 놈인가요."

"왜 그러느냐?"

"대문 밖에 웬 왈패같이 생겨 먹은 두 놈을 달고 왔지 뭡니까요. 애송이가 나가자 그놈들이 약속이 틀린다며 투덜대다 갔구만요."

"물맛이 왜 이러냐?"

"물맛이 다른 게 아니라 나리께서 입맛을 잃은 게지요."

"그 참 오늘따라 군담이 그리 많으냐. 농주라도 한잔 다오."

"나리, 고뿔에 농주라뇨. 아니 됩니다요."

복덕이 나가면서 방문을 열자 빗줄기가 보였다. 제법 굵어져 운율이 빠른 거문고의 울음소리처럼 들렸다.

거문고가 조묵의 손에 들어 온 것은 1809년(순조 9) 봄이었다. 조묵의 나이가 18세였다. 서화골동을 진품이기만 하면 고가로 사들인다는 소문이 장안은 물론 조선팔도에 모르는 사람이 없을 정도였다. 심지어 왕희지(王羲之)가 글을 쓸 때 벼루에 빠져 죽은 파리라고 내민 역관에게 거금을 주고 샀다는 풍문이 파다할 정도였다. 주로 세상을 떠난 아버지의 정적들이었다. 일찍이 스승 박제가는 글공부 틈틈이 일러주었다.

"모름지기 사내라면 벽(癖)이 있어야 한다. 미치지 않고서야 무슨 큰일을 이룰 수 있겠는가?"

조묵은 궁금했다.

"스승님, 벽이라 함은 막혔다는 뜻인가요?"

"너는 어찌 해학부터 배우려 하느냐. 흐음. 글을 깨우치고 문장력을 키운 다음에 그것을 바탕으로 능력껏 취미생활을 하란 뜻이야."

"저는 시를 짓고 그림그리기를 좋아하는데 이것도 벽이 맞습니까?"

"비슷하나 본질이 다르다. 시를 잘 짓자면 옛 시를 감상하고 좋은 점을 취해야 하는 것이다. 글씨도 명필을 흉내만 낼 것이 아니라 자신의 글꼴이 있어야 한다. 또한 그림을 잘 그리자면 그림을 볼 줄 알아야 한다. 자신만의 문체가 있고 서체에다 화체는 선대의 작품을 보는 것이야말로 최고의 위패(位牌) 스승이라 볼 수가 있단다."

"스승님, 그리하면 선대의 작품은 어찌해야 만날 수가 있나요?"

"흐음. 그것은 너희 아버지처럼 재산이 많으면 전대를 아끼지 말고 풀어 곁에 두고 감상을 하는 것이지. 말은 쉬우나 실천하기가 쉽지는 않은 법이야. 워낙에 가짜가 판을 치는 세상이다. 하여 역사를 많이 알아야 한다. 다른 공부도 열심히 하여 보는 눈을 키워야 진품을 손에 넣을 수 있지. 이를 감식안이라 하느라."

"스승님, 혜안이 아니고요."

"그래. 그놈이 그놈이구나. 하하하."

"스승님, 가슴에 새기겠습니다. 사내는 벽이 있어야 함이다! 맞습니까?"

"하하. 이 녀석이 잘하면 없는 수염도 쓰다듬게 생겼네."

평소에 거래가 있던 마당발 거간꾼 박만수(朴萬秀)가 찾아왔다.

"도련님, 고려 때부터 내려오는 거문고가 하나 있는데 한번 보실라오."

"오동나무 수명이 얼마나 된다고 전조에서 만든 거문고라니?"

조묵은 시큰둥하니 별 관심을 보이지 않았다.

"보실 의향이 있으시다면 언제든 대령하지요."

"대체 그 주인이 누구란 말인가?"

"예, 도련님. 김자점(金自點)의 후손이라 들었습니다. 인조반정 때 광해군에게서 빼앗은 것이라는데요."

"무어라 김자점의 후손이라고?"

조묵은 그제야 마음이 동하기 시작했다. 박만수도 군침을 삼켰다. 어리다고 함부로 대할 수 있는 상대가 아니었다. 조묵은 이미 집안으로 보나 옛것을 보는 감식안을 가진 경화세족의 수장가 범주에 들었다.

며칠이 지났다. 박만수가 조묵의 집으로 갓 테가 헤져 너덜거리는 중늙은이를 데리고 왔다.

"도련님, 거문고를 가져왔습니다."

거문고를 금갑(琴匣)에서 꺼내 조심스레 펼쳤다. 조묵은 관심이 없다는 듯이 슬쩍 지나쳤다.

"어디 보자. 현침은 손을 봐야 하고 괘도 몇은 쓰러지기 직전일세. 기러기발도 제짝이 아니냐. 게다가 현줄도 갈았어. 이거 별거 아니구먼."

"해주에서 갓 올라왔는데요. 사정이 급하여 대대로 내려온 가보를 들고 한달음에 왔습니다. 살펴주시기 간곡히 바랍니다."

중늙은이는 집안 사정을 하소연했다.

"그래, 내키지는 않지만 정히 사정이 그렇다면 얼마면 되겠는가?"

"도련님, 300냥은 쓰셔야 하는데요."

박만수가 눈웃음치며 흥정을 붙여보려고 나섰다.

"이보시게! 이런 날강도 같은 소릴 하고 있네. 남산골에 있는 집한 채 값을 부르다니 당치도 않으니 그만 가보게나."

"진품인데요. 200냥이면 어떨까요?"

"이 사람이 말귀를 못 알아듣는구만. 나는 생각이 없다니까."

"도련님, 150냥에 하시지요."

"마침 악보가 따라 붙어있고 저 사람의 사정을 보아 100냥이면 보태주는 셈치고 들이겠네."

조묵은 그들이 거문고를 놓고 떠나자 복덕에게 대문의 빗장을 걸도록 일렀다. 거문고를 뒤집어 밑판을 다시 꼼꼼하게 살폈다. 얼마 전에 역관에게 사들인 돋보기를 대고 희미해진 글씨들을 손으로 만져 보았다.

'나무야 큰 돌 위에서 자란 석상동이니 진짜고 아까 얼핏 보여 마음을 정하기로 해준 이재(怡齋)가 맞네. 이재라면 전조의 공민왕 호가 아닌가. 여기에 야은(冶隱)도 있다. 길재(吉再)까지 있으니 전조의 물건이 확실한 게야. 또 이것은 무슨 글자인가? 유덕(遺德)이다. 유덕이면 나의 중시조 영해군(寧海君)의 친 조부인 태종대왕이 아

니신가. 아, 놀라운 이 물건이 내 손안에 들어오다니 조상님들 은덕이로다.'

한참 후에 '낙서(洛西)'라는 낙관도 알아냈다. 낙서는 김자점의 호다. 예전에 문종이 일찍 죽자 흑심을 품은 수양대군이 조카 왕을 내쳤다. 이에 성삼문(成三問) 등 사육신이 앞장서 단종의 복위거사를 결의하게 되었다. 또 다른 흑심이 있었다. 장인 정창손과 함께 고변했던 김질(金礩)이었다. 김자점은 김질의 5대손으로 인조반정에 가담하여 일약 출세가도를 달렸다. 그러나 병자호란 때 잡혀간 임경업(林慶業)을 밀사를 보내 모함하였다. 끝내 그를 죽게 하고 효종의 북벌계획을 청나라에 밀고하여 분란을 일으켰다. 김자점이 결국에 처형되자 일가는 뿔뿔이 흩어져 숨어 지내게 되었다. 이 중에 황해도로 옮겨 가 정착한 피붙이들이 있었다.

현금보

조묵은 거문고를 앞에 두고 고심을 거듭했다.

'내가 보고 정한 내력이 과연 맞는 것인가? 고모부를 찾아가 예리한 눈을 빌려야겠다. 더구나 빙허각(憑虛閣) 고모도 계시지 않은가 말이다. 또 고모의 시동생 풍석(楓石) 서유구(徐有榘) 선생도 있으니 검증을 확실히 해두는 게 후대를 위해서도 옳은 일이야.'

좌소산인(左蘇山人) 서유본(徐有本)은 처조카를 반갑게 맞았다. 조묵은 절을 올렸다.

"고모부님, 고모님 문안 여쭙습니다."

"그냥 오지, 서책을 이리도 많이 가져왔구나."

"아버님의 장서를 정리하다 고모부님이 필요하실 것을 간추렸습니다."

빙허각 이가원(李佳媛)이 곱지 않은 눈으로 인사를 받았다.

"그사이에 훌쩍 컸구나. 돈을 아끼지 않고 웬 비단이냐. 앞으로 이래선 안 될 일이야."

"예, 고모님. 잘 알겠습니다."

"그래. 소문에는 골동서화를 모으느라 정신이 없다던데 어인 일이냐?"

"예, 조상님이 돌보았는지 전조의 거문고를 입수하여 맨 먼저 두 분께 보여드리고 싶었습니다."

서유본의 눈이 커졌다.

"아니, 전조라면 고려 때 거문고란 말인가?"

"예, 그렇습니다. 공민왕이 노국공주를 위해 만들었던 거문고입니다."

"뭐라! 그것도 전설로 남은 공민왕의 거문고라? 확실한가?"

"예, 고모부님. 제 눈에는 틀림이 없습니다."

"어찌 그리 쉽사리 장담하느냐. 거문고라면 조묵이 고종형제의 숙부가 일가견이 있으니 불러야겠다."

"예, 고모님. 일단 거문고를 방으로 들이겠습니다."

서유본은 금갑을 살폈다. 거문고를 조심조심 뒤집어 보았다.

"여기 怡齋는 공민왕의 글씨가 틀림이 없네."

"고모부님, 그렇지요. 제 눈에도 그렇습니다."

"네 고모부가 옛글에 대해선 누구보다 많이 아는 터라 분명해 보이는구나. 내가 보기에도 예사롭지 않은 거문고임에는 맞는 것 같구나."

"예, 고모님. 고맙습니다."

해질 녘에 서유구가 큰댁으로 들어왔다. 세 사람의 눈길은 서유구의 일거수일투족에 쏠렸다. 그는 거문고를 몇 차례 뒤집어 보았다. 한참 지났다. 조묵은 가득 고인 침을 참지 못해 삼켰다. 서유구가 거문고를 조심스럽게 바로 놓았다. 이가원이 입을 열었다.

"그래, 금객의 눈에는 어떠한가요?"

"형수님, 아니 스승님. 진품입니다. 형님, 분명히 맞습니다."

조묵은 두 손을 번쩍 들었다.

"만세, 만세."

"사돈도령은 어디서 이런 명기를 구했는가? 보는 눈이 이리도 높다니 백두산의 천지와도 같네. 장한 일을 해냈구만. 축하할 일이야. 나도 며칠은 잠을 이룰 수 없을 것 같네."

"유구가 판단을 했으니 그 또한 장한 일이다. 애를 썼다."

"예, 형님. 한데 거문고에 핏자국이 보입니다. 악보에도 핏빛은 바랬지만 그렇습니다."

"선죽교처럼 말인가요?"

"예, 형수님."

잠시 침묵이 흘렀다. 서유구가 책보를 풀어헤쳤다.

"비록 초안이나 ≪유예지(遊藝志)≫를 사돈도령에게 주겠네."

"내용에 무엇이 들어있습니까?"

"선비라면 익히고 지켜야 할 덕목이 적혀있다네."

"예, 몇 가지나 되는지요."

"본래 선비들이라면 손쉽게 익히고 지켜야 할 덕목이 있기 마련이다. 예(藝)·악(樂)·사(射)·어(御)·서(書)·수(數)의 6예를 말하는 것이네. 즉, 누구에게나 예를 갖추어야 함이다. 방중악(房中樂)으로 거문고나 악기를 가까이하여야 스스로를 다스리고 인성을 키움이다. 서화를 가까이하여 독서와 감상을 게을리하지 말아 사람의 근본을 만들어야 함이다. 활쏘기와 수학을 잘하여 문무를 겸비함이다. 이해는 가느냐?"

"예, 알아듣겠습니다."

"제1권에 책을 읽는 독서법이 담겨있다. 제2권에는 글씨와 그림이다. 붓을 들면 만사를 잊고 집중해야 함이다. 서벌(書筏)은 자신의 글씨가 천하로 나가도 손색이 없다는 뗏목이란 뜻이 담겨있다. 다음은 화론(畵論)으로 화전(畵筌)인데 보는 사람으로 하여금 가까이서 볼 수 있음이다. 즉 통발에서 고기를 꺼내듯 그림을 감상하라는 뜻이다. 제3권에는 선비의 일상에서 실내풍류로 방중악보를 구성하였다. 〈현금자보〉와 〈당금자보〉에 〈양금자보〉에다 〈생황자보〉

네 악기를 해설과 악보를 실어 연주법을 기록하였다. 특히 〈현금자보〉에 중점을 두었다. 거문고를 켤 때 손가락을 변통하는 탄주법이며 왼손의 어느 손가락을 짚는지를 가르치는 운지법이 적혀있다. 또 오른손으로 술대를 퉁기는 탄주법이며 왼손 엄지나 검지로 현줄을 치거나 퉁겨서 떠는 소리를 내는 기법이 들었다. 여러 가지 구음이 들어있고 거문고 자체의 현줄 명칭과 길이를 잰 현금도가 그림으로 나와 있지. 악보에는 32곡이나 들어있다. 사돈도령은 거문고를 좋아하니 제3권을 참고하여 더욱 정진하길 바란다."

"아, 정말 사돈어른께서는 아무도 흉내 낼 수 없는 대단한 일을 해냈습니다. 지도를 달게 받겠습니다. ≪유예지≫는 곧바로 필사하여 돌려드리도록 하겠습니다. 고맙고 감사합니다."

빙허각이 타일렀다.

"조묵아, 이제 이 고모의 말을 잘 들어라. 네가 과거를 멀리하고 학문에만 전념하겠다니 더 이상 말리고 싶지는 않다. 하나 아버지가 물려준 유산은 잘 지켜야 한다. 소문처럼 골동서화를 모으는 수집벽(收集癖)이 심하다니 믿기질 않는구나. 지금 풍석이 건네준 ≪유예지≫는 필사하여 전체를 잘 읽고 숙지하여 인격도야와 학문에 더욱 정진하도록 하여라. 손수 필사하면 10번을 탐독한 것과 진배없는 것이야. 모름지기 문장은 일물(一物)에는 일어(一語)가 매우 중요하단다."

"고모님, 일물에 일어는 쉽사리 납득이 가질 않습니다."

"즉, 하나의 사물을 표현하자면 거기에 적절한 글자의 선택이 문장을 좌우한다는 것이야. 기본이다."

"예, 고모님. 명심, 명심하겠으니 심려치 마시기 바랍니다. 참, 고모님의 빙허각고략(憑虛閣稿略)과 규합총서(閨閤叢書)와 청규박물지(淸閨博物誌)는 완성이 되어 가는지요."

"그래, 고맙구나. 고모부의 외조 덕분에 퇴고 단계에 이르렀단다."

조묵은 살갑게 지내던 선배인 추사 김정희(金正喜)를 불렀다. 김정희는 놀라움을 금치 못했다. 조선팔도에 소문으로만 널리 퍼져 떠돌아다니던 고려 왕조의 거문고였기 때문이다. 김정희는 자주 틈을 내서 조묵의 서재를 찾았다. 두 사람은 현을 뜯기도 해보지만, 무엇보다 오동나무 몸통을 구석구석 쓰다듬어 손끝에 전해오는 세월을 거슬러 오르는 맛을 느꼈다.

이어 절친 김양기(金良驥)와 홍현주(洪顯周)에게 기별을 보냈다.

"전조의 거문고를 자네가 손에 넣었다고. 가품은 아니겠지?"

"이 친구, 긍원(肯園)이, 내 눈을 어찌 청맹과니로 보고 그러는가. 추사 형님도 반색을 하고 갔다네. 이 어마어마한 사건을 자네 부친께도 말씀 올리게."

"안 돼. 몰라서 하는 소린가."

"하기야 자네는 천하의 단원 김홍도(金弘道) 화원께 운을 떼었다가 종아리를 맞을걸. 집안 망칠 일이라며 나를 만나지도 못하게 할걸세. 하하하."

"이 사람이 그리 심한 말을 하는 겐가."

홍현주가 나섰다.

"두 분 형님께서 싸울 일이 아닙니다. 어서 거문고를 감상하여 진위를 밝히면 될 것입니다. 하하하."

"아무튼 궁원이가 해거재와 시간 맞춰 동행하여 더 기쁘다네."

조묵은 거문고를 안고 와서 조심스레 눕혔다. 홍현주가 감탄했다.

"첫눈에 명품입니다. 천하의 혜안이라는 서유구 선생이 감식하였다니 다른 설명이 무슨 소용이겠습니까. 두 분 형님은 소생의 말에 동의하지요. 하하."

"해거재의 말에 힘을 얻네. 나는 요즘 연이어 거문고 꿈을 꾼다네."

"혹여 악몽은 아니지요."

"대개 악몽이지. 하여 깨면 이 거문고에 말을 건다네."

"대답이 있나요?"

"그리하다 보면 동자부처가 생긴다네. 눈동자에 비춰 나타나는 사람의 형상 말일세. 눈물에 맺혔다가 떨어져 사라지긴 하지만 말일세."

조묵은 거문고를 감식한 결과에 나름대로 고증하여 내력을 만들기에 이르렀다.

공민왕이 난산으로 죽은 노국공주를 위해 고심하였다. 온 나라를 뒤져 훌륭한 오동나무를 구해 최고의 장인을 불러다 거문고를 만들었다. 왕조가 바뀌자 거문고의 운명도 따라 바뀌게 되었다.

고려의 마지막 군주이던 공양왕이 거문고를 안은 채 참살당했다. 거문고와 악보는 피로 젖었다. 거문고를 빼앗은 이방원은 왕세자가 되었다. 큰형 이방우(李芳雨)가 고려인으로 남겠다고 떠나자 거문고를 보내 달래려하다 실패하고 말았다. 다음은 송도에서 이웃에 살았으며 성균관에서 동문수학하던 야은 길재에게 이 거문고를 보냈다. 후일 그를 태상박사에 임명하기 위한 포석이며 회유책이었다. 야은은 '여자에게 두 남편이 없듯이 신하에게는 두 임금이 있을 수 없다'고 했다. 짧게나마 즐겨 탄주하던 거문고도 돌려보냈다. 다시 조선왕실로 돌아온 거문고는 왕관과 함께 세습되었다. 세종은 박연(朴淵)의 현음 연구에 보탬을 주고자 거문고를 내렸다. 거문고는 세조의 왕위찬탈로 대궐로 돌아왔다. 박연의 아들이 사육신 편에 섰기 때문이다. 세조의 이복동생인 영해군은 왕의 비밀스런 민심 수습책으로 거문고를 앞세워 권신들을 만났다. 영해군은 도리가 아님을 알고 풍질을 핑계로 거문고를 대궐로 돌려보내게 되었다. 세월이 흘러 광해군이 늘 곁에 두고 탄주하였다. 인조반정 때 김자점의 전리품으로 넘어갔다. 그러다가 어느 날 나한테 온 것이라 확신을 가진다.

1837년(헌종 3) 5월에 이르렀다. 조묵은 똬리를 튼 가슴앓이 지병이 점점 위중해져 간다는 것을 예감하고 있었다. 앞서 도포 자락에 바람을 일으키며 돌아간 이하응의 눈초리가 자꾸만 밟혔다. 금갑에서 거문고를 조심스레 끄집어냈다.

'아, 전조의 거문고여! 정녕 이것이 우리의 운명이란 말인가. 세상천지 애달프고 애달픈 일이 이보다 더할 것인가.'

조묵은 탄주를 하고 싶은 충동이 일어났다. 악보를 펼쳤다. 안족을 만져 기러기발목이 단단한지 점검을 마쳤다. 풀려있던 현줄을 조율하는 순서에 들어갔다. 먼저 다섯째 줄을 술대로 퉁겼다. 괘하청이 내는 맑고 청아한 소리가 마음에 들도록 두세 번 손길이 닿았다. 다음 자신의 몸쪽으로 한 줄 건너 괘상청을 같은 동작으로 줄 고르기를 마쳤다. 먼저 장지를 누르고 술대를 손가락 사이로 잡았다.

덩

인지로 누르고 퉁겼다.

둥

다음은 무지로 누르며 울렸다.

등

조묵은 잠시 숨을 돌리면서 술대를 놓았다. 이번에는 왼손 무명지를 펴 같은 순서로 동작을 이었다.

러

루

라

술대를 다시 잡았다. 조금 더 구부려 여섯 줄을 밖에서 안쪽으로 당겨 긁었다.

뜰

다음은 역순으로 밀었다.

뜰

문현과 유현을 연타해 보았다.

쌀 갱

음이 끝나기 전에 왼손으로 멈추게 하였다. 다시 문현과 대현을 연속으로 퉁겼다.

슬기둥

문현의 진동을 잡았다. 줄을 고르고 소리를 듣고 나니 조묵은 모처럼 얼굴에 밝은 빛이 돌았다. 거문고 머리를 오른쪽 무릎 위에 올려놓고 마음을 가다듬었다.

두 곡을 연이어 탄주하고 거문고를 내려놓고 쓰다듬었다. 뒤집어 다시 낙관을 살폈다. 손끝에 전율이 흘렀다. 눈을 감았다. 어둠 속 눈동자에 비문처럼 여러 형상의 낙관이 떠돌아다녔다. 마치 연이 날아다니는 것처럼 좌측으로 혹은 우측으로 기울었다 바로서기를 반복했다. 또는 위로 솟았다가 곤두박질치면서 제 꼬리를 물고 빙빙 돌기도 하였다. 스스로 만든 거문고의 내력에 심취해 빙의 현상으로 빠져들었을까.

조묵은 거문고를 쓰다듬었다. 공민왕의 낙관에 멈추었다. 비몽사몽간에 환영을 보았다. 곤룡포에 백마를 탄 남자가 채찍을 휘두르며 내달아 왔다. 전조의 공민왕이라 소리치는 환청을 들었다. 가까이 오자 그림으로 보았던 공민왕이 틀림없다는 환각에 빠져들었다. 조묵은 거문고를 거두어 다시 안았다.

탄생

1365년(공민왕 14) 이른 봄. 칼바람이 어둠을 갈랐다. 야심한 시각인데도 도성 안 숙옹부는 사방에 횃불이 걸려 대낮처럼 밝았다. 왕후의 침소 앞에서 서성대는 공민왕의 표정이 그림자만큼이나 어두웠다. 상궁과 궁녀들이 왕후의 침소를 바쁘게 드나들었다. 어제부터 시작된 산통이었으나 자시(子時)가 지나도 출산이 어려운 모양이었다.

"마마, 이러실 게 아니오라 대전으로 드시어 전갈을 들어 보심이 가한 줄 아뢰옵니다."

박 내관이 조심스레 말을 건넸다.

"이놈아! 이 판국에 그리도 여유만만이냐. 주둥아리 닥치지 못할까."

왕은 분풀이라도 하듯 내뱉었다. 이때였다.

"마마! 공주마마! 눈을 떠보세요! 이러시면 안 되옵니다!"

"마마! 왕후마마! 기운을 차리세요! 어서요!"

"마마! 마마!"

침소에서 터져 나온 절규에 왕은 황급히 문을 박차고 안으로 들어섰다. 피비린내가 진동했다.

"전하, 이렇게 납시면 아니 되옵니다."

늙은 제조상궁이 놀라 팔을 벌려 침상을 가렸다.

"왕후가 어찌 되었느냐! 얼굴색이 왜 저런 겐가!"

흰색 비단 침낭이 온통 핏빛으로 젖어 있었다. 왕은 침상 옆에서 무릎을 꿇어 처져있는 왕후의 손을 잡았다.

"왕후! 눈 좀 떠보세요. 제발요."

왕후는 반응이 없었다.

"어의는 어디 있느냐! 어의 말이다!"

"마마, 남정네는 산실에 들 수가 없나이다. 통촉하여 주시옵소서."

왕후전의 지밀상궁이 들고나왔다.

"최 상궁! 그걸 말이라고 하는 겐가!"

왕후의 손목에 묶인 명주실로 진맥을 하던 어의의 표정이 새파랗게 질리며 당황해했다. 허리를 굽힌 채 가까이 왔다. 왕이 급하게 왕후의 손을 어의에게 넘겼다. 어의가 안절부절 손목을 부여잡았다. 눈을 감고 진맥을 하는 동안 얼음 같은 침묵이 흘렀다. 침소 안은 마치 석빙고처럼 냉기로 가득 찼다. 어의의 표정이 점점 굳어졌다.

"어떤가? 맥이 뛰는가?"

왕은 냉정을 잃어갔다.

"전하, 소신을 죽여주시옵소서! 소신의 목을 자르소서!"

어의는 죽여 달라고 했다. 왕은 말문이 닫혔다.

"마마!"

"마마!"

돌림병처럼 울부짖는 소리가 대궐 안을 퍼졌다. 공민왕은 슬피 울었다.

"아, 짐만 남겨두고 홀로 가면 어쩌란 말이오. 공주!"

이민족으로 중국대륙을 통일 평정하였던 칭기즈칸의 손자인 쿠빌라이의 현손녀 승의 공주는 난산 끝에 세상을 떠나고 말았다. 공민왕은 원(元)나라 황실의 절대 지지자를 잃고 말았다. 왕이 손수 지어 준 이름은 왕가진(王佳珍)이었다. 그녀는 사랑도, 아이도, 방패도 고려를 등지고 만 것이었다.

왕이 공주의 주검 앞에 식음을 전폐하고 앉아 요지부동이라 장례를 치르기 힘들었다. 최영(崔瑩)이 나섰다.

"전하, 대전으로 납시어 정사를 돌보셔야 왕후께서도 극락왕생을 하실 것입니다. 아직 바람이 찹니다. 부디 옥체를 보살펴야 하옵니다."

"찬성사, 짐이 공주와 약조를 하였소. 이월 바람이 아무리 차다한들 이 자리를 지키겠다고 말이오. 어찌 혼자 편하고자 자리를 옮기겠소."

사흘 동안 조회를 열지 않았다. 국장도감을 설치하고 백관들은 흰옷을 입고 검은 관을 썼다. 궁인들도 모두 소복 차림이었다.

4월에 운암사 동쪽 기슭에 공주를 안장했다. 공민왕은 공주의 영전을 지어 손수 그린 전신 초상화를 북쪽 벽에 걸었다. 〈노국대장공주진) 아래 분향하고 생전처럼 수라상을 차려 마주 보고 먹었다. 고기반찬은 입에 대지를 않았다. 상을 물리고 나서 울다가 지쳐 엎드려 설핏 잠이 들면 악몽을 꾸었다.

"공주, 가지 마오. 기마병이 쳐들어와요. 막아주오."

"아아, 같이 가요! 누가 날 죽이려 하오. 공주!"

꿈에서 깨면 또 울었다. 보다 못한 목은 이색(李穡)이 고하였다.

"전하, 옥체를 보전하셔야 하옵니다. 외적이 호시탐탐 국경을 넘보고 내적이 사직을 넘보고 있사옵니다. 부디 슬픔을 거두시고 강건하소서."

공민왕은 능호를 정릉으로 정하고 대궐에는 신위를 모신 혼전을 인희전이라 이름하였다.

해가 두 번 바뀌었다. 죽은 승의 공주에게 원나라 황후인 고려 여인 기황후(奇皇后)가 '노국휘익대장공주'라는 시호를 보냈다. 후에 이색의 주도로 '휘의노국대장공주'로 고쳤다. 황후는 공주에게 6촌 올케였다.

기황후는 문하시랑평장사를 지낸 기윤숙(奇允肅)의 증손인 자오(子敖)의 딸이었다. 기자오의 딸은 뛰어난 미모가 화근이 되어 뜻하지 않게 공녀로 원나라에 잡혀가게 되었다. 고려 출신 환관의 알선으로 궁녀로 입궐하여 혜종의 눈에 드는 행운을 잡았다. 혜종은 쿠빌라이의 현손자였다. 기자오는 대륙을 호령하던 딸 덕분에 영안왕에 봉해졌다.

기황후는 공민왕이 옥좌에 오르는 데 결정적인 역할을 했다. 고려의 왕위계승 서열에서 밀리던 공민왕에게 6촌 시누이와 혼인하게 함으로씨 이루어졌다. 나아가 공녀제도를 폐지하면서 원이 고려를 합병하려는 움직임을 막아냈다. 탐라에 말 목장을 만드는 데도 공을 들였다. 그녀는 강단이 있고 슬기로웠다. 여러 책을 가까이했는데 특히 경전 읽기를 좋아했다. 태묘에 귀한 음식을 자주 올렸다. 대도에 기근이 들자 곡식을 풀어 연명케 하고 죽은 자들은 장례를 잘 치러주었다.

말을 잘 다루기로 유명한 몽골의 기마병은 파죽지세로 대륙을 가로질러 중화를 전체로 묶었다. 서쪽으로 안남(安南, 베트남)의 참파왕국을 깨고 버마에 수많은 불탑을 세웠다. 인접국들을 벌벌 떨게 했다. 속전속결로 서양까지 넘볼 정도였다. 세상에 영원한 것은 없었다. 이민족이 세운 원나라에 대항하는 한족의 봉기가 일어났다. 홍건적이던 주원장(朱元璋)이 세운 명(明)나라의 세력이 커가면서 대륙은 전운이 감돌았다. 명이 순제라 부르는 심약한 혜종을 대신한 기황후의 독전에도 불구하고 대륙은 주원장의 손에 넘어가기 시작했다. 한 번 기울어진 대세는 바로잡기가 어려웠다.

이 틈을 타서 공민왕은 반원정책을 펴나가기 시작했다. 전권을 휘두르던 기황후의 오빠들을 급습하여 죽였다. 화가 난 기황후는 군대를 보내 복수를 하려 하자 최영, 이성계(李成桂)에 의해 실패하고 말았다.

대륙을 빼앗긴 혜종은 선대의 고향인 몽골고원으로 도망가 북원(北元)을 세웠다. 북원의 소종(昭宗)은 기황후의 아들이었다. 소종의 황후도 어머니의 권유에 따라 고려 여인이었다. 초반에는 명과의 전투에서 크게 승리를 하기도 했으나 그가 죽자 세력이 급속도로 약해졌다.

　시간이 약이라 하나 공민왕에게는 백약이 무효였다. 공주를 잊어 보려고 그림을 그리고 글씨도 썼다. 감성적인 왕이 여기로 즐기던 서화는 왕조를 통틀어 손꼽히는 솜씨를 보여주었다. 자제위의 젊은 미동들과 술래잡기 놀이도 해보았다. 지겨워지자 미동들과 궁녀들을 발가벗겨 혼음을 하게 하고 엿보는 짜릿함도 잠시였다. 어느 날 꿈에서 공주를 만났다.

　"마마, 소첩이 비파를 한 곡 타 올리겠나이다. 가락이 들을 만하시면 언제든지 부르소서. 한 가지 소청은 마마께서도 소첩에게 현금을 한 곡 타 주신다면 우리의 금슬은 천년만년 이어 갈 것입니다."

　왕은 꿈에서 깨어났지만, 너무도 아쉬웠다. 속삭이던 공주의 목소리가 멀어졌기 때문이다. 날이 밝지도 않았는데 내관을 불러 세웠다.

　"여봐라, 게 아무도 없느냐?"

　"전하, 찾아 계시옵니까?"

　"지금 즉시 공부상서를 들라 이르라."

　"전하, 바로 거행토록 하겠나이다."

　공부상서 정형주가 조반도 거른 채 입궐하였다. 큰절을 올리고 부복하여 왕을 조심스레 쳐다보았다.

"전하, 찾아 계시옵니까?"

"그래요, 상서 대감. 오늘부터 쓸 만한 오동나무를 찾아야겠소."

왕의 목청이 모처럼 밝고 우렁찼다. 내관 홍만기와 정형주는 잠시 서로 얼굴을 마주 보았다.

"전하. 황공하오나 오동나무는 무엇에 쓰실 요량이신지 하명을 해줍시사 청하옵니다."

정형주의 머리가 몇 번이고 오르내렸다.

"이보시오, 대감. 거문고를 만들까 해서요."

왕의 얼굴에 웃음기까지 보였다.

"마마, 거문고라면 수장고에도 가얏고와 함께 명기가 여러 대 있는 줄 아옵니다."

공부상서가 거문고와 가야금의 재고를 상기시켰다.

"짐도 이제 심기를 일전하고자 새 악기를 하나 장만하고 싶소이다. 대감은 현악기가 집에 몇이나 있소?"

"전하, 소신은 가얏고가 둘 거문고가 셋이옵니다."

왕은 눈치 없는 공부상서가 밉살스러워 보였다.

"대감이 그리할진대 내가 과한 일을 벌이는 게요?"

"전하, 아뢰옵기 황공하오나 지금 오동나무를 베어 온다 하더라도 절을 삭히는 데 족히 5년은 기다려야 재목으로 쓸 수가 있나이다."

"이것 보세요, 대감. 누가 그걸 모르오. 해당 부처에 영을 내려 악기장들이 준비해 둔 오동나무를 모아 보시오. 어찌 그리도 말귀를 못 알아들으시오. 바로 악기제조창을 만들어 명기를 만드시오.

아시겠소!"

왕은 부아가 치밀었다.

"전하, 우매한 소신을 용서하옵소서. 어명을 받자와 속히 거행하겠나이다."

공부의 수장고 옆에 급조한 악기제조창은 무거운 대궐의 분위기와는 달리 제법 활기를 띠었다. 꽃샘추위가 아직은 떠나지 않아 홑껍데기 무명옷은 구석구석 파고드는 냉기에 속수무책이었으나 얼굴들은 밝아 보였다. 하늘은 푸르게 맑아 햇살을 가리는 게 없어 다행스런 날씨였다.

악기장 김교일(金敎日)은 고민에 빠졌다. 각처에서 올라온 300여 본의 오동나무는 대개가 밑동이 잘리고 육칠 년 이상 풍상을 겪어 진액이 빠져나간 늙은 모습들이었다. 그중에서 몇은 수십의 눈길을 사로잡아 엄선되어 작업대 위에 누웠다. 금강산에서 온 오동나무와 묘향산에서 자란 오동나무를 놓고 살피기를 며칠째였다. 그도 그럴 것이 수령이 오십을 넘긴데다 허리를 안아 봐도 한 아름이 넘어 어느 하나 손색이 없는 원목이었다. 보통 빨리 자란 나무는 나이테가 넓고 무르다 하나 오동나무는 역설적으로 단단하고 가벼웠다.

"소목(小木)아, 울림통으로는 어느 놈이 제격일까?"

"나리, 소인의 눈에는 둘 다 절색입니다요."

"이 사람아, 무슨 대답이 그런가. 제대로 보게나."

"예, 소인도 나리 몰래 살펴보긴 했습니다마는 낫고 말고를 가리는 게 쉽지 않습니다. 끌로 몇 군데 눌러보아도 단단한 것이 돌 틈에서 자란 석상동이 분명합니다요."

"자네 내 밑에서 소목 일을 한 게 햇수로 얼마인가?"

"나리도 참. 오갈 데 없던 소인을 거두어 주신 게 이놈들 나이테 절반은 됩니다요."

"그래, 박 소목도 이제야 보는 눈이 뚫려서 해본 소릴세. 또 눈에 뭣이 보이는 게 없는가?"

"글쎄요. 때깔을 보자면 두 놈 다 벼락을 맞은 듯합니다요."

"하하하. 박 봉사가 드디어 눈을 떴구만. 맞는 말일세. 둘 다 바위 사이에서 자라다 고사한 석상자고동(石上自枯桐)이 맞는 게야."

김교일은 손뼉을 치면서 파안대소하였다.

"히히, 나리께서 소인을 놀리시다니요."

"아니야, 진심일세. 자네 이제 틈틈이 방 문짝이나 반닫이 짜는 일은 그만두고 이 일에 전념해도 되겠네."

소목이 악기장 밑에서 잔심부름부터 끌이나 대패 날을 숫돌에 갈면서 목수 일을 한 지도 꽤 되었다.

김교일은 오래전 남문 밖에서 5일마다 서는 장날 대장간에 연장을 살펴보러 나갔다가 길에서 우는 아이를 거두어온 일이 새삼 떠올랐다. 소생이 없던 고모 집에 입양시킨 아이가 성장하자 손재주가 있어 보였다. 알고 지내던 도편수에게 부탁하여 돈이 되는 대목 일을 배우게 하였다. 하지만 대들보를 짜 맞추다가 낙상하는 바람에 죽다 살아났다. 가까스로 몸을 추슬러 박봉이지만 다시 김교일 밑으로 들어오게 되었던 것이다. 본래 돌처럼 단단하게 살라는 뜻으로 바우라는 이름이 있었지만, 언제부턴가 작은 목수라는 소목이라 불려졌다.

아득한 바다 쪽에서 밀려온 갯내가 서풍을 따라 한줄기 지나갔다. 김교일은 갑자기 생각이 난 표정으로 상대를 쳐다보았다.

"자, 소목아. 이제 우리 이렇게 하자꾸나. 동편에 누운 금강산 오동은 내가 맡고 서편에 묘향산 오동은 자네가 재주를 부려 보도록 하게나."

"나리, 천부당만부당합니다. 이번 거문고가 어떤 것인데 안됩니다요."

"이 사람아, 자네 솜씨면 충분하니 그리 알고 연장이나 준비하게나. 먼저 제사를 지내고 겉목을 다듬자고."

"예. 그리하지요."

소목은 김교일의 반닫이 연장통을 열었다. 먹통에 먹물을 부었다. 사용하기 좋게 끌과 망치 그리고 톱과 여러 모양의 대패와 짜귀를 나란히 펼쳐 놓았다. 작업대 앞에 소반을 놓았다. 명태 세 마리를 거두절미하고 머리가 동쪽으로 가게 포개놓으며 술잔에 소주를 따랐다. 향로에서 하얀 연기가 향내를 피우며 감돌았다. 김교일은 두 번 절하고 일어나 손을 모았다.

"천지신명이시여. 굽어살피시어 부디 이놈의 하찮은 손재주에 힘을 보태 주소서. 전하께서 원하시는 거문고를 내려주소서. 비나이다."

김교일은 새벽에 일어나 향을 우린 물로 몸을 깨끗하게 하고 나서야 망치를 들었다. 석상자고동의 비쩍 마르고 꺼칠꺼칠한 몸통을 끌로 파내 울림통을 만들 때 더욱 긴장하였다. 공명통을 붙이는 작업이 끝날 무렵까지 공부상서가 두 차례나 들러 독촉을 하고 갔다. 그러나 김교일은 낯빛 하나 바뀌지 않았다. 한 시각도 서두르지 않았다. 거문고의 꼬리에 단단한 편백나무를 정교하게 잇대 봉미를 마무리 지었다. 회양목으로 괘와 기러기발 모양을 닮은 안족을 만들었다. 한숨 돌린 다음 변을 붙였다. 사람을 보내 상주(尙州)에서 가져온 가을누에가 토해낸 명주실로 꼬아 줄을 맸다. 바닷바람을 맞고 자란 해죽을 쪄 줄을 퉁기는 술대를 다듬었다. 김교일은 갑자기 맥이 풀렸다.

"나리, 이제 좀 쉬었다가 하시지요. 무리하시면 병나요."

아교풀을 끓이던 소목이 무릎을 꿇어 부채질을 하다 한마디 던졌다. 김교일은 대답을 하려다가 옆으로 기우는 자신을 바로 잡을 기운조차 없었다.

거문고를 왕에게 진상하는 날이었다. 세 겹의 비단보자기를 벗고 거문고가 자태를 선보였다. 왕은 염치 불구하고 거문고를 끌어안았다. 무릎에 내려놓더니 내관이 엎드려 건네준 술대를 오른손에 잡았다. 왕은 다소 긴장하였다. 왼손을 뻗어 현줄을 누르고 술대를 당겼다.

덩덩, 둥둥

"과연 명기로다. 명기야!"

왕은 아이처럼 좋아했다.

"마마, 감축드리옵니다."

특별히 불려온 중신들이 머리를 조아렸다.

"공주, 매일 탄주하여 드리리다. 공주."

왕은 체통이고 뭐고 울먹였다. 궁인들을 물리고 거문고를 무릎에 올렸다. 먼저 술대를 쓰지 않고 손가락으로 현줄을 쳤다. 구음법이었다.

러, 루, 르, 라, 로, 리

다시 해보았다.

러, 루, 르, 라, 로, 링

끝소리가 변했다. 왼손 새끼손가락으로 퉁겼다.

흥

세게 쳤다.

쌀

술대를 잡았다.

칭, 뜰

왕은 공주를 부르더니 현줄을 털었다.

슬둥뜰~ 슬기둥~ 청형슬기둥~ 둥뜰둥 둥~ 당둥당~ 징

왕은 술대를 다소 빠르게 움직였다.

슬뜰딩딩당딩덩뜰, 당동디롱당둥덩뜰, 당동다로당당디로

조묵은 거문고를 들인 뒤로 여러 차례 꿈자리가 사나웠다.

'내가 거문고에 너무 몰두한 탓인가?'

그러면서도 눈만 뜨면 거문고를 매만지며 말을 건넸다.

"거문고야, 거문고야. 이제부터는 내가 너를 끝까지 지켜줄 것이다."

꿈이었다. 떨리는 손끝에 음각으로 새겨진 유덕이 닿았다. 유덕은 이방원(李芳遠)의 자(字)이다. 환각(幻覺)이었다. 선명하게 다가오는 사람이 보였다. 보폭이 넓어 발걸음도 거침없는 이방원은 수하들을 거느리고 나타났다.

왕금, 피눈물에 젖다

1392년 7월. 이성계는 역성혁명에 성공하였다. 신흥왕국의 태조에 등극하면서 이름도 단(旦)으로 고쳤다. 불만 세력은 집안에도 있었다. 명의 사신으로 다녀오던 맏아들 이방우는 혁명에 동의할 수 없다며 도성에는 발을 들여놓지 않았다.

집 밖의 두문동에서도 농성을 하던 고려 사람들을 불살랐다. 왕씨에서 이씨로 왕조가 바뀌자 공신들의 암투가 곳곳에서 불꽃을 튀겼다. 공민왕의 거문고를 탄주하며 사는 낙으로 삼았던 공양왕은 그마저도 빼앗길 위기에 놓였다. 태조의 어전은 날마다 옥신각신 시끄러웠다.

"상감마마, 우환을 두시면 후환으로 돌아와 근심이 커집니다. 폐왕에게 사약을 내리소서."

"전하, 아니 되옵니다. 백성들은 많은 왕씨들이 강화도로 가는 배를 의도적으로 구멍을 내 수장을 당한 것이라 여겨 민심이 매우 사납습니다. 지금은 때가 아닌 줄 아뢰옵니다. 통촉하여 주시옵소서."

태조는 머리가 아파왔다. 이 말 들으면 이 말이 맞고 저 말 들으면 저 말이 옳았다. 우러러 보이던 용상이 가시방석이 따로 없을 지경이었다. 왕조의 기틀을 잡기 위해 정도전(鄭道傳)을 내세웠다. 개혁을 자처한 정도전이 신흥왕국의 선봉에 섰다. 한양도성을 축성했다.

"전하, 창업 초기에는 피를 보지 않을 수가 없나이다. 심기를 굳건히 하옵소서."

고려의 마지막 군주이던 공양왕을 삼척에 위리안치한 뒤에 참살하였다. 안고 있던 왕금(王琴)은 피로 물들었다. 악보도 피에 젖었다. 시신은 동해바다 언덕배기에 묻혔다. 왕자와 궁녀를 따로 묻었다. 말은 아래쪽 묻었다. 민심이 들끓자 폐왕의 유해를 경기도 땅으로 옮겼다. 하지만 민심 수습용으로 가짜일 것이라는 민초들의 날개 달린 설왕설래는 멈추게 할 방도가 없었다.

정도전은 태조의 향처 소생 중에서도 창업에 공이 많아 야심찬 이방원을 권력에서 철저히 배제시켰다. 전격적으로 경처 소생의 막내인 이방석(李芳碩)으로 세자를 삼아 허를 찔렀다. 이에 개국공신 배극렴(裵克廉)이 나섰다.

"시국이 평온할 때는 적자를 세우고, 세상이 어지러울 때는 먼저 공이 있는 자를 세워야 합니다."

정도전의 개혁은 순조롭지를 않았다. 적자왕통을 주장하는 왕자들 때문에 무위로 돌아가고 말았다. 이방원은 등을 돌렸다. 그의 칼날은 서슴없었다. 세자를 베고 정도전을 목 잘랐다. 어느 바람이 드센 날이었다.

"공판 대감, 부탁이 하나 있습니다."

이방원은 공조판서에게 낮은 어조를 손으로 가렸다.

"대군 나으리, 어인 일을 하명하시는지요?"

공조판서는 얼굴빛이 하얗게 변했다.

"놀라긴요. 수장고에 혹여 전조의 공민왕 거문고가 있는지 살펴 봐 주십사 청을 드리는 겁니다. 이 일은 수직 군관도 모르게 비밀입니다."

"나으리, 알겠습니다. 그 일이라면 심려치 마십시오."

판서는 가슴을 쓸어내리면서 얼굴이 펴졌다.

이방우는 도성에 발을 들여놓기 싫다고 하였다. 옛 태봉국의 도읍지였던 철원으로 내려가 명성산(鳴聲山) 자락에 은둔하였다. 명성산은 이름대로 울음산이다. 궁예(弓裔)가 신라의 부흥을 꿈꾸며 세운 태봉국이 10년을 겨우 넘기고 왕건(王建)에게 무너지고 말았다. 궁예가 이곳에 몸을 숨겼다가 피살되었다. 이름 모를 새들이 날아들어 온 산을 가득 메워 슬피 울었다. 그 후로 산 이름이 되었다.

이방우의 심사도 그랬다. 태조가 보낸 밀사도 만나주지 않았다. 어느 날 움막에 초립을 쓴 젊은이가 찾아왔다.

"나으리. 뵙기를 청합니다."

"누구냐? 썩 물러가지 못할까!"

이방우는 말방울 소리를 들었지만, 방문을 걸어 잠그며 대꾸를 했다.

"소인은 정안대군 나리의 심부름을 온 대검이라 합니다. 진안대군 나으리께서도 절 보시면 알아보실 겝니다."

"정안대군이라는 자가 시전에 무슨 장사치더냐?"

"진안대군 나으리, 방자 원자 되시는 넷째 아우님이십니다."

"이보게, 나더러 진안대군이라니 당치 않으니 그리 부르면 당장 내칠 거야. 알겠는가!"

"네네, 진안대군 나으리."

"그래도 이놈이."

"송구합니다. 나으리."

"그래? 방원이가 바쁠 터인데 이 벽촌까지 내게 어인 볼일이 있다더냐. 듣기도 싫으니 이만 물러가게나."

"나으리, 그리되면 소인은 죽은 목숨입니다요. 부디 이 불쌍한 놈 목숨을 헤아려 주십시오."

방문이 열렸다. 이방우는 수염이 자라 딴 사람 같았다. 밖은 내다보지도 않고 물었다.

"그래 무슨 용건이더냐?"

대검은 넙죽 절부터 올렸다.

"나으리께서 탄주를 즐기신다고 거문고를 가져왔습니다."

"다 소용없다. 도로 가져가게나. 방원이에게 다신 이런 짓 하지 말라고 이르게. 다시 사람을 보내면 활을 쏘아 죽일 거라 전하게."

"안 됩니다. 좀 전에 말씀 올린 대로 소인은 황천행입니다요. 나으리, 부디 이번만이라도 거두어 주십시오."

대검은 한 식경이나 땅바닥에 엎드려 있었다. 이방우는 보다 못해 움막의 뜰로 나왔다.

"이 사람 고집도 주인을 닮았구만. 그리하면 거문고만 두고 다른 물건들은 가져가게."

"나으리, 소주는 어찌할까요?"

"허허, 이놈이 그래도. 그리 짐이 많으면 놓고 가거라."

이방우는 그날 밤 잠을 이룰 수가 없었다. 빈속에 마신 순도 좋은 소주가 취기를 올렸다. 호롱불에 심지를 돋우고 거문고를 눕혔다. 한눈에 명기임이 분명했다. 줄을 대략 당겨 매고 맨손으로 유현을 튕겼다. 칼날같이 높은 소리를 냈다.

당, 동, 징

술대를 잡았다. 대현 줄을 당겼다.

덩, 둥, 등

낮지만 굵은 음이 퍼졌다. 약간의 흥이 돌자 여섯 줄을 연타해 보았다.

싸랭, 뜰, 뜰

이방우는 산조보다 정악을 좋아했다. 한동안 거문고 타기에 빠져 세상을 잊을 수가 있었다. 비바람이 심한 날이었다. 도성의 이방원에게 서찰이 한 통 전해졌다.

방원아, 보아라.

각설하고, 아버님께서는 잘 계시느냐? 너는 사방팔방 바쁘단 소리는 간간이 듣고 있다. 네가 그래도 형을 위해 보내준 거문고 덕분에 큰 위안이 되었구나. 한데 얼마 전에 거문고를 뒤집어 보았더니 놀랄 일이 생겼다. 전 주인의 낙관을 보고 말이다. 이재라면 공민왕의 호가 아닌가. 아니라면 아니라고 답해보게. 왕조를 빼앗은 것도 모자라 애장품까지 강탈했다는 말인가. 또한 핏자국 같은 것이 오동나무에 배었구나. 아, 통탄할 일이로다. 저승에 가서 우리에게 녹봉을 주던 왕씨들을 어찌 대면할 수가 있을 겐가.

아우야.

사건의 전모를 안 이상 내가 이 거문고를 탄주한다는 자체가 불충이라 생각한다. 하여 이 거문고를 돌려보내니 너무 야박하게 생각 말아라. 나는 고려인으로 이렇게 소주나 마시며 살다가 죽을 터이니 그리 알아라. 그리고 흩어진 식솔들을 모아 고향 땅으로 돌아갈 예정이다. 어릴 때 우리 여섯 형제는 함흥에서 밥 잘 먹고 천자문도 읽고 산을 타며 전쟁놀이도 하였다. 그때는 너무나 행복하지 않았느냐. 어머님이 그립구나. 날 찾지 말아다오.

고려인 이방우

공민왕의 거문고는 이방원의 손으로 돌아오고 말았다. 그는 이방우의 서찰을 받아 읽고 나자 탄식이 절로 나왔다.

"아아, 큰형님께서는 이리도 아우의 심정을 몰라주십니까."

이방원은 쏟아지는 눈물을 참지 않았다. 세상이 싫어진 태조가 함흥으로 물러나자 왕세자가 되었다. 임금이 물러나면 아들이 아닌 아우가 다음 왕이 되는 것이었다.

조묵은 꿈속에서 깨어나려 발버둥 치지만 소용없었다. 거문고에 새겨진 야은의 음각을 더듬었다. 환청(幻聽)이 들렸다.

"이놈 누군데 함부로 내 꿈속에 들어온 것인가? 썩 물렀거라."

"야은 선생께서는 소생의 목소리가 들리십니까."

길재가 초연한 표정으로 서 있었다.

***

왕세자 이방원은 고민에 빠졌다. 고려왕조의 삼은(三隱) 중에 포은 정몽주(鄭夢周)와 목은 이색(李穡)은 제거되었지만, 길재가 문제였다. 머지않아 오를 보위를 튼튼히 받쳐 줄 재목이 절실하였다. 충성스러운 칼잡이야 줄을 서 있었지만 구왕조와 신왕조를 잇는 가교역할을 해줄 인재가 별로 없었다. 길재는 그 일에 적임자라 여겼다. 문득 큰형이 돌려보낸 거문고가 떠올랐다.

'옳거니 거문고를 좋아하는 사람이니 이걸로 한번 회유를 해야겠어.'

길재는 아버지가 보성의 수령이 되자 어머니도 같이 가는데 박봉하여 외가에 맡겨졌다. 그때가 8세였다. 하루는 시냇가에서 놀다가 가재 한 마리를 잡아들고 노래를 불렀다.

가재야, 가재야, 너도 어미를 잃었느냐.
나는 너를 삶아 먹고 싶지만
네가 어미를 잃은 것이 나와 같기로 너를 놓아준다.

길재는 이색, 정몽주, 권근과 교유하여 배우고 국학에서 공부해 생원·진사시에 합격하였다. 이방원과도 이웃하였고 국학에서 같이 공부를 하였다. 서로 가까이 지냈다. 기사년에 문하주서가 되고 경오년 봄에 고려가 점차 위태함을 알고서 벼슬을 버리고 시골로 돌아가는 길에 이색에게 들러 하직을 고하였다. 이색이 그에게 시를 지어 주었다.

구름 같은 벼슬 따윈 급급할 바 아니라서
기러기 아득아득 공중으로 날아가네.

이방원은 길재가 은거한 파평으로 거문고를 보냈다. 앞서 큰형에게 거문고를 보냈다가 실패한 전례를 거듭할 수가 없었기에 당부를 하였다.
"이번에는 한 치의 착오도 용서치 않을 것인즉, 각별히 유념토록 하여라."

"마마, 심려치 마옵소서. 이놈이 목숨을 다해 소임을 받들겠습니다."

대검은 주인에게 엎드려 맹세를 하고 떠났다. 엄중한 호위 아래 거문고는 비단에 싸여 소리 소문내지 않고 숨어들었다. 칼을 숨겨 두고 패랭이를 쓴 대검을 만난 길재는 이방원의 안부를 물었다.

"자네 상전은 안녕하신가?"

"예, 나으리께서 염려해주신 은덕으로 평안하십니다."

"그래, 예까지 어인 일인가?"

"예, 나으리께 올려 드리라는 서찰을 지니고 왔습니다."

대검은 품속에서 봉합된 서간을 꺼내 건넸다.

"이놈은 잠시 물러나 있겠습니다."

대검이 자리를 뜨자 길재는 봉간을 열었다.

학형께 삼가 문안을 드립니다.

우리는 도성에서 한마을에 살던 이웃사촌이었으며 국학에서는 한방에서 서경을 나란히 읽었습니다. 작금에 도탄에 빠진 백성을 구한다고 나선 혁명에 학형께서 심기가 불편하여 말이 아닌 줄 알고 있습니다. 그래서 조금이나마 위안을 드리고자 거문고를 보내니 옛정을 헤아려 받아 주면 합니다. 손톱만한 가식이나 한 치의 저의도 품지 않은 순백의 마음이니 부디 혜량하여 주기 바랍니다.

도성에서 학제 이방원

길재는 잠시 고민에 빠졌다.

'이 일을 어찌하면 좋단 말인가? 처신을 잘못했다간 역사에 간적으로 기록되어 조상님들까지 욕을 보일 터, 정녕 난감한 일이로다. 하면 물건을 돌려보낸다면 후손들의 앞길을 막으니 그 또한 온당한 일인가? 그래 저의가 없다니 한번은 믿어 볼 수밖에 없지 않은가?'

길재는 현금을 조율하여 연주를 해보았다. 명기의 음률은 망국의 한을 품은 올곧은 선비에게 애잔한 위안을 주었다.

흥~당 둥쓸당~ 징~ 둥당장~ 둥당

반년이 흘러 초가을이 돌아왔다. 왕세자 이방원은 임금에게 길재를 태상박사로 기용하기를 청하여 교지를 받아냈다. 곧바로 길재에게 사람을 보냈다. 교지를 받아든 길재는 곤혹스러운 얼굴이 역력하였다. 그는 곧 마음을 다잡았다. 저의가 없다던 거문고를 돌려주기 위해서라도 이방원을 만나야겠다는 결심을 하기에 이르렀다. 역마를 이용하다 보니 그리 오래 걸리지 않아 두 사람의 상봉은 이루어졌다.

"재보, 이 얼마 만이오. 참으로 반갑소이다."

이방원은 정말 죽마고우를 만난 것처럼 대하였다.

"그간 강녕하신지요?"

길재는 반가운 마음을 가졌으나 표현할 도리가 없었다.

"내게 인재가 필요하오. 재보께서 허락해준다면 천군만마를 얻은 것이나 진배가 없을 것이오. 부디 나를 좀 도와주시오."

"이미 초야에 묻힌 몸입니다. 외람되오나 여자에게 두 남편이 있을 수 없듯이 신하에게 두 임금이 있을 수가 있겠습니까? 옛 정리가 조금이라도 남았다면 부디 통찰하시어 이 미력한 선비의 뜻을 헤아리셔 욕되지 않게 살펴 주시기 바랍니다. 거듭 부탁을 드립니다."

"아, 하늘도 무심하오. 어찌 인재를 두고도 쓰지를 못하니 이런 딱한 노릇이 있겠소."

"한 가지 청이 더 있습니다."

"청이라면 무엇이든 들어드리리다."

"앞서 보내준 거문고를 돌려드리겠으니 허락하여 주기 바랍니다. 그간 무료하던 차에 도움이 되었습니다."

"아니 되오. 그것만은 아니 되오. 재보."

재보는 길재의 자다. 대궐을 빠져나와 왕세자가 보내준 하인들을 돌려보내고 홀로 도성을 돌아보았다. 만월대 건너편 언덕에 말을 세웠다. 한줄기 눈물이 뺨을 흘렀다. 바람이 차가웠다. 감회에 젖어 시를 한 수 읊었다.

회고가

오백년 도읍지를 필마로 돌아드니
산천은 의구하되 인걸은 간데없네
어즈버 태평연월이 꿈이런가 하노라.

길재가 만류에도 불구하고 초연하게 떠나자 대검이 거문고를 말 안장에서 거두었다. 길재는 곧바로 고향 근처로 숨어들었다.

며칠 뒤에 소주에 취한 이방원은 거문고를 무릎에 올려놓고 곡이 없는 즉흥 탄주를 하였다. 문밖에 성정 사나운 바람이 어둠을 훑고 지나갔다.

둥~ 덩~ 쓸갱~ 써러갱

드디어 보위에 오른 왕세자는 공민왕 거문고를 탄주하고 나면 악몽에 시달렸다. 공민왕이 버선발에다 곤룡포는 황금색은 보이질 않고 핏빛이었다. 거문고를 돌려 달라고 소리를 질렀다.

"이보게, 방원이! 내 거문고를 내놓게. 고려를 빼앗아가고도 욕심이 차지 않았는가? 피눈물에 젖은 왕금은 내 분신이니 돌려주게나!"

"이보시오! 한번 지나간 역사는 다시 돌이킬 수 없고, 빼앗긴 왕에게는 변명의 여지가 없소이다."

어느 때는 노국공주가 눈에 피를 흘리며 꿈속으로 나타났다. 몽골 말로 울부짖으며 따라왔다. 황급히 연못에 뛰어들어 허우적거리다가 소스라쳐 일어나면 식은땀으로 온몸이 젖어 있었다.

태종은 도화서에 명을 내려 공민왕이 흰말을 탄 모습을 그렸다. 종묘에서 머지않은 자리에 사당을 지어 봉안하고 길일을 택해 예를 올리도록 하였다. 그 뒤로는 악몽의 빈도가 줄어들다가 점차 사라지게 되었다.

태종은 정국이 안정되자 공조판서에게 질 좋은 오동나무로 거문고를 9기 만들도록 명을 내렸다. 거문고가 완성되자 먼저 왕위를 물려준 상왕 정종에게 진상했다. 큰형인 진안대군의 기일에 맞춰 거문고를 올렸다. 친구인 길재에게 사양하지 말라는 친서와 함께 거문고를 보냈다.

세월은 쉬지 않았다. 왕은 다시 명을 내렸다. 크기를 다소 줄인 거문고에 아름다운 문양을 넣게 하여 여섯째 아들인 회녕군에게 하사하여 따뜻한 부정을 보이기도 했다. 회녕군은 '어사금'이라 이름을 짓고 가보로 삼았다.

조묵은 또 꿈을 꾸었다. 거문고 밑판을 다시 쓰다듬었다. 손끝에 닿는 감각이 전해졌다. 난계(蘭溪)였다. 환시(幻視) 현상이 찾아왔다. 세종과 박연이 보였다. 왕의 집무실인 사정전에 옥좌에 가까운 자리는 신하가 마주 앉아 악보를 그리고 있었다. 왕은 지병이 도졌는지 눈이 충혈되어 있었다.

***

1422년(세종 4년) 비가 귀했다. 5월에 들어서자 비가 늦어 농사에 지장이 많았다. 상왕이던 태종이 병석을 무릅쓰고 기우제를 지낸다고 나섰다. 닷새가 지나자 지쳐갔다.

"내가 죽으면 상제께 가서 내 백성을 위해 비를 내려주십사 하겠노라."

그의 볼에 한줄기 눈물이 흘러내렸다. 지성이면 감천인가. 5월 10일 새벽부터 비가 내렸다. 강토를 적시는 해갈의 빗소리를 들으며 역성혁명을 이은 창업의 풍운아가 눈을 감았다.

세종은 부왕이 피바람을 일으켜 닦아 놓은 신흥왕국의 기틀 위에 문화의 대 설계자로 자리매김할 수가 있었다. 세종의 머릿속에는 언제나 백성이 있었다. 중국과 다른 글자를 창제하는 일이 급선무였다. 백성들 간에 말과 글이 통해야 했기 때문이다. 시간도 정확해야 하고 농사의 기본을 알려야 했다. 민초들도 목숨 부지가 아닌 삶이 있어야 했다.

임금은 절박한 고비를 넘기자 음악에 눈을 돌렸다. 불완전한 악기 조율의 정리와 악보편찬의 필요성이었다. 문득 박연이 떠올랐다.

'그래, 대금을 잘 부시던 스승님이 적임이야. 스승님이.'

앞서 박연은 시강원에서 임금이 세자시절 글을 가르쳤다. 박연은 제자를 위해 잠시 쉬는 시간에 대금을 불어 정서 함양을 도왔다. 세자 충녕대군은 아름다운 소리에 심취하여 기쁜 마음을 키워나갔다.

"스승님의 소리는 정녕 경지에 이르렀습니다."

"세자저하, 과찬이십니다. 부족하여 송구할 따름이옵니다. 외람되오나 청을 한 가지 올렸으면 하옵니다."

"스승님, 무엇이든 말씀을 하세요."

"앞으로 국가의 동량을 뽑으실 때 과거시험의 성적도 중요하지만, 사람의 본바탕이라 여기는 인성을 살펴보심이 더욱 중요한 일이옵니다."

박연은 하나를 가르치면 두셋을 아는 세자가 성군이 될 것임을 굳게 믿었다. 스승은 성심을 다해 제자에게 공을 들였다.

갑작스런 부름에 박연은 어전에 부복하였다.

"신은 감히 전하께 문후 여쭙습니다."

"스승님, 그간 강녕하시온지요?"

"전하, 이제는 신에게 그리 부르시면 아니 되옵니다. 거두어 주옵
소서."

어전이 술렁거렸다.

"그대들은 들으시오. 스승을 스승이라 칭하는 것이 법도에 어긋
나기라도 한답니까."

"성은이 망극하옵니다."

세종 특유의 정면 돌파가 먹혀들어 잠잠해졌다.

"스승님, 아악이 중국을 그대로 모방하여 우리의 정서와는 맞지
를 않습니다. 조선에 맞는 아악으로 고쳤으면 합니다."

"전하, 하명을 받자와 성심을 다하겠습니다. 더불어 율관과 편경
을 우리에게 맞게 제작하고자 하오니 윤허하여 주시기 바라옵니다."

"스승님, 고맙습니다. 무엇이든 필요한 것이 있다면 요청하세요."

"전하, 맹사성(孟思誠) 같은 숨은 인재가 필요합니다. 다른 청이
있다면 전조의 공민왕이 탄주하던 거문고가 수장고에 있다고 들었
습니다. 소신이 한번 살펴볼 수 있도록 윤허하여 주시옵소서."

신료들이 벌 떼처럼 들고나왔다.

"전하, 아니 되옵니다. 저자는 다른 뜻을 품고 있나이다. 대대로
전조에서 녹을 먹었던 집안입니다."

"전하, 불가하옵니다. 부디 통촉하여 주시옵소서."

56

임금의 안색이 푸르게 변했다.

"모두들 참 딱도 하시오. 스승님이 거문고를 앞세워 역심이라도 품는다는 게요. 그리고 이 자리에 선대에서 전조에 녹을 먹지 않은 이가 몇이나 된단 말이오. 야박하게 그러시들 마시오."

박연은 충청도 영동 사람이다. 호는 난계이다. 1405년(태종 5) 문과에 급제하였다. 집현전교리·사간원정언·사헌부지평 같은 출세 가도인 청요직을 두루 지내며 장래의 정승 감으로 주목받았다. 성절사 사절단으로 명나라에 가서 악기와 음률을 살펴보고 돌아왔다. 예문관 대제학을 역임하였다. 각고 끝에 조선의 음률을 바로잡아 연주하게 되었다.

박연은 어릴 때부터 즐겨 불던 피리가 머릿속에서 떠난 적이 없었다. 그의 예술혼은 영의정보다 음률가로 역사에 남기를 바랐다.

박연은 임금의 허락으로 공민왕의 거문고를 집으로 가져와 마주하게 되었다. 마당쇠에게 사랑채에 보초를 서게 했다. 긴장감이 방 안에 가득 찼다. 두 겹으로 싼 거문고의 비단보자기를 벗겼다. 향이 코에 먼저 닿았다. 말총으로 짠 향낭이 숨어 있었다.

덩더덩, 덩더덩

현줄을 누른 손이 부르르 떨었다. 술대를 연이어 당겼다.

'전조의 거문고라 그런가? 현음도 애달프도다.'

심사를 달래보려고 늘 곁에 둔 피리를 집어 한 곡 불었다.

박연은 여러 악기의 조율에 필요한 편경을 제작하면서 재료인 경석을 경기도 화성에서 채석하여 쓰는 데 성공했다. 중국이 아닌 그의 손으로 편경이 완성되었다.

"전하, 어느 음률은 일 분(一分) 높고, 어느 음률은 일 분이 낮습니다."

임금은 손수 편경을 살펴보았다.

"스승님, 이것 보세요. 소리가 높은 데에 군더더기가 붙어있어요. 여기서 일 분을 떼어내고 낮은 데는 일 분 붙이면 되리라 봅니다."

박연은 조회, 회례, 제향아악을 정리하여 궁중음악을 개혁하였다. 세종은 그에게 안장 얹은 말을 하사했다. 이렇듯 군신 간의 돈독한 정리는 훗날 재앙을 불러온 계기가 되었다.

박연의 막내아들 계우(季愚)가 세조의 왕위찬탈에 결사적으로 반대했다가 처형되고 만 것이다. 며느리가 세조의 측근 홍윤성 집안의 노비로 전락하는 참담한 일을 당하게 되었다. 공민왕의 거문고는 다시 궁궐의 수장고에 갇히는 신세가 되고 말았다.

조묵은 꿈결에 거문고를 쓰다듬는 손끝에 반가운 글자가 잡혔다. 당(瑭)이었다. 수심이 가득한 그의 눈에 물기가 가득하였다. 조묵은 환영(幻影)에 놀라 깨어날 뻔했다. 가까스로 마음을 진정하고 꿈결을 이어갔다.

***

문종은 부왕인 세종이 숙원으로 삼았던 '적자왕통'의 의지에 세자로 30년을 지내다가 보위에 올랐다. 안타깝게도 3년째 들어 39세의 나이로 세상을 떠났다. 정국은 조선왕조 창업 초기의 피바람이 재연될 조짐을 보였다.

단종은 어린 나이에 부왕의 뒤를 이었다. 삼촌들이 호시탐탐 옥좌를 노렸다. 그중에도 큰삼촌인 진평대군, 아니다. 수양대군의 날카로운 발톱이 길었다. 수양대군은 김종서(金宗瑞)와 황보인(皇甫仁)을 피살하고 성삼문을 위시한 사육신을 몰살하였다. 나아가 단종의 옥좌를 찬탈하기에 이르렀다.

앞서 세종이 미리 수양대군에게 교화를 염두에 두고 석가모니의 일대기인 ≪석보상절≫을 편찬케 하였으나 야욕을 잠재우지는 못했다. 더군다나 선대왕의 유훈과 집현전 학사들과의 언약을 저버린 신숙주(申叔舟)의 현실 정치도 일조를 하였다. 발음이 같은 '숙주나물'이 잘 쉰다는 속설이 번져나갔다. 창녕성씨(成氏) 가문에서는 숙주나물을 입에 대지도 않았다.

세조는 어리고 여린 단종을 첩첩산중 영월로 유배를 보냈다. 단종 복위 거사를 역모로 뒤집어 왕방연을 금부도사로 삼아 사약을 내렸다. 금부도사는 통한의 시조 한 수를 남겼다.

천만리 머나먼 길에 고운 님 여의옵고
내 마음 둘 데 없어 냇가에 앉았으니
저 물도 내 안 같아야 울어 밤길 예놋다.

세조는 돌아선 민심을 돌리고자 열 명이 넘는 동생들을 십분 활용하였다. 그들의 성향에 따라 선물을 내려 불러도 모습을 나타내지 않는 유림들을 포섭하고자 했다. 영해군(寧海君) 당은 세종과 신빈 김씨(愼嬪金氏) 슬하의 6형제 중에 5남이었다. 단종의 삼촌이자 세조와는 이복형제였다. 영해군에게 밀지를 내렸다.

당아, 보아라.

부왕께서 승하하시고 선왕께서는 병약하여 보위를 오래 지키지를 못하였노라. 노산군 홍위(弘暐)가 계승하였으나 너무 어려 김종서와 성승(成勝)과 유응부(兪應孚) 등이 역심을 품어 종묘사직이 위태로워 거사를 도모하였느니라. 사사로이 따지자면 그대는 내게 아우이지 않은가. 모후께서 작은어머니를 대하듯이 짐도 아우를 그리 대할 것이다.

당아.

너는 어릴 때부터 성격이 화목한 것을 따르고 커가면서 거문고 탄주를 좋아하지 않았느냐. 아직도 민심이 수습되지 않고 있어 아우가 짐을 멀리서나마 도와주어야 할 것이야. 이에 집현전의 서책과 전조의 거문고를 어주와 함께 보내니 사양치 말거라. 별도로 살생부에 낙점해서 보내는 중신들의 집을 암행하여 책을 전하여라. 어주로 흥을 돋워 거문고를 탄주하면서 회유에 나서라. 특히 김시습(金時習)과 남효온(南孝溫)을 잘 챙겨 입궐토록 권해라. 다 왕실과 백성을 위함이니라. 이에 밀명을 내리노라.

영해군은 청지기를 불렀다.

"게 아무도 없느냐!"

"네이, 불러계시옵니까?"

"어서 화로에 불을 담아 가져오너라. 어여!"

"나으리께서 어디가 아니 좋으신지요."

"거참, 말이 많구나. 어여 가져오래도."

어리둥절하면서 들고 온 화로를 당겨 놓고 청지기를 물렸다. 화롯불을 뒤집어 불씨가 빨갛게 살아나자 밀지를 태웠다. 살생부는 문갑 안에 숨겼다.

영해군은 세상이 싫어졌다. 증조부인 태조의 창업 이래 불어 닥친 피바람이 부왕의 선정으로 끝장나는 줄 알았다. 백성들의 삶을 위해 글자를 만들고 시계를 전하고 농사법을 가르친 부왕을 생각하니 눈물이 저절로 흘렀다. 어머니 신빈 김씨의 인자한 모습이 뒤따랐다.

"아바마마께서 승하하시고 짧은 동안 세상이 지옥으로 변하였습니다."

천지간에 엎드려 숨어 있던 피바람의 광풍이 운집하여 다가오고 있음을 똑똑히 보았기 때문이었다. 창졸간에 죽은 조카가 떠올랐다. 한탄을 거듭했다.

"홍위야, 홍위야. 너는 어찌 홍매화처럼 그리 빨리도 졌느냐."

"아, 어찌하여 형님은 내 손에도 피를 묻히라 하는가."

영해군은 거문고 술대를 찾았다. 주안상이 들자 소주를 연거푸 석 잔을 마셨다. 맨정신으로는 이 밤을 보내지 못할 것 같았다. 취기가 오르자 세조가 대군 시절부터 그림자처럼 따라다니던 호위무사가 두고 간 거문고를 펼쳤다.

"이 거문고가 정녕 공민왕의 거문고란 말이지. 정녕코."

덩더덩, 덩더덩

'아, 현금의 소리가 이토록 애처로운 것은 망국의 한이 줄줄이 서린 것일까? 내가 무슨 업보로 이 악역을 맡는단 말인가?

영해군은 밤이 깊도록 술대를 놓지 않았다.

조묵은 다시 꿈을 꾸었다. 몽환(夢幻)을 보았다. 정신을 가다듬고 거문고를 다시 어루만졌다. 대궐 안 같은데 갑옷을 입은 광해군(光海君)이 말을 타고 있었다. 사방에 횃불이 검은 연기를 내뿜으며 일렁거렸다.

＊＊＊

"짐은 임진년에 왜적을 물리친 조선의 왕이다! 패주 연산군의 실책을 범하지 않겠노라! 각자 전투 위치에서 자리를 지켜라! 역도들을 물리친 자들에게는 고하를 막론하고 큰 벼슬을 내리겠노라! 병조판서를 불러라. 어서!'

광해군의 눈에 불이 붙었다.

"마마, 병판대감은 행적이 묘연하답니다. 어서 피신을 하옵소서."

늙은 내관은 금방이라도 숨이 넘어갈 것만 같았다.

"역도들이 돈화문을 부수고 들어와 불을 질렀답니다. 어서 피하

62

소서."

"타성바지가 역모를 꾀했다면 종묘에 방화를 했을 터이니 살펴보아라!"

함춘원이 불길에 휩싸였다. 일핏 보기엔 종묘에 불이 난 것처럼 착각을 할 수가 있었다. 바람을 따라 불꽃이 하늘로 치솟았다.

"마마! 종묘에 불이 붙었나이다!"

"아, 하늘도 무심하도다. 짐의 대에서 종묘사직이 끝나는구나."

"마마! 마마! 어서 북문으로 피하소서."

"역모에 가담한 우두머리가 어느 놈이라 하던가."

"마마, 황공하오나 능양군이라 하옵니다."

"허허, 그놈의 애비부터 품은 역심을 진작 알고 있었는데 살려둔 게 화근이로다. 그런 놈한테 당하다니 원통하구나. 아, 이럴 때 숙부 원천군(原川君)이 옆에 없다니 안타깝구나."

한참 앞서 임진왜란이 터졌다. 왕도 신하들도 속수무책이었다. 이리떼처럼 날뛰는 왜군은 민초들을 능욕하고 유린하면서 강산을 초토화시켰다. 왕은 백성을 버리고 먼지를 뒤집어쓴 채로 압록강을 향해 달아나기 시작했다. 여차하면 나룻배에 의지해 대륙으로 넘어갈 심산이었다.

송강 정철(鄭澈)이 나섰다.

"전하, 아니 되옵니다. 목숨을 바쳐 싸워야지 불가합니다."

백사 이항복(李恒福)도 말렸다.

"전하, 육지에서 권율(權慄)은 이를 갈며 분전하고 바다에는 이순신(李舜臣)이 죽기로 독전하고 있나이다. 머지않아 승산이 있을 줄로 아뢉니다."

조정을 둘로 쪼개어 분조(分朝)를 정했다. 신하들도 나누어졌다. 분조의 수장을 맡은 세자 광해군은 부왕과 다르게 현명하고 거침이 없었다. 앞장서 평안도와 강원도를 돌며 민심을 수습하였다. 경상도와 전라도의 적진 깊숙이 들어가 군량을 모으고 군기를 바로잡는 데 큰 공을 세웠다. 분조의 중심에 세자를 호종하는 종실 원천군이 있었다. 그는 영해군의 증손자였다. 세자에게는 종실의 선원계보를 따지자면 족숙질로 숙부라 불렀다.

세자와 원천군은 8도를 종횡무진하며 동고동락을 했다. 비가 오면 비에 젖고 눈이 내리면 그대로 맞았다. 오로지 위안으로 삼는 것이 있었다. 거문고 탄주였다. 수복한 영토에서는 수령의 객사에서 적군의 수중에서는 불타다 만 민가에서 거적을 깔고 시름을 달랬다. 거문고 현줄에 세자의 눈물이 하염없이 떨어졌다. 원천군도 흐르는 물기를 닦지 않았다.

덩덩, 덩더덩

깊은 가을날. 광해왕세자는 경상도에서 충청도 순행 길에 접어들었다. 조령 중턱이었다.

"숙부, 신립(申砬)이 전사한 곳을 아시나요."

"세자저하, 신립이 배수진을 친 데가 고개 너머 탄금대 아래입니다."

세자는 말고삐를 잡아채면서 뒤돌아 원천군과 눈을 마주하였다.

"신립은 어찌하여 험준한 이곳에 매복 작전을 펴지 않았을까요? 나라면 분명 군사를 숨겼을 터인데요. 남한강을 등진 배수진이 옳다고 보세요?"

"저하, 신립도 병법과 전술에 뛰어난 장군입니다. 왜적이 부산포에 내려 파죽지세로 북상하자 지방 수령들은 싸울 방도를 세우지 못했습니다. 자신의 안위에 급급하여 식솔들만 챙겨 달아났지요. 그러니 관병들은 지휘체계를 잃고 오합지졸이 되었지요. 신립은 무장으로서 스스로의 치욕을 씻고자 목숨을 버린 것일지도 모릅니다. 하여 신립을 비난만 해서는 안 될 줄로 압니다."

원천군 일행은 텅 빈 충주 관아를 지나 탄금대에 올랐다. 강물은 푸르게 빛나고 도도히 흘렀다.

"저하, 쉬어 갈 겸 누대에 오르시지요."

"아하, 여기가 우륵(于勒)이 가야금을 탔다는 탄금대군요."

"여봐라, 거문고를 대령하라!"

원천군의 목소리가 여느 때보다 우렁찼다. 군관이 말 등에 얹혀 있던 거문고를 조심스레 안아 누대 마루에 눕혔다.

"저하, 저 아래 보이는 모래밭이 신립이 전사한 자리입니다."

"예, 그렇군요."

세자의 붉은 볼에 한줄기 눈물이 흘러내렸다.

"저하, 청이 하나 있사옵니다."

"숙부, 청이라니요. 말씀해보세요."

"저 아래에서 죽어간 수천 병사들 원혼을 달래 주심이 어떨까 싶어서요."

"숙부, 내가 어찌하면 될까요?"

"저하, 이 거문고로 탄주하여 수많은 고혼을 승천하도록 하심이 가한 줄 아룁니다."

"숙부, 알겠어요. 내 그리하리다. 그리하고 말고요. 백 번이고 천 번이고 그리할게요."

"저하께서 이토록 지극한 성심을 보이시니 원혼들도 감복하여 분명 승천할 것입니다."

"숙부께서 제가 미처 깨우치지 못한 것을 알려주어 고맙고 감사할 따름이지요. 그리하여 제 체면이 바로 설 수가 있었네요."

"저하, 소신은 잠시 내려가서 제상을 준비하여 향을 올리고 술두루미를 열어 모래사장에 뿌리겠습니다."

"숙부, 옳은 말이에요. 그리하시지요. 나는 탄주를 할 것입니다."

원천군은 탄금대 모래사장에 군병들을 도열시켰다.

"군사들이여! 모두 부복하라!"

"부복하랍신다!"

전령의 목청이 더 높았다. 세자의 탄주가 이어졌다.

당, 슬기둥 당, 도랑뜰당둥, 당둥당 징

광해군의 조카 능양군과 반정 세력들은 저마다의 정치적 야욕과 복수심으로 반정을 일으켜 정권을 잡았다. 반정공신들의 논공행상을 하는 자리였다. 공신 등급에 불만을 품은 이괄(李适)의 표정이 사나웠다. 김자점은 차례가 오자 대전 한가운데 엎드렸다.

"마마, 불가하옵니다. 소신은 공이라고 내세울 것이 없습니다. 거두어 주시옵소서."

"경의 공로가 크오. 사양치 마시오."

"마마, 황공하오나 소신이 현금을 좋아하여 명기를 하나 갖고 싶기는 하옵니다마는."

"그리하면 공조에 하명을 하겠어요."

"마마, 폐주 광해군이 탄주하던 공민왕의 거문고가 있다 합니다. 그것을 소신에게 하사하여 주신다면 가문의 영광이 될 것으로 사료되옵니다. 백골난망 오로지 마마를 위해 살겠습니다."

"뭐라, 전조의 거문고가 있다니요. 정히 그렇다면 그리하시오."

"마마, 성은이 망극하옵니다."

전리품으로 수습한 거문고를 안고 나오는 김자점의 도포 자락이 바람을 잔뜩 담아 꼬리처럼 휘날렸다.

소개장

이조묵은 1792년(정조 17) 사대부 집안에서 태어났다. 자는 강다(降茶), 호는 육교(六橋)이다. 가문의 배경이 있음에도 불구하고 과거시험은 단 한 차례도 응시하지 않았다. 여태껏 보고 들은 출셋길이라는 것이 과거급제에 있다는 것은 생각만 해도 끔찍한 일이었다. 6살 나이 차이가 났지만, 친구처럼 지내던 김정희가 과거시험 때만 돌아오면 재촉을 하기에 바빴다.

"이 사람 조묵이, 과거를 보아야 죽어서도 조상님 뵐 면목이 설 게 아닌가?"

대답은 한결같았다.

"사형, 그까짓 출세 따위는 안중에도 없소."

"자네 생각을 왜 모르겠나. 허나 세상은 그렇지가 않다네."

김정희는 늘 안타까웠다.

"사형, 말씀은 고맙소만 내 마음을 어찌할 수가 없으니 어떡하오."

"설사 학문이 경지에 이른다고 흙 속에 묻힌 옥을 누가 알아나 줄까?"

김정희는 포기하지 않았다.

"조실부모한 내가 세상에 무얼 바라겠소."

"이 사람아, 나도 열두 살에 양부를 여의지 않았는가."

"사형, 결심을 하였소. 시서화나 미친 듯이 하다가 죽을 것이오."

"명문가의 장자로서 그게 할 소린가! 실력이 모자라길 한가 딱도 하네."

김정희는 화가 났다.

"내 아버지 같은 경우만 하더라도 6조의 판서를 빠짐없이 지냈건

만 결국 무엇이 남았을까 싶소."

"허허, 자네 고집을 누가 당할 수가 있겠나?"

김정희의 충고는 웬만한 일에는 듣는 편이었다. 과거에 응시하는 문제만큼은 좀처럼 먹혀들지를 않았다. 김정희는 앞으로 조묵에게 닥칠 관직이 없는 선비의 어려움을 미리 알고 있었다.

조묵은 박제가 생전에 독선생으로 글을 배웠다. 김정희도 그의 문하에서 배운 적이 있어 둘은 동문이라 여겼다. 때문에 조묵이 김정희를 사형이라 불렀다. 박제가 죽은 뒤에도 조묵은 정신적 지주로 삼았다.

김정희의 호는 추사와 완당(阮堂)을 주로 썼지만 예당·시암·과파·노과 등 백여 개나 된다. 본관은 경주다. 1786년(정조 10)에 충청도 예산에서 태어났다. 1809년에 생원이 되었다. 24세 되던 해 10월에 생부 김노경(金魯敬)이 동지 겸 사은부사로 연경에 가게 되었다. 사신 일행의 가까운 사람으로 수발을 들며 호위하게 하는 제도인 자제군관으로 동행하였다.

자제군관은 사행단의 일원으로 국비로 가는 것이며 1780년 연암 박지원(朴趾源)이 8촌 형인 박명원이 진하사 겸 사은사로 연경에 갔을 때와 같은 직책이었다. 김정희는 사신의 업무와는 별개라 자유시간이 많았다. 공적인 업무에 구애받지 않았으므로 거리에 나가 자연스럽게 중국의 문물을 접하게 되었다. 또한 필담으로 많은 사람을 만났다.

김정희는 연경에서 청나라의 대학자인 옹방강과 완원(阮元)을 만나게 되었다. 연경에 체류한 기간이야 두 달여 짧았다. 그렇지만 그들과 교유하면서 경학, 금석학, 서화에서 영향을 많이 받았다. 이것은 결과적으로 조선학계의 대사건이며 큰 반향을 불러일으키는 계기가 되었다.

김정희의 예술은 시·서·화(詩書畵)를 일치시킨 이념미의 구현으로 고도의 발전을 보인 청나라의 고증학을 바탕으로 했다. 학문에서는 실사구시(實事求是)를 주장했다. 나아가 서예에서는 추사체를 대성시켰다.

1810년 6월 3일은 김정희의 25세 되는 생일이었다. 생원 시험에 일등으로 급제를 한 데다 봄에 중국에서 귀국한 터라 소문나게 잔치를 벌였다. 조묵은 보름 전에 그의 집사로부터 초대장을 건네받았다.

김정희의 집은 그야말로 북새통을 이루었다. 경주김씨 문벌가의 위세를 보여주듯 중인에서부터 명문 사대부의 젊은 후예들이 모여들었다.

"아우님, 어서 오시게."

김정희는 조묵을 반갑게 맞아들였다.

"사형, 생신을 축하드려요."

두 사람은 누가 먼저랄 것 없이 손을 마주 잡았다. 사랑채며 행랑채가 온통 과거시험 이야기였다. 거기에다 동지사 행렬과 연경 학자와의 교유였다. 단연 옹방강과 옹수곤 부자가 화젯거리였고 다음은 완원이었다. 술이 몇 순배 돌자 김정희가 자리에서 일어섰다.

"여러분들께서 저의 누옥을 찾아주시어 고맙소이다."

그는 심호흡을 하면서 목소리를 가다듬었다.

"북경에서 만나 사제지정을 나눈 옹담계 선생님을 기리는 뜻에서 '담'을 얻어 여기 이 초라한 서재를 보담재(寶覃齋)라 칭할 것이요."

다시 숨을 크게 한번 쉬었다.

"또 자호를 완운대 선생의 '완'을 취해 완당으로 삼았으니 그리 불러주면 두루 고맙겠소."

잠시 침묵이 흐르는가 싶더니 박수가 터졌다.

"역시 대국 물이 좋긴 하구먼."

"아무튼 축하할 일일세."

김정희의 생일잔치는 밤이 깊도록 이어졌다. 축하객마다 조묵을 소개했다.

"이렇게 새파란 젊은이는 누구인가?"

모두들 의아해했다.

"작고하신 이병정(李秉鼎) 대감댁의 장자입니다."

김정희의 소개말에 조묵은 고개 숙여 답을 했다.

"연전에 생원시는 보았겠지."

연배가 있어 보이는 사람들은 과거에 응시를 하였는지 묻기도 하였다. 과거에 관심이 없는 터라 허를 찔린 조묵은 얼굴이 새빨개졌다.

"사내가 원. 아녀자처럼 부끄러움을 타기는… 쯧쯧."

모두 한바탕 웃었다.

"아니, 무슨 말들을 그렇게 하시오!"

조묵의 표정이 굳어졌다.

"여보게들, 그만하게. 이 친구는 뜻한 바가 있어 과거 응시는 접었다네."

사태를 짐작한 김정희가 손사래를 치고 나섰다.

"자네 파하고 갈 때 나를 꼭 보고 가도록 해주게나."

조묵의 손을 잡아주고 위로했다. 돌아갈 사람들은 돌아가고 먼 길에 온 이들은 잠자리를 준비할 무렵이었다.

"지난번에 부탁하였던 옹방강 선생님께 자네를 소개하는 서찰일세."

김정희는 조묵에게 수결이 있는 봉간을 내밀었다.

"사형, 정말 고맙소."

대문에 걸린 등불이 잠시 일렁거린다 싶더니 조묵의 눈가에 설핏 물기가 반짝거렸다.

석묵서루 담계 스승님 전에

소학의 재실에 관심을 주시어 몸 둘 바를 모를 지경입니다. 감히 스승님의 안부를 여쭈어봅니다. 전번에 석묵서루에서 약조를 하셨던 이조묵 군이 동지사절단에 명단이 올라 북경을 가게 됩니다. 아무쪼록 소학을 뵌 것처럼 하여 주시기 간곡하게 부탁을 드립니다.

이 군이 나이는 어리나 소학을 능가하는 재주가 있으니 눈여겨보아
주시기를 바랍니다.

보담재에서 김추사가 올립니다.

***

조묵은 조반을 물리고 서둘러 집을 나섰다. 운종가를 가로질러
육의전을 찾았다. 바로 시전 도가의 근거지 도중으로 들어갔다.

"뉘신데 불쑥 들어오는 것이오?"

행색으로 보아 하공원이 팔을 뻗어 앞을 가로막았다.

"대행수 어른을 보고자 왔네."

"어느 대행수 어른을 말하시는지?"

"박경덕(朴慶德) 어른이라네."

"말을 삼가시오. 그 어른은 이제 도령위에 오르셨소."

하공원의 목소리가 높아지자 도중 안의 시선이 한곳으로 쏠렸다.
눈길이 곱지를 않았다. 감독청인 한성부나 경시서에서 나온 하급관
리 정도로 보는 눈치였다.

"도령위 어르신과 사전 약조라도 있소?"

이때였다.

"아이구, 도련님 아니신가요. 이놈들아, 냉큼 안으로 모시지 않고
스리."

밖이 소란하자 문틈으로 내다보던 박경덕이 반색을 하고 나왔다.

"승진을 축하드립니다."

조묵은 선 채로 절하여 예를 표했다. 박경덕은 늙었지만 강한 눈초리며 목청은 여전했다. 박경덕은 이병정이 한성판윤을 지낼 적에 음으로 양으로 혜택을 많이 입었다. 육의전과 한성부는 뗄 수 없는 연결고리가 있었을 터이다. 처음에는 사무적이었지만 서로 배짱이 맞자 두 사람은 신분을 넘어 교유하기에 이르렀다.

　"아니, 도련님께서 여기까지 어인 일인지요?"

　박경덕은 궁금해 물었다.

　"그게 저…."

　조묵은 갑자기 말문이 막혔다.

　"도련님, 아버님 기일은 정월이온데…."

　조묵은 아버지의 제삿날인 정월 열하룻날을 기억해 주는 박경덕이 고마웠다. 해마다 제삿날 보름 전에는 육의전의 각 도가에 제물을 준비시켰다. 파젯날 음식은 인근에 어려운 사람들에게 골고루 돌리게 주선했다. 그 일이 어느덧 십 년이 가까웠지만 한결같았다. 어릴 때부터 살갑게 대해 주는 그가 좋았다. 아버지가 세상을 뜨자 진심으로 장래를 걱정해 주는 몇 안 되는 사람 중 한 사람이었다. 박경덕은 주위 사람을 물렸다.

　"아주 긴한 부탁이 있어서요."

　조묵은 정색을 했다.

　"무슨 일인지 시원하게 털어놓아요."

　박경덕은 조바심이 났다. 재산에 관한 문제가 생길 때마다 자신을 찾아온 전례가 있기 때문이었다.

"북경에 갈 상단을 꾸릴까 싶어서요."

조묵은 결심이 선 듯 빠르게 말을 이어갔다.

"도련님, 뜬금없이 웬 북경은요?"

박경덕은 놀란 나머지 양미간이 일그러졌다.

"북경에 가서 옹방강 선생을 뵈올까 하여서요."

조묵은 시작한 터라 머뭇거리지 않았다.

"아니, 옹기장수라면 여기도 많은데 돈을 들여 중국까지 가다니요."

박경덕은 어깃장을 놓았다.

"어른은 그냥 믿을 만한 사람이나 묶어 주세요."

조묵은 돈 걱정을 말라고 덧붙였다.

"도련님, 아무리 당나라의 작품을 좋아하더라도 그렇지요."

박경덕은 지나치게 중국제를 선호하는 조묵의 당벽(唐癖)을 걱정하는 눈치였다.

"스승님께서도 벽이 없는 인간은 쓸모없는 인간이라고 하였듯이 옛것에 대해서 무엇이든 가치 있는 일에 몰두하는 것이 무어 그리 나쁘다 하는 건지 모르겠네요."

조묵의 결심이 쉽게 포기할 것 같게 보이지 않았다.

"박제가로 말하자면 당벽 중에서도 가장 으뜸이 아닌가요?"

박경덕도 장사꾼의 오기가 발동했다.

"제발 돌아가신 스승님은 탓하지 마세요."

조묵의 시선이 하늘로 향했다.

"도련님 나이 이제 열아홉이요. 닳아빠진 장돌뱅이들을 어찌 다 스리려고. 쯧쯧."

박경덕으로서도 더 이상 말릴 방도가 없었다. 이번에도 대책을 세워 주는 것이 방도라면 방도랄 수가 있었다.

"마침 동지사가 연행에 가져갈 방물을 공납 중이니 사신들이 누군지 알아본 연후에 손을 써보리다."

대신에 비용은 전답을 팔지 않고 추수를 해서 충당하도록 당부했다. 조묵의 성품이 남을 쉽게 도와주고 골동서화에 재산을 축낸다는 소문이 자자했다. 육의전에서 잔뼈가 굵은 박경덕이 모를 리가 없었다. 소년티를 벗지 못한 조묵에게 어디에 그런 배포가 들었는지 알다가도 모를 일이었다. 박경덕은 걱정스러운 얼굴로 담뱃대에 불을 붙였다. 두 집안의 인연을 새삼 생각을 해보니 몇 대를 이어온 것이었다.

박경덕은 지금 조묵의 나이에 아버지로부터 단골손님의 이름이 적힌 복첩(福帖)을 넘겨받았다. 미리 운명을 알고 있기라도 한 것처럼 죽기 며칠 전이었다. 가권을 승계한 것이었다. 그는 초상을 치르고 남루한 복첩을 살펴보았다.

첫 장 첫 줄의 이름을 주시했다. 한성판윤 이언강(李彦岡)이라는 이름이 눈에 들어왔다. 당대 최고의 권력자들이나 공주나 옹주의 남편인 부마들의 무슨 위(尉) 이름 위에 당당하게 조묵의 고조부가 올라 있었던 것이다. 박경덕은 열 장 정도 넘겼을 때 우의정 이창의(李昌宜), 이조판서 이창수(李昌壽) 한 줄 한 줄 끝까지 훑어본 복첩을 조상의 신주와 나란히 놓고 향을 살랐다.

육의전의 등급은 가게의 크기나 거래량에 따른 것이 아니었다. 얼마나 오랫동안 거래한 단골이 많으냐에 따라 정해졌다. 말하자면 복첩의 두께로 가늠한 셈이었다. 단골손님을 복인(福人)이라 불렀다. 복첩이 두꺼운 집의 돈을 복전(福錢)이라 하여 같은 값의 돈보다 항상 비싸게 쳤다. 육의전에서 신용을 복이라 했으니 신용을 첫째로 삼았다.

박경덕은 문득 어릴 때 아버지의 손에 이끌려 육의전 상인들이 공동으로 모시는 재신당에 간 일이 떠올랐다. 고사가 있는 날이었다. 이웃 가게의 안면 있는 어른들과 자기 자신처럼 끌려 나온 아이들이었다. 신당 옆에는 당상나무로 여기는 느티나무가 하늘을 가리며 버티고 있었다.

아이들을 순서대로 나무에 올라가게 시켰다. 다음에는 나뭇가지를 붙잡고 늘어지게 했다. 그리고 가지 끝으로 조금씩 옮겨 가도록 일렀다. 그러는 동안에 바지 끈이 느슨해졌다. 급기야 바지가 벗겨지기도 했다. 지나가는 행인들이 보고 손가락질하며 낄낄댔지만 손을 놓을 수는 없었다. 그것만이 아니었다. 더 이상 갈 수가 없는 가지 끝에 이르면 한 손을 놓으라고 지시를 내렸다. 혹독한 훈련이 아닐 수 없었다. 아버지는 '복(福)가지 타기'라고 했다. 일단 단골인 복인을 잡으면 절대로 놓지 말기를 가지 타기처럼 하라는 신용교육이었다. 어떠한 고통이나 위험에 창피도 무릅쓰고 신용을 지키라는 뜻이 담겨있었다. 그때는 그 일이 너무도 싫었지만, 장사를 하다 보니 선조들의 선견지명이 고마울 따름이었다. 하지만 자신의 아들 손을 이끌고 재신당을 찾던 날에 그는 눈시울이 뜨거워지는 것을 이를 악물고 가까스로 참았다.

박경덕은 육의전에서 제일가는 비단을 취급하는 선전에서도 가장 두꺼운 복첩을 가지고 있었다. 그의 복전은 어디서든 두 배를 쳐주었다. 그의 필체로 적은 최초의 복인은 한성판윤 이병정이었다. 세월이 한참을 흐른 뒤에 육교 도사 이조묵의 이름을 올렸다. 그렇게 해서 5대째 거래를 이어가는 셈이었다.

닷새가 지났다. 조반도 걸렀는지 육의전의 도중이 문을 열고 채비를 차리기도 전에 조묵이 나타났다. 저번과는 달리 상공원들도 알아보고 반절을 하고 말을 건넸다.

"도령위 어른께서는 아직 등중하지 않았는데요."

"알았네. 도중에 들어가 잠시 기다림세."

조묵의 모시 도포는 바람에 자락이 날리면서 푸른빛을 띠었다.

"도련님, 약조한 날이 이틀이나 남았는데 이리도 급하실까. 원."

잔기침을 하고 도중 안으로 들어서는 박경덕이 흰머리가 많아 보였다.

"안달이 나서 기다릴 수가 있어야지요."

조묵은 자리에서 일어나 대꾸를 했다.

"도련님, 돌아가신 판서 어른이 도왔나 봅니다."

78

박경덕의 얼굴이 밝았다.

"아버님이 돕다니요. 어인 말씀이온지…."

조묵의 큰 눈이 더 크게 보였다.

"이번 동지사 명단에 정사가 누군지 알면 놀랄 겁니다."

"아니, 대관절 누군데 그러세요. 참 답답합니다."

"그게 누구냐 하면 대사헌 이집두 대감이랍니다."

"아! 그렇군요. 아버님의 후임을 여러 차례나 하신 이 대감님, 정말 그 어른이시오?"

"도련님, 그렇답니다. 정녕 그 어른이 맞아요."

"아, 하늘이 도왔나 봅니다. 행수 어른, 고맙습니다."

두 사람은 손을 마주 잡았다. 박경덕은 속으로 그나마 다행이라 여겼다.

이집두(李集斗)는 1744년(영조 20) 진천에서 태어났다. 조묵의 아버지보다 두 살이 적었다. 두 사람은 운명처럼 평생을 두고 관직을 이어받았다. 조묵은 다음 날 지체 없이 사헌부에 기별을 보냈다.

"전 대사헌 이병정의 자제인 조묵이 백부 대감을 뵙고자 청하옵니다."

백부(柏府)는 사헌부의 별호였다. 사령이 답장을 들고 왔다.

"바로 들라 하십니다."

장본인이 어려 보이지만 상관의 엄한 당부가 있었던지 사령은 힐끔거리면서도 공손했다.

"아, 알았어요."

아직 소년티가 역력한 동안의 조묵은 자신도 모르게 나오는 허세에 웃음이 나왔지만 참았다.

"자네가 이 대감의 그 쉰둥이가 맞느냐?"

백발이 성성한 노인은 피붙이를 대하듯 반색을 했다.

"예, 그렇습니다."

조묵은 부모를 대하듯 큰절을 올렸다.

"초상집에서 그리도 어리더니만 이제 이토록 장성하여 대감을 꼭 빼닮았구나."

이집두는 눈을 지그시 감으며 수염을 쓰다듬었다.

"잊지 않고 기억해 주시니 몸 둘 바를 모르겠습니다."

조묵은 다시 예를 갖추었다.

"그래, 진사시에는 응시를 했던가?"

사대부의 안부가 자연스레 나왔다.

"소생은 뜻이 없습니다."

듣기 거북한 질문이었지만 내색을 할 수가 없었다.

"아무리 재산이 많다 한들 가문을 생각해야지. 하여 천하가 다 아는 자네의 선친이 누구신가? 그 점을 잊어서는 아니 되네."

손자를 타이르듯 나직한 목소리에는 위엄이 서렸다.

"대감께서도 아시다시피 저의 조부모께서 이런저런 사화에 연루되어 고생한 것을 생각하면 입신양명은 접었으니 헤아려 주시기 바랍니다."

젊은이의 목소리는 애절했다.

"정히 네 뜻이 그리 하다면야 어찌하겠는가. 그렇다면 내가 음직이라도 추천을 하면 어떠하겠느냐?"

선조의 은덕으로 벼슬자리를 추천하겠다는 노인의 눈가에 주름이 떨렸다. 순간 젊은이도 잠시 생각에 잠겼다. 그동안 세상을 살다 보니 벼슬 없는 양반이란 것이 얼마나 초라하고 힘든 것인지 몸소 겪은 터였다.

"고마운 말씀이오나 그도 싫습니다."

"허허, 고집도 아버지를 닮았구먼. 나중이라도 마음이 바뀌면 그때 논하기로 하지."

"고맙습니다."

"그래, 나를 찾아온 연유가 무엇인고?"

"북경에 가고 싶습니다."

"어린 나이에 청국으로 유학이라도 떠나겠다는 말이냐?"

"그곳의 옹방강과 같은 묵객들을 만나고 싶습니다. 그래서 더 큰 세상을 보고 듣고 돌아와 학문에 더욱 정진할까 합니다."

"네가 벌써 그 정도의 학문에 도달했다는 말이더냐?"

"부끄럽습니다."

"서찰에서 본 자네의 필체가 예사롭지가 않다고 했네만."

그제야 젊은이가 찾아온 연유를 알아차렸다.

"정히 네 뜻이 그러하다면 마침 내가 동지사로 연행을 할 터이니 자제군관으로 동행하면 어떠하겠는가?"

"대감께서는 두 번째 사신 길이라 자제군관 자리는 이미 정해졌을 것이며 그 자리는 연고가 있는 친인척으로 정하는 것이 관례라 들었습니다."

"허어, 그 방면에 공부를 많이 했구나."

"사신 행렬에 자비로 가는 반당(伴倘)이 있는 것으로 압니다. 그 자리라도 허락을 해주신다면 저로서는 소원을 푸는 일이겠습니다."

"허허, 선배이자 친구의 아들을 건달 같은 반당의 무리에 넣다니 그것은 아니 될 말이야."

"소생은 이제 체면 따위는 초월했으니 부디 허락하여 주시기를 간절하게 바랍니다."

"그럼, 자네의 비용은 내가 부담하기로 하지."

"그것은 안 됩니다."

"자네 선친이 남겨준 재산으로 치자면 나보다 백배 천배 많을지라도 내 마음의 정리이니 그리하게나."

"원하건대 저와 같이 동행들이 있으니 혜량하여 주시기를 거듭 부탁드립니다."

"그 고집이 선친을 닮았으니 누가 어찌 당하겠나. 달포 안에 그 명단을 서장관에게 올려 주게나."

헤어졌던 부모를 만난 듯 조묵은 기쁘기가 한량이 없었다.

伴倘 李祖黙 반당 이조묵

册儈 趙昌先 책쾌 조창선

筆寫 金鐘貴 필사 김종귀

奴僕 福德 노복 복덕

奴僕 大金 노복 대금

馬頭 萬成 마두 만성

行首 張乞伊 행수 장돌이

褓負 千金盛 보부 천금성

조묵은 박경덕과 머리를 맞대고 동지사에 올릴 명단을 작성했다. 고서 감정과 거래 흥정 전문가인 책쾌(冊儈)와 책을 베낄 필사는 박경덕이 한 다리 건너서 소개를 받았다. 책쾌는 육조 앞의 서적포에서 필사는 종이 파는 지전을 드나드는 사람으로 정했다.

"지금 도련님한테는 책쾌라 부르는 서쾌를 잘 만나야 합니다. 도성 안에 수십 명이 있기는 하나 대개 욕심들이 너무 많아 다루기가 쉽지를 않아요. 몰락한 양반가의 고아나 과부들을 상대로 헐값에 책을 사다가 몇 갑절 받고 되팔거든요. 속이는 데는 달리 대책이 없답니다."

박경덕은 신중할 것을 주문했다.

"책쾌들은 본시 협잡하기를 일삼는다고 듣기는 했습니마는…"

조묵은 자신의 하인들 말고는 사람을 다루는 것이 간단치를 않다는 것을 느끼게 되어 일말의 불안감이 들었다.

"본래 서적이나 골동서화의 밀수가 금지되어 있다 보니 서쾌 놈들이 그걸 기화로 약점을 노리거든요. 조창선은 형 밑에서 글줄이나 읽은 녀석이라 나를 보아서라도 행투를 부리지는 않을 것입니다."

등짐을 지고 나를 행수와 보부는 박경덕이 직접 정했다.

"도련님, 행수와 보부는 송도에서 건삼과 홍삼을 넘겨받을 때 사람도 같이 따라붙을 것입니다. 녀석들은 국경에서 잔뼈가 굵어 도련님의 신변 호위에도 도움을 줄 것입니다. 중국통인 임상옥(林尙沃)은 아비 임봉핵 때부터 오랜 거래처라 믿어도 됩니다. 또한 별도로 서찰을 준비해 두었으니 빈틈이 없을 것입니다."

노복과 마부는 조묵의 하인들이었다. 중국 가는 사람과 말은 모두 명목이 있어야 했다. 명목이 없는 것은 압록강을 건널 수 없었다. 그래서 이름을 빌리는 방책을 세웠다. 책쾌와 필사는 이집두 정사의 수행원으로 끼워 넣었다. 행수와 보부는 송도에서 합류하기로 정했다. 도강 문서를 작성할 때 사신 일행 중에 당상관의 노비 자리가 더러 빈다고 박경덕이 귀띔을 해주었다. 당사자에게는 굳이 알릴 필요가 없다는 것도 덧붙였다.

책쾌는 사는 곳이 일정하고 신원이 확실하여 은자와 돈을 맡겨 출납을 보도록 했다. 주방은 대금이 책임을 맡고 떠돌이 생활로 평생을 보낸 행수와 보부상에게 맡길 터였다. 그리고 통역은 의주에서 구하기로 했다.

***

조묵은 미지의 세계로 향하는 소년으로 두렵기도 했지만, 호기심이 앞서기도 했다. 정치적 볼모를 제외하고는 최연소로 외국을 가는 것인지도 모를 일이었다. 먼저 친가와 외가의 선대 중에 중국을 다녀온 여행기 중에 도움이 될 자료를 찾아냈다. 그것은 여행 기간만 해도 6개월에 왕복 6천여 리의 여정에서 어둠 속의 등불 같은 존재였기 때문이다.

친가에서는 고조부 이언강의 〈연행왕환기〉와 큰할아버지 이창의의 〈연행회기〉가 있었다. 특기할 만한 사실은 〈연행왕환기〉가 50년이나 지나 후손의 여정에 많은 도움을 주었다는 것이 〈연행회기〉 곳곳에 보였다. 이제 조묵 자신이 그 기록들을 살펴 사전 지식을 구하여 정보를 얻는 것이 아무나 누릴 수 없는 것이었다. 선대에 대한 고마움을 깊이 새겼다. 칩거하여 선대의 연행기를 독파한 지 이레 만이었다. 책쾌가 사랑채에 들렀다.

"나으리, 들어가도 되겠습니까?"

조묵은 자리에서 일어나 방문을 열었다.

"조 선생, 어서 오세요."

두 사람은 서로 맞절을 하고 나서 자리를 잡았다.

"경상 위에 쌓인 서책들은 다 무엇인가요?"

"선생께서 올 것 같아 미리 구색을 갖추었지요. 하하."

"원, 나으리도 농까지 치고요. 하하하."

"다름 아닌 연행기들입니다. 미리 학습을 하는 거지요."

"나으리는 참으로 치밀합니다."

"우리는 지금 전쟁터로 나서는 길입니다. 지피지기지요."

조묵이 외가에서 구한 〈가재연행록〉은 여행을 앞둔 소년의 가슴을 설레게 하였다. 가재연행록은 외조부인 조재호(趙載浩)의 외할아버지 가재 김창업(金昌業)의 작품이었다. 말하자면 조묵에게 김창업은 외조부의 외조부가 되었다.

  김창업은 큰형 창집(昌集)이 사은사로 연경을 가자 자제군관으로 따랐다. 그의 붓끝은 행렬 중 인마의 숫자, 휴대품을 적었다. 가는 도중의 경치와 성곽과 연못 그리고 누각을 세세하게 그렸다. 연경 성안의 옷차림, 습속, 세상살이, 명소, 고적을 속속들이 밝히면서 정밀하게 묘사했다.

  조선은 책에 대해 관심이 많았다. 워낙 도서문화가 빈약했기 때문이다. 서책의 수입은 꿈도 꾸지 못하고 제약이나 금기사항이 너무 많았다. 그러다 보니 개인도 기회만 닿으면 법을 어겨서라도 서책을 손에 넣고 싶어 했다.

  김창업도 조묵의 고조부 이언강이 그랬듯 연경의 유리창(琉璃廠) 책방에서 ≪주자어류≫, ≪본초강목≫ 등 도서를 구입하여 몰래 들여왔다.

  유리창에서 구매한 문방구와 완구는 자기필통, 수정벼루, 먹갑, 주홍먹 등이었다. 기완으로는 무소뿔로 된 서각, 동향로, 자기향로, 시저병, 산문석, 화리기렴, 등편 등이었다.

  당시의 가재연행록은 여러 사람의 손을 거치면서 베껴 전해졌다. 이로 인해 선비들 사이에 청나라의 새로운 문화를 접하게 되었다. 연경 성내의 모습을 마치 눈앞에서 보듯 소개됨으로써 사람들의 마음에 특별한 자극을 주었던 것이다.

시대에 따라 선비들도 중국에 대해 올바르게 이해하려 들기 시작했다. 점차 동경 하게 되었다. 고전의 문학적 본거지를 한 번쯤은 다녀와야 한다는 강박감에 빠지기도 했다. 점차 중국의 명사나 석학들에게도 접근이 가능해져 갔다. 따라서 청나라에 대한 고찰이 점차 더 학문적이며 실용적인 것이 되었다. 문서나 서적의 구매력도 높아졌고 그와 더불어 이들이 남긴 연행록의 내용 역시 옛날과 다른 분위기를 전하고 있었다.

조묵은 서유본과 이가원에게 출국 인사를 하러 찾아갔다.

"고모부님, 고모님, 이번에 북경을 가게 되었습니다. 뵙지 못하는 동안 강녕하시기 바랍니다."

"대단하네. 감히 어른들도 하기 어려운 결단을 처조카가 해내다니 장한 일이야."

빙허각은 탐탁지 않았다.

"아직 약관에도 미치지 못한 어린 것이 이역만리를 가다니 집안의 장손이 그리해도 되는 것인가?"

"고모님, 기회가 닿았을 때 가지 못한다면 이 또한 사내로서 구실을 못 한다고 봅니다. 부디 어여삐 보아주시기 바랍니다."

"고모부가 20년 전에 시아버님의 자제군관으로 열하를 거쳐 북경에 다녀왔으니 조언을 들도록 해라."

"예. 잘 알겠습니다."

"박지원 스승님은 너도 알다시피 나와 너의 고모와 내 아우 유구를 회초리로 다스리며 글을 가르쳤다. 아버님보다는 한 살이 적었단다. 나보다 10년 전에 종형의 자제군관으로 북경을 간 적이 있었다. 그때 최초로 열하(熱河)를 다녀와 ≪열하일기≫를 남겼지."

"열하는 북경과는 많이 떨어져 있습니까?"

"그렇지. 북경은 여름이면 더운 곳이라 황제는 더위를 피하느라 그곳으로 간 셈이야. 하여 피서산장이라 이름을 붙인 것이지. 그런데 우리는 스승님처럼 북경에서 열하를 간 것이 아니다네. 황제의 팔순 잔치를 열하에서 벌였거든. 압록강을 건너 바로 열하로 가는 색다른 행로로 간 것이야. 그때 아버님께서 세세하게 기록하고 내가 정서한 기행문이 바로 〈연행기〉야. 이 책이 비록 필사본이나 읽으면 여정에 큰 도움이 될 게야. 가면 경극을 꼭 보아야 하네."

고모부는 아버지 서호수(徐浩修)가 지은 책을 내놓았다.

"어차피 가기로 하였으니 장도에 몸조심하고 매일 일기를 남겨라. 총명함은 무딘 글보다 못함이야."

"고모님, 잘 알아 일기를 적겠습니다. 고모부님, 길잡이로 삼겠습니다."

〈담헌연기〉 홍대용
〈입연기〉 이덕무
〈열하기행시주〉 유득공

조묵은 중국을 방문한 사람들의 기행문이라면 손에 잡히는 대로 읽었다. 연경의 유리창 거리는 조선에서 건너간 일행에게는 선망의 대상이었다. 그리고 꼭 들러야 하는 필수 답사 거리였다. 그곳에 가면 사람들을 만나게 해주었다. 또한 책과 글씨가 있었고 그림이 많았다. 천년이 지난 골동들을 잘만 고르면 고물이 아니라 보물을 건질 수가 있는 기회의 거리였다.

본래 유리창은 황실에 유리 제품을 공납하던 곳이라고 해서 생겨난 이름이었다. 책방 거리는 바깥 성채의 자인사 앞에서 열리던 노점상이 원조라고 했다. 관심이 있는 묵객들은 무슨 중독자들처럼 매일같이 지나지 않으면 몸살을 앓을 정도였다. 산책하듯 들뜨고 뜨거운 마음으로 유리창 거리의 동문에서 서문으로, 서문에서 동문으로 내왕하며 눈요기를 즐겼다.

조묵은 눈을 감으면 유리창 거리가 환상처럼 나타났다.

먼저 책방 거리로 간다. 동문으로 가면 명성당, 이서당, 문금당, 종성당, 문회당, 영화당, 문수당을 지나 다리를 건넌다. 선월루, 보명당, 환문당을 기웃거리다가 그 유명한 오류거에서 책림(冊林) 속으로 들어가 시간을 잃어버린다. 책의 숲에서 길을 잃어버린다. 주인 도정상(陶正祥)이 사환을 보내 필요한 책 이름을 대라고 물어보면 슬그머니 책방을 나선다. 박고당을 건성으로 돌아보고 서문을 빠져나온다.

다음부터는 바쁠 것도 없이 뒷짐을 진다. 서책으로 들뜬 마음을 다스리며 골동 고완을 찾는다. 한가로이 시대를 초월한 역사 속으로 팔자걸음 산책을 나선다. 유리창에 없는 물건이면 세상에는 존재하지 않는다.

혼잣말을 중얼거린다.

"흐음, 나, 이조묵의 생각이 그렇다."

조묵은 시중에 나도는 연행록을 거의 독파하여 산천 지세가 각인되다시피 하였다. 연행 길 노정이나 곳곳의 풍경을 보지도 않았는데도 꿰뚫어 보듯 눈에 선하게 보였다. 또한 곳곳의 성곽이며 동리의 모양들이 떠올랐다. 사람들의 행색이며 서로 대하는 품새도 익히 아는 것처럼 여겨졌다. 그나저나 관심사는 연경의 유리창 거리였다. 책방은 어디쯤이고 골동 가게는 어떻게 찾아가는지도 머릿속에 들어와 있었다.

조묵은 사랑채 뒤뜰에 차일을 치고 노숙을 하기 이르렀다. 연행록에 의하면 압록강을 건너 책문(柵門) 근처에서는 노숙하는 경우가 많다고 했다. 사전에 단련해야 할 필요성을 느꼈다. 노복들에게도 야영에 대하여 주의를 주었다. 평소에 잔병치레를 자주 하는 복덕에게는 탕약을 지어 몸을 보하게 일렀다. 전주와 양주농장의 고지기에게는 말들을 잘 돌보도록 당부했다. 연행록 중에 특기할 것을 간추려 길잡이로 이용할 비망록이 정리되자 다시 육의전으로 박경덕을 찾았다.

"행수 어른, 노정에 필요한 물목을 준비할까 합니다."

어릴 때부터 부르던 호칭이 그대로 튀어나왔다.

"아니, 저 양반이 감히 도령위 어른께 말을 함부로 하시오."

상공원 하나가 고개를 저으며 지껄였다.

"아서라 이놈아! 어느 안전이라고 입을 놀리느냐!"

박경덕은 자리를 권하며 다과를 준비하라 일렀다.

"소생의 입이 방정입니다. 용서를 바랍니다."

조묵은 쑥스러운 표정을 지었다.

"아니지요. 내가 수하 단속을 못 한 게지요."

박경덕의 눈빛은 한결같았다. 자상한 어머니의 눈길이 저럴까 할 정도였다.

"도련님, 어찌 걸음이 더뎌졌는지요?"

상대의 안색을 살피면서 하는 말이었다.

"하하, 공부를 좀 하느라고요."

조묵도 모처럼 활짝 웃었다.

"공부라면 평소에도 열심히 하잖아요."

노인도 미소를 지었다.

"예, 앞서 갔다 온 선대들의 연행기록을 읽느라 고생깨나 했지요. 미리 배워가야 고생을 덜까 싶어서요."

"도련님. 동지사절의 방물을 준비하는 통사에게 물어 물목은 대략 정해 놓았답니다. 한번 살펴보아요."

"아, 그래요."

"참, 인삼은 송도시전에 미리 통문을 보냈으니 하루 유숙하면서 그곳에서 받아 가시면 속지는 않을 것입니다."

박경덕은 작은 두루마리를 꺼내 펼쳤다.

물목

장지

백지

청심환

인삼

부채

소갑초

향봉초

장연죽담뱃대

대략의 물목이 확인되자 옹방강을 만날 적에 필요한 선물은 별도로 정하였다.

담계 선생 물목

초피

화문석

세모시

은항연죽

향봉초

청심환

백삼

홍삼

부채

장지

백지

필묵

　초피는 담비의 모피이다. 은항연죽은 입에 무는 부분을 은으로
만든 담뱃대다. 박경덕은 수하들 중에 사람을 골라 풀었다. 군기시
앞의 연초전에서 담뱃대와 담배를 구했다. 지전에서 종이를 종류별
로 선별하였다. 약국에 보내 구급약을 준비했다. 종루 근처에 자리
한 복마제구전에도 물목을 보내 고삐와 채찍과 말안장을 들여왔다.
의전에서 옷을 주문하고 방물전에서 바늘과 실도 챙겼다. 숭례문
밖의 경염전에서 구운 소금을 사 왔다.

　조묵은 은자 1천 냥을 준비하기로 했다. 거금이었다. 조정에서
파견되는 사신의 정사와 부사에게 국왕이 내리는 은자보다 적지 않
았다.

　"행수 어른 차용증을 써 드릴까 하는데요."

　물목을 확인하고 조묵은 조심스레 말문을 열었다.

"도련님, 복첩에 기록해 둘 터이니 귀국 후에 차차 셈을 하지요."

박경덕은 지그시 눈을 감고 알맞게 자란 수염을 쓰다듬었다.

"어음이라도 작성을 할까요?"

조묵은 아무래도 미안한 듯 덧붙였다.

"도련님, 추수를 해서 비용을 충당하면 전답은 처분하지 않아도 될 거라 봅니다."

박경덕은 유산으로 물려받은 많은 토지를 잘 지키라고 당부를 아끼지 않았다.

"재산은 이루는 것보다 지키는 데 힘을 기울여야 한답니다."

"여러모로 감사합니다."

"참, 도련님. 이것은 개성에 있는 임상옥에게 보내는 추천서입니다. 건삼과 증포삼인 홍삼의 알선은 임상옥이 아니면 할 수 없습니다. 북경에서는 은자보다 값어치가 높습니다. 유용하게 관리하면 상단의 비용은 빠질 것입니다. 또한 행수와 보부도 믿을 만한 녀석들로 주선을 해줄 것입니다. 그들은 국경무역에도 밝은 데다 힘깨나 쓰는 터라 도련님 신변에도 큰 도움을 줄 것입니다. 부디 무사 귀국을 빕니다. 조심조심 다녀오세요."

"너무나도 감사하고 고맙습니다."

가벼운 마음으로 도중을 나서는 조묵은 하늘을 올려다보았다. 북한산 쪽에서 먹구름이 몰려오고 있었다. 집으로 돌아오자마자 추천서를 펼쳤다.

임상옥 전에

아우님, 강녕하신가. 염려해준 덕분에 잘 지내고 있으니 내 걱정
은 마시게. 아우님이 근자에 청국의 인삼시장을 평정하여 십 년
묵은 체증이 다 내려갔다네. 본론을 말하자면 이런 거라네. 내 오
랜 복인 중에 이번 사신행차에 동행하는 사람이 있네. 그곳 유상
을 지낸 이병정 대감의 자제 이조묵인데 아직은 어리다네. 하나
뜻한바 배포가 남달라 상단을 꾸려 북경을 가는 것일세. 비용이라
도 건지도록 인삼과 증포삼을 넉넉하게 마련해주게. 각별한 선처
를 부탁하세나. 또 한 가지는 아우님 수하로 북경을 동행할 힘센
장정으로 두어 명 선발하여 주길 바라네. 내 피붙이와 진배없으니
잘 좀 살펴주시게. 우리가 의형제를 맺은 지가 오래되었네그려.
부디 몸성히 지내다가 도성에서 만나 회포를 풀기로 약조하고 이
만 줄이네.

도성에서 박경덕

빙허각은 친정 조카 조묵의 연행 일정이 잡히자 친정 나들이를
하였다. 인원에 맞추어 의복을 갖추기 위함이었다. 추운 날씨 때문
에 솜옷을 준비시켰다. 조묵은 벼슬아치가 아니었으므로 누비 중치
막을 여벌로 만들었다. 연경에서는 흰색 옷의 착용을 금한다기에
조묵과 책쾌는 옥색과 검정색으로 물감을 들였다. 노복들은 주로
감색으로 하고 검정은 여벌로 물을 들였다. 일행을 위해서 대비를
하였다. 빙허각은 구급약을 손수 처방해 주었다.

조묵은 출국을 앞두고 양주고을에 있는 도봉산 무수골의 중시조 할아버지인 영해군의 묘소를 찾았다. 무사 귀국을 간절하게 기원했다. 내려오는 길에 원천군의 묘소에도 엎드려 같은 소망을 빌었다. 매번 보아도 비문이 가슴에 와닿았다. 조묵은 손끝으로 글자마다 음각을 어루만졌다.

백사 이항복의 문장이었다.

***

1810년(순조 10) 10월 28일. 조묵은 지난밤을 설쳤다. 선조들의 발자취를 따라 연경으로 가는 대장정의 출발일이 찾아왔다. 왕복 일정에서 일어나는 모든 일을 자세하게 쓰고 그리기로 다짐을 하였다.

조묵은 날이 밝기 전에 사당에 들어 향을 사르고 조상에 하직인사를 올렸다. 안마당에는 횃불이 환하게 밝혀졌다. 책쾌를 포함한 일행은 이틀 전에 모였다. 행랑채에서 유숙하며 각자의 할 일을 정했다. 다음은 행로를 따져 유의할 점들을 숙지했다. 바깥마당에도 횃불이 여럿이고 말들이 고개를 흔들며 울었다. 놀란 개들도 덩달아 짖어댔다. 못 보던 나졸이 대문 안으로 성큼 들어섰다.

"그쪽은 누구요?"

책쾌가 물었다.

"양재 역졸이오."

"누가 보냈소?"

"동지정사께서 홍제원까지 길잡이로 보냈소이다."

날이 밝았다. 조묵은 서둘러 안채에 인사를 올렸다. 이제 겨우 여덟 살 난 동생도 일어나 올라와 있었다.

"우묵(侑黙)아, 어머님 말씀 잘 듣고 글공부도 게을리해서는 아니 된다. 알겠느냐?"

조묵은 평소에 서먹한 서모보다는 어린 동생에게 눈길을 주었다.

"예, 형님처럼 서책을 손에서 놓지 않겠습니다."

동생 우묵은 절을 하면서 약조를 했다. 우묵은 열 살이나 많은 형이 나이 차이도 있지만, 어머니가 달라서인지 만나기만 해도 어려워했다.

"왕희지의 필법을 따라 붓이 마르지 않도록 열심히 하여라."

"예, 형님."

조묵은 아버지가 임종할 때 두 살 난 동생을 특별히 부탁했었다.

"이제는 네가 저 어린 동생을 돌봐야 한다. 명심, 또 명심하여라."

"예, 아버님. 심려치 마시고 쾌차하셔야 합니다."

그도 겨우 열두 살 어린아이였는데 감당하기 어려운 주문이었다. 시집간 누이들과 서모의 울음소리에 묻혀 아버지의 죽음이 실감나지 않는 자리였다.

그 뒤로 동생을 볼 때마다 싸한 생각이 들어 살갑게 대하려 해보았지만, 마음처럼 그렇게 잘되질 않았다.

조묵은 대청마루에서 섬돌을 딛고 내려섰다. 눈에 익은 동쪽 산자락 위의 하늘이 붉어 오지 않았다. 검은 구름이 금방이라도 눈으로 내릴 것 같았다. 조묵의 마음도 하늘처럼 맑지를 못했다. 이 나이에 만리타국으로 가는 경우가 팔도에서도 처음이 아닌가 싶어 내심 불안하기만 했다.

'정녕코 다시 집으로 돌아오기는 할런지 모를 일이야.'

그는 몇 번이고 되뇌었다.

"조상님들이시여, 부디 굽어살피소서."

단검과 호리박 그리고 가죽 주머니를 챙겨서 말안장에 걸었다. 호리박엔 평소에 좋아하던 머루술을 담았다. 가죽 주머니에는 휴대용 해시계인 앙부일구와 가는 붓과 작은 벼루를 넣었다. 또한 안채에서 밤을 새워 만든 인절미를 보내와 같이 넣었다. 집안의 식솔들이 바깥마당에 늘어섰다.

"도련님, 부디부디 몸조심하시어요."

사방에서 인사를 하는 통에 정신이 번쩍 들었다. 말에 올랐다. 조묵의 아버지가 임금에게 하사받은 제주 종마의 혈통이었다. 사람들을 둘러보았다. 집을 올려다보았다. 갑자기 뜨거운 눈물이 솟았다. 참으려고 애를 써보았지만, 소용이 없었다.

"자, 떠나자."

"네이."

마부 만성이 고삐를 잡고 나아갔다.

"만성아, 거문고는 안장에 단단히 묶었느냐?"

조묵은 책쾌의 반대에도 불구하고 거문고를 가지고 떠나는 터라 한편으로는 걱정이 앞섰다.

"네이."

"대답만 건성으로 하는 게냐."

"나으리, 아닙니다요. 복덕 아저씨가 끌어안고 있으니 안심하셔요."

눈발이 조금씩 날렸다. 조묵의 귓전에 세상을 떠난 지 5년이나 지난 스승 박제가의 엄하던 목소리가 들려왔다.

"이노옴, 조묵아! 네 놈이 아직은 어리다만 커서 무슨 일을 하든 벽(癖)을 가져야 한다. 미치지 않으면 살아서 아무것도 이루지 못하고 죽는 소인배나 다를 바가 없느니라. 명심하렷다!"

바위를 뚫을 듯한 쩌렁쩌렁한 소리에 하마터면 말에서 떨어질 뻔했다.

"도련님, 안장이 불편하신지요?"

만성이 고삐를 다잡으며 올려다보았다.

"아니다. 잠시 생각에 잠겼을 뿐이야."

엉겁결에 얼버무렸다. 창의문을 나서자 길가에 사람들이 사신행차를 보려고 모여들었다. 눈발이 점점 굵어졌다. 홍제원에 이르렀다. 눈발 사이로 잠시 해가 얼굴을 내밀었다 다시 구름 속으로 사라졌다.

홍제교 좌우에는 인마가 구름처럼 모여들었다. 대개가 사행을 전송 나온 사람들이었다. 조묵 일행도 장막을 하나 쳐서 눈바람을 피하기로 했다. 바닥에는 자리를 깔았다. 그리고 도마의자를 몇 개 놓으니 그런대로 모양새가 났다. 그때 병조참판인 삼종 이원묵(李

元黙)이 온다는 전갈에 모두가 장막에서 나와 줄지어 섰다.

"조묵아, 잘 들어라. 너의 집안에서는 네가 장손이니 항시 가문에 누를 끼치지 않도록 명심하여라."

"잘 알겠습니다."

조묵과는 같은 행렬이라도 나이 차가 많아 조심스러웠다.

"나도 예전부터 고조부처럼 북경을 한번 가보고 싶었는데 뜻대로 되지를 않구먼."

이원묵이 말하는 고조부는 동지정사로 북경을 다녀온 이언강을 두고 하는 말이었다. 장막 안에서는 불을 피워 술을 데우고 꿩고기를 구워 주안상을 보았다. 병조에서 나온 관노들이 가져온 임시로 만든 대청마루에 이원묵이 올랐다. 참판이 자리에 앉자 다른 사람들도 자리를 잡았다. 술이 두어 순배 돌았다. 조묵은 상마다 돌면서 몇 마디씩 하고는 그때마다 술잔을 받는 통에 취기가 오르는 것 같았다. 이 무렵 기별이 왔다.

"도련님, 호조참판 댁 김 진사가 뵙기를 청합니다."

조묵이 목 빠지게 기다리던 주인공이 나타난 것이었다. 황급하게 장막 밖으로 뛰쳐나갔다.

"이 사람아, 날세."

눈바람을 맞으며 김정희가 서 있었다.

"아, 사형. 어서 오세요. 어서요."

조묵은 반가운 나머지 덥석 손을 잡았다.

"뭐라, 반당으로 간다니 그 무슨 소린가?"

김정희는 의아하다는 눈빛을 보냈다.

"사형도, 참. 반당이면 어떻고 온당이면 어떠하오. 모로 가도 북경만 가면 그만이지요."

조묵은 아무렇지도 않다는 표정을 지었다.

"아무튼 자네의 그 외고집을 누가 꺾을 수 있는가 말일세."

김정희는 웃고 말았다.

"안에서 잠시 저의 족형들을 만나고 가시지요."

조묵은 김정희의 소매를 끌었다.

"김정희라 합니다. 관향은 경주입니다."

김정희는 이원묵에게 인사를 올렸다.

"호조참판 댁 김 진사는 저와는 호형호제하는 사이랍니다."

조묵은 신이 나서 김정희를 소개했다.

"부친은 익히 알거니와 자네는 글씨에 재주를 보여 장안에 소문이 자자한 줄로 아네만."

이원묵은 수염을 가다듬으며 칭찬을 아끼지 않았다.

"아직은 배움이 부족하니 송구할 따름입니다."

김정희도 예를 다했다.

"그래, 고명한 담계 선생을 김 진사가 소개하여 조묵에게 길을 트게 만들었다는 얘기를 들었네. 고마운 일이야."

"벗을 위하는 일이라면 더한 일도 해야지요."

김정희는 담계 선생을 흠모하는 빛이 역력했다. 김정희는 꼼꼼하게 포장한 예물을 옹방강에게 전해달라고 내밀었다. 이때 또 전갈

이 왔다. 동지정사 이집두가 이원묵, 조묵을 홍제원에서 찾는다고
일렀다.

"대감께서 이번 사행에 책임을 지시어 감축드립니다."

이원묵은 이집두에게 예를 올리자 상대도 맞절을 했다.

"참판께서 자리를 빛내주니 도리어 영광이외다."

"소관의 아우가 아직 어려 세상 물정에 어두우니 깊은 배려를 부
탁드립니다."

"이 군의 선친을 보아서라도 부족함이 없을 터이니 너무 심려하
지 마시오."

조묵은 이집두에게 큰절을 올리고 물러나 손을 모아 서 있었다.
버선발 끝으로 대청마루의 냉기가 스며들었다. 발가락을 오므렸다.

"부사께서도 인사를 받으시지요."

박종경(朴宗京)이 몸을 돌려 고쳐 앉았다.

"소인 이조묵이라 합니다."

"이 젊은이는 누군가?"

"작고한 전 판서 이병정 대감의 큰 자제요."

이집두가 대신 답을 해주었다.

"정사 대감의 자제군관인가요?"

이번에는 같이 인사를 받았던 서장관 홍면섭(洪冕燮)이 물었다.

"아니외다. 나의 반당이오. 허나, 내 자식이나 진배없다오."

이집두의 대답에 모두 의외라는 반응을 보였다. 손자뻘밖에 안
돼 보이는 애송이를 두고 하는 말이라 그런 모양이었다. 그러나 67

살의 위엄으로 가득한 정사에게 다시 반문하는 사람은 아무도 없었다. 문득 한 점 바람이 일었다. 그의 희고 긴 수염이 은빛을 내면서 휘날렸다.

"나를 따라가는 일행은 모두 들어라. 모화관에 들러 표문과 자문이 틀린 것이 없는지를 사대하고 왔느니라. 내 비록 칠십을 앞둔 노인이나 두 번째 사행이니 지나친 염려들은 삼가야 하느니라."

이집두의 목소리는 노인이 아니라 마치 전투에 임하는 선봉장 같았다. 표문(表文)은 사리를 명백히 하여 임금이나 황제에게 진정하는 글이었다. 자문(咨文)은 서로 대등한 지위에서 오가는 공문서를 일컬어 하던 말이었다.

조묵은 찬바람에 한기가 들어 몸을 떨었다. 아직은 어려운 일을 겪어 보지 못했는데 만 리를 떠나는 여행길이 눈앞에 닥치자 불안감이 밀려왔다. 또한 호기심도 발동하여 가슴이 벅차기도 했다. 타국에서 해를 넘긴다고 생각하니 만감이 교차했다.

드디어 출발했다. 선두에 열을 지어 나팔을 불고 깃발을 펄럭이며 행차가 움직이기 시작했다. 사신 일행이 벽돌재를 넘으니 어두워지기 시작했다. 앞이 잘 보이지 않을 무렵에야 길가에 횃불이 나타났다. 책임자로 나온 아전은 보이지 않고 횃불 든 거군이 잠시 흉내만 내더니 흩어져 사라졌다. 불빛은 다만 세 사신의 가마 앞에만 일렁거릴 뿐이었다. 해마다 거르지도 않고 몇 차례나 치러지는 행차라 그들도 지겨웠는지 형식만 내는 기색이다.

초저녁이 되어서야 고양 객사인 벽제관에 들었다. 조묵은 정사의 배려로 겨우 방을 차지할 수가 있었다. 마당에 장막을 치고 밤을 보낼 일행을 생각하니 잠이 오지를 않았다. 그는 팔베개를 했다. 문득 이런 생각이 떠올랐다. 대륙을 가기 위해 이 객사를 들렀을 선대들이 스쳐 갔다.

또 있다. 스승 박제가는 네 차례 사행의 왕복 길에 여섯 번은 이곳에서 밤을 보냈을 것이다. 2차 연행 귀국길에서 정조의 명으로 압록강에서 되돌아 3차 사행에 합류하는 바람에 가족을 만나지도 못했다.

다음날이었다.

다소 늦게 출발했다. 흐린 날씨 탓도 있었지만, 모두가 힘들어하였기 때문이다. 긴 꼬리의 행렬은 장단에서 멈추고 숙소에 들었다.

조묵은 초저녁에 잠이 들었다가 밤중에 깼다. 문득 황진이 생각이 떠올랐다. 그녀의 무덤이 이 근방에 있다고 했다. 황진이 하면 빼놓을 수가 없는 인물이 있지 않았는가. 조묵의 11대 종조부 벽계수(碧溪守) 이종숙(李終叔)이었다.

오래전 임제(林悌)가 부임지로 가는 도중에 시를 한 수 읊었다.

청초 우거진 골에 자난다 누엇난다.
홍안을 어디 두고 백골만 묻혔나니
잔 잡아 권함이 없으니 그를 슬퍼하노라.

조묵은 선잠을 깨다 보니 쉽게 잠이 오지 않았다. 거문고를 싼 비단보자기를 풀었다. 현줄을 조율했다. 술대를 챙겼다.

덩더둥, 덩더둥

조율이 덜 된 현음은 감흥이 서질 않았다.

썰갱, 써르갱

금슬의 노래

도성을 떠난 지 사흘째였다.

조묵은 율곡 이이(李珥)의 옛집인 화석정을 찾았다. 임진강 나루 동쪽에 자리하고 장단 쪽으로 향했다. 푸른 전나무들이 우뚝하니 옛 주인을 닮았다. 정자 안에 시문이 걸려있었다. 난간에 앉으니 도성의 삼각산과 송도의 오관산이 아득하게 보였다. 발아래 임진강은 말없이 흐르고 있었다.

화석정은 앞서 길재가 고려의 망국에 혼란을 피해 의지하던 곳이었다. 조묵은 이런저런 감회에 젖어 들었다.

'야은 선생이 이 정자에서 이방원이 보낸 거문고를 탄주하던 자리라니 감개가 무량하구나.'

시를 적는 두루마리인 시축을 꺼내 화석정을 그렸다. 시간이 없어 원근의 사물을 형상만 그렸다가 숙소에 들면 그때 마무리를 할 요량이었다. 초화였다.

오후 늦어서야 개성에 도착하여 태평관 구석 자리에서 짐을 풀었다. 시축을 챙기고 가벼운 차림으로 만월대에 올랐다. 옛 왕궁의 주춧돌이 황량한 마른 풀숲 여기저기 흩어져 뒹굴고 있는 것을 보니 몸에 찬 기운이 감돌았다. 가는 눈발이 바람에 날렸다. 권갑(權鞈)의 시가 점점이 흩어지는 눈바람에 날아다니고 있었다.

눈 위에 비치는 달은 전조의 빛이요
쓸쓸히 울려오는 종소리는 옛 나라의 소리로다
남쪽 누 위에 시름겨워 홀로 서 있으니
남은 성터에서 저녁 연기 이네.

"나으리, 송도에 오니 감회가 새롭지요?"

뒤따라온 책쾌가 한마디 던졌다.

"나으리라니, 민망스럽소."

"남의 이목도 있고 하여 모두들 그리 부르기로 했잖습니까. 소감은 어떠한가요."

"뭐, 새삼스러울 게 있겠소?"

조묵은 가볍게 응수했다.

"나으리의 중시조께서는 세종왕자 영해군이 아니십니까? 그 조부는 태종대왕이 되지요. 고려의 사직이 기울 때 포은과 목은 그리고 야은의 3은과는 가까운 사람들이었지요. 아니 그렇습니까?"

역시 책쾌답게 줄줄이 외워 나갔다.

"나도 마음이 권갑의 시구나 진배가 없답니다."

대답은 그리하지만, 조묵의 머릿속은 다른 데 가 있었다.

'야은 선생이 거닐던 이곳에서 무엇을 찾긴 찾아야 할 터인데 답답하네. 답답해.'

"아니 무얼 그리 골몰하시는지요. 나으리."

책쾌가 다시 참견을 했다.

"야은 선생을 잠시 생각했소."

조묵은 마음을 들키기라도 한 것처럼 작은 소리로 답했다.

"길재 선생이라면 소인도 잘 알지요."

"그래요. 잘 되었군요."

조묵은 건성으로 대답을 하고 속내를 털어놓지 않았다. 거문고의 묵직하고 청아한 음률이 귓전에 울렸다가 사라졌다. 환청이었다. 거문고가 자꾸만 머릿속을 어지럽게 맴돌았다.

'그래, 내 거문고의 비밀이 바로 이곳에서 시작되었던 것이야. 아! 만월대여.'

"나으리, 시나 한 수 지으시지요."

책쾌가 침묵을 깨고 심사를 건드렸다.

"오늘은 아니 되겠소."

조묵은 고개를 저으며 시축을 책쾌에게 내밀었다. 그날 저녁 유수가 찾는다고 했다.

"유수께서 소인을 찾다니요?"

조묵은 얼떨떨했다.

"전관 유수의 자제라 각별히 모시라는 분부요."

전령은 깍듯이 고개를 숙였다. 태평관의 대청마루에 자리가 깔렸고 화롯불이 여럿 놓여 있었다. 사신 일행 중에 역관 이상은 다 모여 있었다. 개성 유수부의 현직들이 자리를 잡고 있었다.

"어서 오시게. 전관 이병정 대감의 자제라 들었네."

정사와 나란히 상석에 앉아 있던 유수는 수염을 쓰다듬으며 조묵을 반갑게 맞았다.

"소인 인사드립니다. 조묵이라 합니다."

"정사께서 다 일러 주셨네. 어여 오게나."

끝자리를 고집하는 조묵에게 유수부의 감역과 마주 앉게 해주었다.

"너무 사양 말게. 지나치면 미덕이라 볼 수 없네."

이집두가 나서서 배석 문제를 매듭지었다. 술이 몇 차례 돌자 풍악이 울렸다. 먼저 검무가 펼쳐졌다. 흥이 일자 칼부림이 훌륭했다. 창을 꼬나들어 분위기를 돋우고 물러났다. 이어 가기(歌妓)의 시조가 비파 음률을 탔다.

"이보게, 저 아이의 비파 솜씨와 노랫가락이 어떠한가?"

유수는 은근한 얼굴로 조묵에게 물었다.

"예, 절창이 따로 없을 지경입니다."

고개를 들어 다시 바라보니 가기의 옷소매가 눈처럼 부셨다. 크지 않은 입술이 움직일 때마다 노래를 따라 나온 뽀얀 입김이 춤을 추었다. 사방에서 비춰주는 등불이 그녀의 자태를 더욱 아름다워 보이게 해주었다.

"정사 대감 말씀으로는 자네의 시는 가히 일품이라 들었네."

"과찬이지요. 그저 붓장난일 뿐입니다. 유수 어른."

조묵은 며칠을 제대로 먹지 못하다가 진수성찬을 만났다. 과음한 탓인지 취기가 올랐다. 연회가 끝나고 숙소로 돌아왔다.

"나으리. 송도시전에서 마른 백삼과 증포삼을 보내왔습니다. 양이 엄청 많습니다. 경성의 육의전에 보낼 증표는 대신해주었고요. 참, 육의전에서 주선한 보부를 둘이 딸려 보냈습니다."

책쾌가 기다렸다는 듯이 알렸다. 증포삼은 홍삼을 이르는 말이었다.

"보부 둘은 잘 챙겨 주어야 합니다. 그래, 얼굴이나 한번 보지요."

책쾌가 보부 둘을 불러 세웠다.

"소인은 대식입니다."

"지는 성복이라 합니다."

임상옥이 보낸 보부 둘은 건장하게 생겼다.

"우리 장막은 어디로 갔나요?"

조묵은 객사 뒤뜰에 쳐놓았던 일행의 차일이 없어져 되물었다.

"유수께서 전관 자제의 식솔들에게 무례하다며 방을 내주어 모두 객사에 들었답니다. 거기에다 주안상에다 고기 안주를 푸짐하게 내렸습니다."

책쾌는 신이 나서 말이 길어졌다.

"잘된 일이군요."

식솔들의 방을 돌아보고 책쾌를 따로 불렀다.

"술자리에서 들으니, 마두는 의주에서 중국말을 하는 자로 구하는 게 쓰임새가 있다니 합니다. 몸이 불편한 필사와 마두는 여기서 돌려보내는 것이 좋을 듯싶네요. 두 사람에게는 여비를 넉넉하게 챙겨 주어요."

"그리 조치하겠습니다."

조묵은 피로가 쏟아졌지만, 낮에 그리다 만 화석정의 초화를 꺼내 마무리를 짓고 싶어졌다. 막상 붓을 들었지만, 함부로 물감을 찍을 수가 없었다. 붓놀림이 쉽게 이어가질 못했다. 아까 술자리에서 비파와 노래하던 가기의 얼굴이 떠올라 혼란스러웠다.

'아, 내가 지금 무슨 마음을 품고 있는 것인가 말이다.'

시축을 접고 자리에 들었다. 그때였다.

"전관 유상 자제분은 안에 계신가요?"

누가 밖에서 불렀다. 문을 열었다.

"무슨 일이요? 밤이 늦었는데."

"유수께서 관아에 따로 방을 준비하였으니 들라 하십니다."

복장으로 보아 당직 비장인 모양이었다.

"호의는 고맙소만 그냥 여기서 유하리다."

조묵은 귀찮은 듯 하품을 했다.

"그리는 아니 됩니다. 유상께서 워낙 엄하게 내리신 명이라서요."

유상은 유수를 높여 부르는 터였다. 도리가 없었다. 조묵은 의관을 챙겨 따라나섰다. 방은 깨끗했다. 문갑이나 문방사우가 2품관에 걸맞게 예스러워 보였다. 유수의 별실이라고 군관이 귀띔을 해주고 나갔다. 인기척이 났다.

"주안상 들입니다."

방문이 열리고 퇴기인 듯한 여자가 찬모와 함께 상을 들여왔다.

"시중들 아이를 바로 들이겠습니다."

"아니야 이보게, 내가 자작으로 한잔 마시고 잘 걸세."

"그랬다간 우린 죽은 목숨입니다. 잠시만 기다려 보셔요."

자잘한 주름 사이로 예전의 자태가 살아있어 보였다. 여자는 죽는 시늉을 하면서도 웃었다. 조묵은 갑작스러운 일이라 어리둥절하긴 했지만, 술을 한 잔 따라 마셨다.

"소인, 시중들러 왔습니다."

가다듬은 여자의 목소리였다.

"……."

조묵은 대답이 쉽게 나오지 않았다. 김정희와 기방에는 몇 차례 가보았지만, 나이 탓인지 이런 자리가 거북스러웠다.

"쇤네가 문을 열겠습니다."

여자는 말이 끝나고 잠시 기다려도 응답이 없자 문을 살며시 열었다. 조묵은 안절부절못했지만 다른 도리가 없었다. 여자는 조용히 절을 하였다.

"소인은 가매(歌梅)라 합니다."

객사에서 여흥이 있을 때 노래하던 가기였다.

"아, 잠깐. 이럴 것까지야 없네. 밤도 늦었으니 돌아가 보게."

가매는 고개를 들었다.

"유상께서 각별한 당부가 있긴 합니다만 시서화에 능하다는 말을 듣고 소인도 마음이 동하였습니다. 오로지 시 수청을 들고자 함이니 허락하여 주시어요."

붉은 비단옷에 윤기 나는 머리카락이 촛불 아래 매혹적이었다. 무릎을 세우고 다소곳이 앉은 모습이 단아해 보였다. 그는 달리 거절을 할 수 있는 방법이 떠오르지 않고 침이 마르고 머릿속이 자꾸만 비어가는 것 같았다.

"어, 시 수청이라 그것참. 나는…."

"알고 있습니다. 전관으로 계시던 유상분의 자제라는 것을요. 또 있습니다."

"또 있다니, 나에 대해 무얼 안다는 겐가?"

"예전에 이곳 송도에서 황진이와 정분을 쌓았던 벽계수 어른이 선대이시라는 것도요."

"허허 그것참. 내 족보를 다 꿰고 있구만."

"송구합니다."

"금년에 몇인가?"

"열여덟입니다."

"그래, 가매란 이름은 뜻이 무엇인가?"

"예, 노래 가에 매화 매입니다."

"허어, 노래하는 매화라."

"놀리지 마셔요. 송구스럽습니다."

소매 사이로 나온 길고 가는 여인의 손은 술잔을 자주 비우게 했다. 가매는 거문고를 내려 기러기발을 매만지고 현금의 줄을 조율했다. 하얀 손을 내밀어 현금을 뜯었다. 손가락 놀림이 예사롭지 않았다. 음률은 조용하게 흐르기도 하다가 빠르게 나아가기도 했다. 고상하고 청아한 곡조에 듣는 이의 어깨가 저절로 들썩였다.

'여섯 줄을 오가는 저 가냘픈 손가락이 베어 현줄에 핏방울이 맺힌다면 그 일을 어이 할까나?'

조묵은 자신의 경험으로 미루어 짐작하여 괜한 걱정을 해보았다. 취기가 도도해진 탓이었다. 가매는 연주 중에도 다정한 눈길을 아끼지 않았다. 아무리 뜯어보아도 흠잡을 데가 없는 얼굴이었다.

"나도 한 곡 탐세."

"탄주를 할 줄 아시는군요. 소인이 자제분을 제대로 보았습니다."

"오래된 거문고를 가지고 있어 귀동냥으로 배운 걸세."

"거문고 나이가 얼마나 되어 그러셔요."

"오백 살이 되어간다네."

"호호. 농담도 잘하시네요."

"농이 아닐세."

"아니, 그럼 전조의 현금이란 말씀인가요?"

가매의 서글한 눈이 더 커졌다.

"그렇다네."

"전조에 누가 타던 것인지요?"

갑작스런 질문에 그는 술이 확 깨는 기분이었다.

"그건 비밀일세."

"그런 게 어디 있나요. 어여 알려주시어요."

"아니 되네."

"그럼 같은 나이의 현금보도 가지고 계시나요?"

"악보가 헤지긴 했지만, 손때만큼 오래되었다네."

조묵은 벽에 세워둔 거문고를 안고 와서 눕혔다. 간단하게 현줄
을 조율했다. 소매를 가다듬고 현을 뜯었다. 다소 격정적으로 연주
를 하는 모습이었다. 젊은 혈기를 다스리는 눈치였다.

"솜씨가 보통이 아니시군요."

가매는 자신의 거문고를 물리고 부채를 다잡아 들고 사뿐히 일
어섰다.

청산리 벽계수야 수이감을 자랑마라

일도 창해하면 돌아오기 어려우니

명월이 만공산하니 쉬어간들 어떠리

조묵은 탄주하며 추임새를 넣다가 풀어서 화답을 했다.

벽계수야, 왕족이라 잘났다 자랑마라

우리의 인생 한 번 가면 그만인데

천하의 황진이가 여기 있으니 정을 나누고 쉬어 감이 어떠하리

"나리, 황진이의 놀라운 상징에 소인도 놀라울 뿐입니다. 벽계수

(碧溪守) 어른을 벽계수(碧溪水)라고 하여 골짜기에 흐르는 맑은 물로 비유한 것이나 명월이 자신을 밝은 달로 묘사한 것을 보아도 말입니다. 소인이 너무 앞서가는 것은 아닌지요. 호호호."

"아닐세. 내 할아버지 일이라 좀 쑥스럽긴 하지만 맞는 말일세. 한 가지 청이 있는데 들어 주겠는가?"

"소인에게 청이라니요. 말씀하셔요."

"말하자면 사연이 길다네. 실은 이 거문고가 고려의 공민왕이 타던 것이네. 예전에 공민왕도 볼모로 북경에 오래 있었지. 그래서 원한이라도 풀어주려고 연행에 함께 가기로 했다네. 하나 한성에서 여기까지 와보니 아무래도 무리일 것 같아 자네에게 보관을 청하는 것일세."

"사람도 힘든 일인데 애초에 무리를 하셨네요. 나리 뜻이 정녕 그리하시면 따르겠습니다. 돌아오실 때까지 고이 간수를 하겠습니다."

"내가 무사히 돌아오면 사례를 하겠네."

"호호, 나리께서 무사하지 못하면 거문고는 어쩌지요?"

"어쩌기는 주인이 바뀌는 거지."

"혹여 소인에게로 바뀌는 건가요?"

"공민왕은 죽고 없으니 살아서 보관한 자네한테 가는 것이 맞을 게야. 하하하."

"하지만 생각해보니 번거로워도 이 거문고는 함께 동행하는 것이 좋을 듯합니다."

"어찌 변심을 하는 것이더냐?"

"그렇지 않습니까. 남들처럼 기방에 드나들 분도 아니지요. 힘들고 외로울 땐 탄주라도 해야 먼 길을 이겨낼 방도라 생각해서지요."

"알았네요. 명을 받잡겠습니다."

촛불을 갈았는데도 동짓달의 밤은 길었다.

찬바람을 등지고 닷새가 지났다.

어제는 중화(中和)에서 점심을 먹었다. 50리를 더 가서 평양(平壤)에 도착했다. 대동관에 들어 행장을 풀었다. 평양에서 하루를 더 머물렀다. 저녁에 평안감사가 연회를 베풀었다.

"이 젊은이가 전 함경감사 이 대감의 자제가 됩니다."

이집두는 조묵을 평안감사에게 소개를 했다.

"소인 처음 뵙겠습니다."

조묵은 정중하게 인사를 올렸다.

"사대가 훤칠한 것이 귀공자로구먼. 불편한 것이 있으면 언제든 말하게나."

감사는 호의를 베풀었다.

"참, 그러면 상방께서 북백(北伯)으로는 이 대감의 후임이겠습니다."

감사는 이집두에게 말을 돌렸다. 상방은 사신의 정사를 부름이고 북백은 함경도 관찰사의 별칭이었다.

"예, 그렇지요. 내가 이 대감에게 물려받은 관직이 열 개가 넘습니다. 하하하!"

조묵도 가는 곳마다 아버지의 영향력이 살아 있어 그리 나쁘지는 않았다. 이럴 적엔 과거를 보아 입신출세를 펼쳐보면 어떨까 하는 생각이 들기도 했지만 바로 고개를 저었다.

'이게, 무슨 방정인가. 벼슬은 무슨 얼어 죽을 벼슬.'

큰 감영답게 10명이 넘는 기생들이 동원되었다. 먼저 말에 올라 검무를 추었다. 경성이나 남쪽에서는 볼 수가 없는 광경이었다. 그녀들은 노래도 하고 춤도 알았다.

"나으리, 송도에서 챙겨 준 반찬거리는 입에 맞는지요?"

책쾌가 저녁을 먹다가 갑자기 생각이 난 것처럼 물었다.

"나야 괜찮소만 다들 구미에 맞는지 모르겠소."

조묵은 일행들에게 말머리를 돌렸다.

"아이구, 나으리 덕분에 성찬입니다."

주방을 보는 대금이가 수저를 놓고 일어나 굽신하며 웃었다.

조묵은 초화에 손을 보려고 촛불을 밝혔지만, 붓이 쉽게 움직여주질 않았다. 가매의 현을 뜯던 손길이며 눈길이 자꾸만 떠올랐다. 시축을 접고 방바닥에 누웠다. 송도를 떠나던 날 아침이 생각났다. 가매가 찬모 편으로 반찬거리를 보냈다. 장에 담가 말린 포육, 소금에 절인 포육을 따로 담고 새우와 고기도 보탰다. 반찬 걱정을 하던 대금이가 제일 좋아했다. 가매의 마음 씀씀이가 발길이 멀어질수록 자꾸만 고마운 생각이 더해갔다.

박천에 다다랐다.

눈발이 날렸다. 저녁에 조묵은 서장관 홍면섭의 방을 찾았다.

"집의 어른 평안하신지요."

홍면섭이 사헌부에 있을 때의 자리를 부른 터였다.

"이 군이 어쩐 일인가?"

"소인이 폐만 끼쳐드리는 것 같아 송구합니다."

"아닐세. 자네 선친의 함자만 들어도 팔도가 다 아는 터인데 그리 생각하지 말게나."

"송도에서 홍삼을 구한 것이 있어 조금 가져왔습니다."

"이 사람아, 챙겨도 내가 챙겨 줘야 마땅한데 그리하면 아니 되네."

"약소하나마 거두어 주시고 소문대로 이야기나 한 자락 해주시지요."

홍면섭은 임지였던 강원도 삼척에 있을 때 〈삼화사중수기〉를 써준 적이 있었는데 절 앞의 호암소 얘기를 들려주었다.

다음날은 정주에 도착했다.

조묵은 사행 길을 떠나기 전에 여러 사람이 엮은 연행기록을 본 보람이 나타났다. 발 닿는 곳마다 그 고장의 그림을 미리 본 것처럼 한눈에 알 수가 있었다. 도무지 낯설지가 않았다.

봉명서원을 찾아 발길을 잡았다. 책쾌가 자연스레 따라나섰다. 한 번은 와보고 싶던 곳이었다. 선원 김상용(金尙容), 청음 김상헌(金尙憲) 형제를 기리며 고을 사람들이 서원을 세우고 향사를 했다. 서원 안에 김상용의 영정이 걸려 있었다. 의젓한 얼굴에 높이 쓴

관 밑으로 흰머리가 보였다. 김상용은 한때 이곳에서 부사를 지내며 애민 정신을 유감없이 발휘하였다. 김창업의 형인 창흡(昌翕)이 찬문을 지었다.

"그 안색을 가까이하니 애연히 존경할 만하고 그 주위를 엿보니 온화하게 정함이 있도다."

조묵은 평소에 흠모하던 김상헌의 위판을 돌아보자, 소름이 돋아나는 선연함을 느꼈다. 병자년의 호란. 분연히 독전을 외치던 그의 목소리가 들리는 듯 가슴이 메어져 왔다. 잠시 생각에 잠겼다. 소무(蘇武)의 절개가 떠올랐다.

'눈구덩이의 절개. 한 무제 때 소무가 흉노에 사신으로 갔다. 선우가 항복을 시키려 했으나 소무는 굽히지 않았다. 그를 감금하고 음식을 주지 않았다. 소무는 눈과 깃발을 먹고 연명을 했다. 기러기의 발목에 매달아 보낸 편지로 19년 만에 귀국을 하였다지 않던가.'

조묵의 입속에서는 하고 싶은 말이 튀어나오지 못하고 굴러다녔다.

'그래, 청음이야말로 눈구덩이의 절개야. 눈구덩이의 절개!'

문득 증조부 이언강의 기러기 시가 뇌리를 스쳐 지나갔다.

하나 둘 세 기러기 서남북 나눠 날아
주야로 울어 예니 무리 잃은 소리로다
언제나 상림추풍에
일행귀(一行歸) 하리오.

집을 떠나온 지 보름이 지났다.

곽산을 거쳐 선천에 들어왔다. 임반관에 짐을 내렸다. 어두워지자 뜰에 횃불이 높이 켜졌다. 풍류가 잡히고 여악이 벌어졌다. 그중에 볼만한 것은 검무였다. 난향이라는 기생이었는데 얼굴이나 몸집으로 보아 나이가 들어 보였다. 그렇지만 칼춤을 추는 솜씨만큼은 일품이었다. 또한 소리도 잘해 시도 읊었다.

조묵은 그녀의 절창에 인삼과 청심환을 건네고 시축에 시를 받아 적었다. 궁금하여 한마디 물었다.

"시 속에 그대 이름이 들었는데 자작시인가?"

"소싯적 얘기지요. 용천에 있을 때였답니다. 지나는 사신 중에 한 어른이 하룻밤 유하고 가시면서 제게 정표로 남긴 것입니다."

난향은 지그시 감은 눈가에 주름은 잡혔지만, 자색만은 살아있었다. 하루해가 서산을 넘어갔다.

***

드디어 의주에 도착했다.

객사 앞에 '宿'이라고 써 붙인 민가들이 더러 보였다. 숙박을 한다는 뜻이었다. 이곳에서 대엿새 정도는 보내야 하므로 책쾌가 어두워지기 전에 방을 얻었다. 모처럼 가마솥에 밥을 짓는 주방 대금의 입에서 콧노래가 터져 나왔다.

"대금아, 오늘 저녁은 특별히 고기를 내어 성찬을 준비할 수 있겠느냐."

조묵도 마음이 들떴다.

"예이, 나으리. 솜씨를 다해 보겠습니다요."

모처럼 밥상다운 밥상을 마주한 일행은 고깃국을 몇 그릇씩이나 해치웠다. 조묵은 옆방에서 코 고는 소리를 들으면서 촛불을 밝히고 일기를 정리했다. 촛불이 일렁거릴 때마다 가매의 웃는 모습도 따라 흔들렸다. 잠이 쉽게 오지 않았다. 잠을 청할수록 머릿속이 맑아지면서 앞으로 전개될 일들이 숨어 있던 복병처럼 나타났다.

의주에서 이틀째였다. 여독이 쌓였는지 대금이가 늦잠이 들었다. 가마솥에 세숫물이 데워지지 않아 조묵은 찬물로 얼굴을 닦았다. 냉기에 정신이 번쩍 들었다. 복덕이 고뿔이 걸려 고생하는데 혹여 깨지나 않을까 조심스러웠다. 소금으로 양치질을 하고 살며시 사립문을 제치고 밖으로 나왔다. 압록강을 한번 돌아보고 싶었기 때문이었다.

낮에 진변헌에서 의주 부윤이 베푸는 연회가 벌어졌다. 이집두는 조묵을 소개했다. 그것에는 모르긴 해도 이유가 있었을 터이다. 사신 일행들에게 공적인 자리에서 보증을 서는 경우였다. 험한 길에 가해질지도 모르는 위해를 사전에 차단시키려는 배려였다.

"전 함경감사 이병정 대감의 자제올시다."

"소인 이조묵 인사 올립니다."

"이 북백께서 돌아가신 지가 오래전인데 이렇게 젊은 자제가 있다니요?"

부윤은 다소 의아한 눈치였다.

"이 대감께서 늦게 아들을 본 셈이지요."

이집두는 대답을 대신해주었다.

"그래, 강을 건널 준비는 다 되었는가?"

부윤이 조묵에게 말을 건넸다.

"예. 한 가지 청은 통역을 잘하고 힘깨나 쓰는 마두를 구하고 싶습니다."

"알겠네. 북경을 제집 드나들 듯하는 믿을만한 녀석으로 보내주지."

기생들의 검무는 북쪽의 관습이었다. 오랑캐의 외침이 잦아서였다.

저녁에 조묵은 통군정에 올랐다. 누각은 적적하다 못해 쓸쓸했다. 그는 통소를 꺼내 불었다. 곡이 끝날 무렵 압록강에서 파수하는 군사들의 신호에 따라 불꽃놀이를 하는데 장관이었다. 가까운 곳은 별똥별이 떨어지는 것 같았다. 먼 곳은 마치 별들이 늘어선 것처럼 보였다. 이 놀이를 낙화(落火)라고 했다. 뽕나무 숯을 가루로 빻아서 종이봉지에 넣어 여러 갈래로 뻗게 한 높은 줄에다 매달아 놓고 불을 붙였다. 그러자 불붙은 숯가루가 떨어지면서 밤하늘을 아름답게 수놓았다. 고국을 떠나는 사신 일행들을 위문하는 것이었다. 긴장 속에서 하루가 지났다.

마침 장날이라 아침 밥상을 물리고 조묵 일행은 의주 시전으로 발길을 옮겼다. 주방에서 쓰는 물건들을 구하기 위해서였다. 일행들이 앞으로 사용해야 할 잡화를 준비하라고 책쾌가 일일이 돈을 나누어 주었다.

용만관(龍彎館)을 지나는데 연경에 타고 갈 말을 점검하고 있었다. 조묵은 궁금하여 들여다보았다. 각도의 파발마들이 미리 와 있었다. 먼저 세 사신의 말을 고른 다음에 차례로 배당이 되었다. 마두의 설명이 말의 눈이 방울 같고 정강이가 가늘며 갈기가 높고 물고 차고 큰 소리로 우는 놈이 좋다고 했다.

"나으리, 우리말들도 편자를 갈고 몸은 어떤지 마의에게 보여야지요."

책쾌가 생각이 난 듯 말했다. 조묵은 수성촌에 들렀다. 예전에 김상헌이 심양에 잡혀 와 있다가 병이 나자 이곳으로 돌아와 우거하던 마을이었다. 그 터에 비를 세우고 민진원(閔鎭遠)이 기문을 했다. 보기에 글씨는 거칠어도 문장이 그런대로 쓸 만했다.

저녁에는 책쾌가 통소 부는 악사와 노래하는 가기를 데리고 와 번갈아서 연주하게 했다. 며칠을 잘 먹어서인지 횃불에 비친 일행들의 얼굴에 기름기가 흘러 번득였다.

집을 떠난 지 스무날에 하루가 더해졌다. 마두가 왔다.

"소인 일만(一萬)이라 합니다. 부윤께서 각별히 모시라는 당부가 있었습니다요."

구레나룻이 거뭇했지만, 나이는 많아 보이지 않았다.

"잘 부탁함세."

책쾌가 맞이하고 조묵에게 소개를 했다.

"우리 나으리네. 전 함경감사의 자제분이니 성심을 다하면 상을 내릴 걸세."

"걱정 마셔요. 북경은 12번이나 다녀와 내 손안에 있습니다."

일만은 가는 길의 산천이며 지역 간 거리와 성곽은 물론이거니와 시장 등을 잘 알고 있던 글줄을 외듯 엮어 나갔다.

"그래, 통역은 가능한가?"

가만히 듣고만 있던 조묵이 물었다.

"예, 나으리. 여부가 있겠습니까. 서당 개 삼 년이면 풍월을 읊는다는데 소인은 이 일을 10년이나 하였는걸요. 우리끼리 하는 말로 역관들이나 만상(灣商)들은 죄다 도둑놈입니다요. 대개 사신 일행은 중국말을 알아듣지 못하여 바가지를 잔뜩 씌워도 모르지요."

일만은 얼굴이 벌겋게 달아올랐다. 책쾌가 놀려 먹었다.

"자네는 우리를 속일 심산은 없는 겐가?"

"천부당에 만부당 입죠."

조묵은 일만의 말이 맞는 것 같기도 했다. 미리 숙지한 선대들의 연행록 곳곳에 역관의 부정을 지적한 바가 있었기 때문이다.

"참, 한 가지 청이 있습니다."

일만이 불쑥 말을 내밀었다.

"무엇인가?"

책쾌가 되물었다.

"준석(俊石)이라고 소인을 따르는 놈이 있습지요. 힘이 장사라 등짐은 월따말보다 더 지고요, 덩치 큰 호인도 몇 놈은 해치웁니다. 품삯은 넉넉지 않아도 되니 데리고만 가시면 도움이 될 것입니다."

"월따말이 어떤 말인가?"

"털빛이 붉고 갈기가 검은 놈인데 힘이 좋지요."

"일만이 자네가 통역까지 한다면 따로 역자를 채용하지 않을 터이니 나으리께서 은자를 따로 보상을 하리라 보네. 준석을 부르게. 이참에 진가를 한번 제대로 보여 주게나."

"네네, 온 힘을 다해 재주를 부려 보겠습니다."

"자자, 일만의 재주를 위해 우리 박수 한 번 쳐 줍시다."

책문에 들이밀 최종 명단이 정해졌다. 정해진 관례가 있어 빈자리를 서장관의 수행원이 챙겨 주었다.

이조묵 : 정사의 반당

조창선 : 서장관의 반당

복덕 : 정사의 관노

대금 : 정사의 주방

일만 : 정사 반당의 마두

준석 : 정사의 가노

대식(大植) : 정사의 가노

성복(成福) : 서장관의 가노

말 : 6필

***

이틀 뒤였다. 홍제교를 지난 지도 23일째가 되었다.

모두 긴장한 얼굴로 아침밥을 먹었다. 말수가 줄었다. 그나마 여유가 있다면 경험 있는 일만과 준석이뿐이었다. 조묵은 책쾌와 더불어 옷을 갈아입었다. 책쾌는 소매가 좁은 두루마기를 입고 실같이 쪼갠 대나무로 만든 전립을 썼다. 모자 정수리에는 어사또처럼 조화로 된 꽃을 세웠으며 새의 날개깃을 달았다.

"나으리, 지금 모양새가 어떤지요?"

"말이 아니네요."

조묵이 책쾌의 차림을 보고 망설였다.

"나으리는 비장이나 역관 차림을 해도 감히 누가 뭐라 하겠습니까."

조묵은 큰 갓과 도포를 벗고 군복차림에 전립 대신 작은 갓을 썼다. 허리에는 초록색 넓은 띠를 둘러 비장들과 다르게 표시를 했다.

"내 모양은 어떠시오?"

조묵이 책쾌를 불러 세웠다.

"하하하. 이제 우리와 구분이 잘 되지를 않습니다."

책쾌는 크게 웃었다. 따라서 일행들도 박장대소했다. 그제야 긴장이 다소 풀리는 모양이었다.

"압록강을 건너면 양반 쌍놈이 없다는데 이참에 나도 양반은 나뭇가지에 걸어두고 갈까 싶소이다. 그러니 여행 중에는 허물없이 지내도록 합시다."

조묵의 말에 농이 섞여 있었다.

"나으리. 양반을 나뭇가지에 걸어두었다가 누가 훔쳐 가서 돈 많은 만상 놈들에게 팔아넘기면 어쩌시려구요."

일만이 너스레를 떨었다.

"그리되면 내가 만상을 하는 수밖에 다른 도리가 없지 않은가."

조묵은 걸어가는 일행을 생각해 말 안장에도 그들의 짚신이며 옷가지 보따리를 걸게 했다. 압록강을 건너는 선착장인 구룡정으로 모였다. 의주 부윤은 미리 와서 챙기고 있었다. 겨울이라 물이 그리 많지 않았다. 강가 자갈밭에는 띄엄띄엄 얼음이 달라붙어 있었다.

사람과 말의 검열이 시작되었다. 서장관과 의주 부윤이 이름과 나이 그리고 사는 곳을 확인했다. 용모의 특징으로 수염이나 흉터를 적었다. 키가 크고 작음을 표시했다. 말은 털의 색깔로 구분되었다.

물품 수색도 이루어졌다. 나라에서 금지하는 물품의 밀반출을 검색하는 것이었다. 진주와 황금이며 인삼도 그렇지만 홍삼은 주목하는 단속의 대상이었다. 또한 담비의 모피인 초피는 걸리는 날이면 볼기를 맞아야 했다.

"자네 일행 중에는 혹시라도 홍인삼(紅人蔘)이란 자는 없겠지?"

부윤이 조묵을 보더니 웃으면서 말했다. 조묵은 잔뜩 긴장했다.

"소인의 일행 중에는 이가와 김가는 있어도 홍가는 없습니다."

조묵도 태연하게 웃으면서 답을 했다. 숨겨둔 건삼과 홍삼이 문제였다. 부윤은 수검 군관에게 조묵의 짐은 손도 대지 못하게 일렀다.

"먼 길에 무탈하게나."

"고맙습니다. 은혜를 입고 갑니다."

모두 배에 오르자 퉁소와 북소리가 요란하게 울렸다. 노랫가락이 피리 소리와 어우러지면서 뱃노래가 작별을 실감나게 자아냈다. 간밤에 세 사신의 수청 들었던 기생들이 손을 흔들어 전별했다. 조묵은 송도의 가매가 하던 당부가 떠올랐다.

"유상 자제분은 이역만리를 가시면서 큰물을 조심하셔요. 또 진흙 길도 삼가면서 길을 무사히 가시고요. 생소한 음식도 삼가고 때를 따라 천금 같은 귀한 몸을 보호하시어요. 거친 촌락에서 서리와 눈보라를 맞고 들판 주막에서 바람 소리 겪으실 터이니 부디 일찍 주무시고 늦게 일어나소서."

구련성에서 점심을 먹었다. 의주부에서 따라온 주방이 장막을 치고 밥을 지어 모두에게 제공했다. 바로 길을 재촉하여 온정평에 이르러 숙박에 들어갔다. 의주부 군사들이 미리 와서 세 사신은 고래를 놓은 바닥에 나무를 태우고 판자를 깔고 방막을 설치해 두었다. 나머지 사람들은 구덩이를 파고 숯을 피웠다. 그 위에 막대기를 걸치고 자리 장막을 둘러쳐서 마치 사람 인(人)자 모양이었다. 겨우 두 사람이 들어가는데 추위를 막을 만했다. 여러 막사가 잇닿고 사람과 말이 요란한 것이 전쟁 통에 야전 군대의 숙사와 같아 보였다. 조묵은 책괘와 옷도 입은 채로 가까스로 몸을 뉘었다.

밤에는 풍각을 울렸다. 호랑이나 늑대 같은 들짐승들을 쫓으려고 하는 것이었다. 때로는 그치기도 했다. 서장관이 죄인을 다루는 군뢰를 꾸짖었다.

"밤새도록 풍각을 울리는 것이 전례로 되어 있는데 어째서 중단했느냐?"

"소인이 그런 전례를 몰랐습니다."

군뢰는 평소와는 달리 쩔쩔맸다.

"이는 전례이다. 내가 노가재 김창업의 연행일기에서 보았다. 너는 그 책도 읽지 않았느냐?"

서장관의 입가에 웃음이 번졌다. 이 말을 들은 사람들이 웃느라고 몸을 바로 가누지를 못했다. 하지만 당하는 군뢰는 영문도 모른 채 따라 웃었다.

이틀이 흘렀다.

점심때 처음으로 청나라 사람을 보았다.

그대로 나아가다 책문에 이르렀다. 조선과 중국의 접경에 다다른 것이었다. 서장관은 책문에 들어간다는 통지서인 보단을 먼저 보냈다. 사람이 모두 몇 명 말이 몇 필이라고 적혀 있었다. 그 뒤로 표문과 자문을 받든 일행이 차례로 따라 들어갔다.

널빤지 위에 이엉을 덮은 책문의 초소는 우스꽝스러웠다. 조묵은 책문에서의 통관이 까다롭다고 여겨 걱정했으나 그것은 한낱 기우에 지나지 않았다. 말고삐를 잡은 일만이 앞장서 청심환 10알과 봉초 10봉을 가지고 초소에 들어가더니 금방 나왔다. 세관은 내다보지도 않고 통과했다.

"나으리, 이 되놈들한테는 인정만 베풀면 마누라도 선뜻 내줄 겁니다요."

"하하. 인정이 아니라 뇌물인 것이구만."

모두가 웃었다. 책문 안으로 들어서면서 자신도 모르게 가슴이 뛰었다. 모두가 상쾌했다. 기뻐하는 그 모습을 보니 마치 새장을 벗어난 새가 넓은 하늘을 마음대로 나는 것처럼 보였다.

책쾌가 서둘러 온돌이 있는 민가인 사처를 정하여 짐을 풀었다. 조묵은 시간이 남아 일행들과 가까이에 있는 안시성의 옛터를 찾았다. 일만의 말문이 터졌다.

옛날 당 태종이 온 나라의 군대를 움직여 동쪽으로 고구려를 쳐들어왔다. 안시성주 양만춘(楊萬春)이 성문을 닫고 굳게 지켜 끝내 함락시킬 수가 없었다. 치열한 교전 중에 태종은 화살을 맞아 한쪽 눈을 잃어 회군하고 말았다.

집을 떠난 지 한 달하고도 며칠이 지나갔다.

마천령에 올랐다. 바람이 일자 모래 먼지가 자욱하더니 잠잠해졌다. 당의 태종이 고구려를 칠 때 지나가던 곳이었다. 석문령이 가까이에 있는데 꼭대기에 올라서니 땅끝과 하늘 끝이 만나는데 아득했다. 눈앞에 전개된 요동 8백 리를 보는 사람들로 하여금 장관으로 남았다.

"아아, 이 더 넓은 곳이 고구려와 발해의 옛 터전이로구나. 그 기상은 어디 가고 이리도 움츠러들었는가. 조선이여, 다시 일어나라!"

조묵은 먼저 다녀간 선대들을 생각하며 털가죽으로 만든 두건인 풍차를 벗어들고 그 장관을 한동안 바라보았다.

김창업은 연행록에서 고개 너머에 찬 우물이 있는데, 겨울에는 따뜻하고 여름에는 차다고 했다. 우물가에는 미나리가 많아서 사신 일행이 돌아올 무렵에는 캐서 먹을 만하다고 했다. 그러나 겨울이라 아무것도 보이지를 않았다.

도성을 출발하고 한 달 열흘이 되는 날이 밝았다. 오후에 심양(瀋陽)에 도착했다.

청나라를 세운 여진족의 본거지답게 성이 웅장하고 시가지는 번창했다. 하지만 조묵의 마음은 그리 밝지 않았다. 김상헌이 이곳까지 끌려와 고초를 겪었기 때문이다. 그가 거처하던 곳을 수소문해 보았지만 알 길이 없었다. 그뿐인가. 소현세자와 봉림대군도 말할 수 없는 수모를 당해 약소국의 왕자로 태어난 것을 후회했을 것이다. 조묵은 심란하여 초화도 그리지 않았고 여정의 잡기도 기록하지 않았다. 마음을 다스리지 못하고 독주를 한 잔 마시자 불현듯 가매가 보고 싶어 화상을 꺼내 보다 잠들었다.

광녕(廣寧)에서 유숙했다.

낮에 일만이 운이 좋으면 낙타를 보게 될 거라 하여 기대를 하였으나 추워서인지 한 마리도 보이지를 않았다. 일만이 미안했는지 저잣거리에서 배와 수박을 사 들고 왔다. 수박이 제철같이 푸르고 속이 좋아서 갓 따온 것 같아 조묵이 물었다.

"일만아, 어찌 간수를 하였기에 이리도 싱싱하다더냐?"

"예, 나으리. 구덩이를 한 자 남짓 되게 팝니다. 바닥에 짚을 많이 넣고 수박덩이를 온통 싸서 묻어 바람이 들지 않게 합니다."

대답을 하는 일만의 입에서 붉은 수박 조각들이 사방으로 튀어 모두가 웃었다. 조묵은 이불을 깔고 누웠다. 선대 원천군 생각이 새롭게 떠올랐다.

'임진왜란에 대부께서 중국과 친분이 있다고 해서 환갑의 나이를 무릅쓰고 이곳 광녕까지 오시어 원병을 독려하지 않았던가! 아, 내 할아버지 원천군이시여.'

원천군은 안절부절못하던 임금의 명으로 광녕으로 건너왔다. 조선의 치욕적인 전황을 병부상서에게 서찰을 보내 알리고 원병의 출병을 앞당기기 위해 온갖 수모를 참고 견디었다.

"우리나라는 지금 관군과 의병이 여러 곳에 나누어 여름부터 가을을 보내게 되었습니다. 군사는 쇠잔하고 말은 지치고, 먹을 것도 없고 병장기는 낡아 못 쓰게 되었습니다. 더구나 옷은 없는데 추위는 닥쳐 아침저녁에 무너질 형세입니다. 적들은 바야흐로 튼튼한 성에 웅거하고 창고를 독차지하여 먹을 것이 넉넉합니다. 날카로운 기세를 길러 기회를 봐서 튀어나올 계획을 하고 있으니 상황이 하루가 급박합니다. 추가로 출병이 늦어지면 모국으로 돌아가도 적에게 죽은 목숨이니 차라리 이곳에서 죽겠습니다."

원천군은 광녕의 길고 추운 겨울을 보내야만 했다. 해소천식에 향토병을 얻었다. 가까스로 귀국하였으나 늦은 봄 세상을 떠나고 말았다. 이항복은 통곡을 하면서 묘갈명을 지어 올렸다.

도성을 떠나고 두 달에 이틀이 모자라는 날이었다.

드디어 연경에 입성했다. 일행은 조양문 앞에 다다랐다. 조양문은 북경성의 동문이었다. 문루는 3중 처마로 되어 있고 모두 푸른 기와를 올렸다. 세 사신은 교자에서 내렸다. 관복으로 갈아입고 말에 올랐다. 성안으로 들어서자 저자가 바둑판처럼 늘어서 있고 누대가 망을 친 것처럼 보였다.

사신의 객사인 남관(南館)까지는 10여 리 길이었다. 남관은 내성의 남쪽 성 밑에 있었다. 이른바 옥하관(玉河館)으로 본래 조선 사신들의 객사는 옥하교 언저리에 있었는데 지금은 옮겨와 남관이 된 것이라 하였다. 옥하관이라는 이름은 그대로 사용한다는 것이었다.

옥하관에 이르렀다. 심양에서 먼저 와서 있던 서자(書者)가 온돌방을 만들고 숯을 피워 한결 따뜻했다. 정사 이집두는 부사와 서장관을 대동하고 표문과 자문을 예부에 전하고자 입궐 채비를 했다.

이집두는 조묵이 거처할 방을 따로 정해주었다. 책쾌와 둘이서 거처하기로 했다. 방 옆의 뜰 안 구석 자리에 회벽돌로 달아내어 일만과 나머지 일행들이 사용하기로 했다. 복덕이 고래를 놓고 온

돌을 만들었다. 칼과 톱으로 나무를 자르고 까뀌로 깎아 문을 달았
다. 종이를 바르고 대자리로 두르느라 애썼다. 대금은 주방을 얼기
설기 막아 바람을 피했다.

고려사

연경에서 하루가 지났다.

모두가 들뜬 마음으로 비몽사몽간에 밤을 보냈다. 조묵은 대금에
게 서둘러 아침밥을 준비하라 일렀다. 일만에게 노새가 끄는 태평
거를 세 내어오라고 지시하였다. 옹방강의 제자이자 안내역인 이임
송(李林松)을 만나기 위해서였다. 김정희가 일러준 첫 번째 할 일이
었다.

"나으리, 북경성 안에 온 지 하루 만에 태평거를 어찌 아시는지요?"

일만이 돈을 받아 들고 놀라는 기색이었다.

"나는 선대인 청음 선생을 따라 중국을 184년 전부터 드나들었
다네."

조묵이 김상헌의 ≪조천록≫을 들어 보이며 하는 대답에 모두가
웃었다.

"그리 멀지 않아 걸어가도 되는데요."

"말이 많다. 내 마음이 급해서 그러는 것일세."

책쾌와 더불어 세 사람은 태평거를 타자 노새가 머리를 끄덕이며 달렸다. 선무문에 다다랐다. 모양은 조양문과 같았다. 왼편에는 코끼리를 키우는 넓은 우리가 보였다. 처음 보는 큰 짐승에 눈이 휘둥그레졌다. 오른쪽은 서양식 건물의 천주당이 우뚝하게 서 있었다.

선무문을 나가 오른편으로 돌아가자 귀가 아프도록 들었던 유리창 거리가 나왔다. 붓과 먹을 파는 가게가 동서로 줄을 이었다. 책방에서 내건 깃발이 조묵의 마음을 취하게 하고 눈까지 사로잡았다. 조선 사신들이 자주 간다는 오류거 서점 옆에 있는 보명당 책방을 찾았다. 이임송이 수시로 드나들며 찾는 사람이 있으면 편지를 전해주기도 한다고 했다. 일만이 주인을 불러 세웠다.

"우리 나으리께서 보자시니 인사를 하시오."

단정하게 차려입은 사람이 기척을 해 보였다. 봉두난발에 구레나룻까지 볼썽사납게 생겨 먹은 일만을 힐끗 보더니 앞으로 나왔다.

"조선 사신이면 옆집에 볼일이 있을 터이니 거기로 가보시오."

"우리는 아니올시다. 이임송 선생을 만날까 해서 왔습니다."

조묵이 속삭이듯 일만에게 말하자 그대로 얼굴만 돌려 소리쳤다.

"진작에 그렇게 말씀을 하시지요. 내 성은 주(周)가입니다."

일만이 이번에는 조금 전에 했던 반대 동작을 보여주면서 통역을 해주었다.

"일만아, 언사를 공손하게 하도록 해라. 이임송을 어떻게 하면 만날 수가 있는지 물어보거라."

주씨는 눈을 크게 뜨고 두 사람이 주고받는 입만 쳐다보았다.

"무슨 일로다 만날 건지 물어보는데요."

"옹담계 선생님께 가는 서찰을 가지고 왔다고 전하여라."

그 말을 전해 들은 주씨는 그제야 굳어있던 얼굴이 풀리면서 손을 모으고 가볍게 읍하였다. 조묵도 따라서 예를 갖추었다.

"존함이 어찌 되시는지 아마 수일 안으로 심암이 책을 가지러 올 터이니 꼭 안부를 전하리다."

주씨는 조묵이 너무 젊어 보여서인지 책쾌 쪽을 자주 보면서 말을 건넸다.

"내 성은 이가요. 조묵이라 하오이다."

주씨는 붓을 들어 두루마리 한 칸에다 적었다.

"자, 이제 저희 서가나 둘러보시지요."

"고맙소이다. 그리하면 매일 사람을 보내 소식을 듣겠습니다."

조묵이 돌아보니 책쾌는 벌써 사다리를 타고 높은 다락까지 올라가 있었다. 오래된 책 냄새가 온몸을 감돌았다. 냄새조차 그리 나쁘지 않았다.

'아, 이 수많은 책들을 보라. 난생처음 이런 장면을 만나니 이게 정녕 생시인가. 아니면 깊은 잠 속의 엄청난 꿈이런가.'

조묵은 애써 태연한 척해보았다. 서가마다 오르내리며 책을 놓지 못하는 책쾌는 정신이 반쯤은 나간 사람 같아 보였다.

진기하고 보배로운 책들이 서가에 꽂혀서 천정에 닿았다. 푸르고 누런 비단으로 꾸민 책이 책상에 겹치고 한쪽 상에는 높이 쌓였다. 눈이 돌아갈 지경이라 책을 어떻게 찾나 싶었다. 살펴보니 책 표지에 쪽지를 붙여서 각각 아무 서(書) 아무 질(帙)이라고 쓰여 있었다.

"나으리, 소인은 여기서 그냥 파묻혀 죽겠습니다."

책쾌는 한참이 지난 뒤에야 정신이 돌아왔는지 엄살을 부렸다.

"이보시오. 책쾌 어른이 정신을 차려야 나도 진적을 구할 게 아니오?"

조묵 일행은 주씨와 인사를 나누고 밖으로 나왔다. 동문 쪽으로 향했다. 세시를 맞아 등을 파는 가게가 더욱 번화했다. 골동품 가게에는 보물 같아 보이는 온갖 골동들이 전대에 손이 빠르게 들어가게끔 진열되어 있었다. 금빛 패루 아래 깃발이 유독 화려한 곳은 대개 찻집이나 술집이었다. 조묵은 돌아오는 길에 태평거의 마부에게 물었다.

"유리창에는 집이 모두 몇 칸이나 되오?"

"모르긴 해도 수십만 칸은 족히 될 것이오."

과장이 좀 심한 것 같으나 정양문에서 가로로 뻗어 선무문까지 여러 동네가 유리창이라니 그럴 만도 했다.

돌아오면서 태평거가 정양문에 이르렀다. 수레와 인마가 길을 메우고 있었다. 서로 먼저 가려고 다투는 일이 없고 잡되게 소리치는 일도 없었다. 수레에는 비단 장막을 두르고 말에는 자수를 수놓은 안장을 놓았는데 화려한 채색이 눈부셨다. 다만 수레가 왕래하며 박석 위로 지나는 바퀴 소리가 요란했다. 새해를 맞아 세

배하는 사람이 많은데 비단에 수를 놓은 의복의 치장이 선명했다. 조묵은 고국의 형편을 생각하니 쓸쓸하고 가련하여 절로 탄식이 나왔다.

연행 길을 나선 지도 두 달이 지났다.

조묵은 아침에 일어나면 걱정이었다. 옥하의 물로 세수를 하면 석회분이 많아 얼굴이 뿌옇고 꺼칠해졌다. 그렇다고 식수로 길어오는 옥천사 물로 세수를 할 수 있는 노릇도 아니었다. 복덕에게 일러 대금과 일만 그리고 준석에게 물을 데워 씻게 하고 준비해 온 옷으로 갈아입게 했다. 일만이 다소 굳은 표정으로 말했다.

"나으리께서 뜻한 바대로 무시로 출입을 하시려면 대책이 있어야 합니다요. 우리 단속반인 역관이나 군뢰야 정사 어른께서 엄명을 내리시면 됩니다. 하지만 저들의 단속반인 통관과 아문에게는 예물로 구워삶고 갑군이며 서반들에게도 다소의 인정을 베풀어야 합니다."

"일만이 말이 맞아. 그렇게 해야 우리 일행이 편하다면 따라야지."

이틀 뒤였다.

첫닭이 울 때 세 사신이 궁궐에 나아가 조하한다고 했다. 정사의 배려로 조묵은 역관의 모대를 빌려 입고 사신을 따라 입궐하기로 정했다. 모대를 갖추지 않으면 조반에 드는 것을 금하기 때문이었다. 등불 밑에서 입어 보고 비친 모습을 돌아보니 의젓한 벼슬아치의 모습이 틀림없었다.

'내가 한낱 하찮은 선비로 포의에 박대를 띠는 것이 분수에 맞는데 용의를 걸치고 각대에 사모를 쓰고 말을 타고 한길에 나왔으니 우습고도 우습다.'

오문 밖에는 길 양쪽으로 붉은 등이 모여들었다. 무장을 갖추고 갑옷을 입은 갑군이 늘어섰다. 무언가 보이지는 않고 말발굽 소리만 요란했다. 잠시 뒤에 통관이 세 사신을 인도하여 궁궐 안으로 들어갔다.

넓은 뜰과 돌난간이 펼쳐졌다. 그 위에 태화전이 보였다. 2층에 높은 동마루와 굽은 난간이 다 용머리로 꾸며져 있었다. 발톱이 다섯 개 달린 5조룡인데 천자가 아니면 감히 쓰지 못한다고 하였다.

필성소리가 세 번 나고 잡담을 금했다. 드디어 황제가 정전에 나타났다. 동서로 늘어선 문무의 제신들이 섬돌 밑에 늘어섰다. 여러 나라에서 온 사신들과 따르는 사람들이 다 읍하고 안뜰에 섰다. 홍려시 관원 두 사람이 목소리를 길게 끌어 머리를 숙이고 드는 '흥배'를 불렀다. 소리에 맞추어 모두가 절을 했다. 그때 태화문 위에서는 종경 생황이 번갈아 가며 연주되었다.

순서를 기다려 궁궐 문을 나왔다. 두 마리의 코끼리가 황제를 태우고 지나가는데 세상에서 가장 큰 짐승이었다. 조묵은 감탄하여 입을 다물지 못했다. 온몸은 털이 별로 없고 몸은 잿빛이었다. 성질이 순해 보이고 사람이 시키는 대로 따랐다.

또 이틀이 지나갔다.

찬바람이 불었다. 뿌연 먼지가 섞여 10보만 떨어져도 말꼬리가 잘 보이지 않을 정도였다. 사막에서 불어오는 황사였다. 유리창거리의 보명당 책방에 이임송의 소식을 들으려고 갔던 일만이 헐레벌떡 뛰어 들어왔다.

"나으리, 서찰입니다요."

조묵은 마음이 급해졌다. 겉봉을 열었다.

내일 사시(巳時)에 담계 선생님을 만나 뵈올 수가 있도록 허락을 받았습니다. 미리 와서 기다리시길 바라며, 김추사의 소개장은 꼭 챙기시기를 부탁드립니다.

진돈재에서 심암 이임송

단정한 글씨였다. 조묵은 선물의 물목을 다시 일일이 확인했다. 또 김정희가 따로 보낸 선물 꾸러미도 챙겼다. 조선과 중국의 문장가들을 이어주는 가교역할을 하던 옹방강을 되새겼다.

옹방강은 1733년 연경에서 태어났다. 호는 담계이다. 20세의 나이로 진사에 급제했다. 강서, 호북, 광동성에서 8년여 외직으로 있다가 연경으로 돌아왔다. 41세에 한림원 편수가 되어 〈사고전서(四庫全書)〉 편찬에 참가했다. 64세에는 황제로부터 천수연을 하사받았다. 75세 때는 삼품함을 하사받으며 녹명연에 참가했다. 청나라 학계의 거두이며 금석학의 대가였다.

옹선대사의 사리탑명을 송나라 때 떠 놓은 탁본 글씨를 구해 서재 이름을 '석묵서루(石墨書樓)'라고 지었다. 따라서 석묵서루라는 이름이 온 천하에 유명세를 타게 되었던 것이다.

연행 두 달하고 닷새째였다.

조묵은 밤을 꼬박 새웠다. 자신이 철이 나고부터 만나고 싶어 하던 옹방강은 고증학자로서 금석학의 일인자였다. 문화의 설계자인 그를 만난다고 생각하니 몸이 떨리고 만감이 교차했다. 만나서 인사는 어떻게 할 것이며 질문은 무엇을 하고 물으면 답변은 어찌하면 좋을지가 두려웠다.

'학식이라고는 별로 없는 내가 과연 무슨 이치를 가지고 서로 의견을 교환하고 토론하며 그것을 어떻게 소화시킬 것인가?'

조묵은 일만에게 머리를 손보게 하고 자신이 입던 중치막을 입혔다.

"나으리께서 워낙 풍채가 당당하시어 기장이 좀 깁니다요."

일만의 입이 찢어질 정도로 벌어졌다. 태평거가 왔다. 짐을 싣고 책쾌와 세 사람이 올라탔다.

"취 빠오 안 스 지에 이 시아."

일만이 마부에게 일렀다.

"누구를 만나러 가는 것이오?"

마부가 상대를 보아하니 외국인이라고 너스레를 떠는 모양이었다.

"보안사거리의 담계 선생을 만나러 간다오."

"아, 그분 댁이라면 바로 가면 되지요."

마부의 태도가 공손해졌다. 옹방강의 대문 앞에 이르렀다. 마부는 짐까지 내려주고 읍하고 떠나갔다. 일만이 먼저 집 안으로 들어가 도착하였음을 알렸다.

"이심암이라 합니다."

"김추사에게 많이 들었습니다. 이조묵입니다."

통성명을 마치자 별실로 안내받았다. 잠시 후 다른 사람이 방문을 열었다.

"이 집의 넷째 아들인 수곤이라 합니다."

옹수곤이라는 말에 이조묵은 자리에서 일어났다.

"이조묵입니다."

두 사람은 마주 보고 손을 모아 예를 갖추었다.

"김추사의 소개장을 먼저 주시면 아버님께 전하겠습니다."

옹수곤은 예상보다 조묵이 체구는 있으나 용모가 어려 보이는지 자꾸만 훑어보았다.

"알겠습니다. 여기 추사가 보낸 서찰과 물품도 있습니다."

조묵은 들고 다니는 책상자인 행록에서 편지를 꺼내 건넸다. 시간이 흐르고 옹수곤이 다시 나타났다.

"아버님께서 기다리십니다."

이조묵은 의관을 매만지고 서재를 향했다. 뜰을 지나 몇 계단을 딛고 축대 위로 올라섰다.

石墨書樓

석묵서루의 현판이 보이자 등에 땀이 나 후끈거렸다.

"어르신. 조선에서 온 이조묵이 문안드립니다."

옹방강은 안경을 쓰고 있었다. 동그란 테에 알이 두꺼운 것으로 보아 근시가 심한 모양이었다.

"어서 오게나. 김 군의 소개장을 잘 보았다네."

안경 너머의 눈에서는 생기를 잃지 않았고 목소리 또한 건강했다.

"약소하나마 제 예물을 받아 주시기를 바랍니다."

조묵은 너무 긴장한 나머지 말문이 잘 터지지 않았다.

"먼 길에 몸 하나 간수하기도 벅찬데 예물까지 준비하다니 너무도 고맙네."

옹방강은 일만의 통역이 별로 맘에 들지 않는 눈치였다.

"어르신. 사람을 물리고 필담으로 올릴까요?"

조묵은 조심스레 물었다.

"이 군, 중국은 땅이 넓어 남쪽에 가면 북경 말을 모르고 북경에 오면 남쪽 말을 잘 알아듣지 못한다네. 그럴진대, 이 털보의 말에는 반은 들리고 반은 눈치로 알아야 하네."

옹방강의 주름진 입술에 희미한 웃음이 보였다.

"아버님. 지필묵을 준비하겠습니다."

자리를 함께하였던 옹수곤이 일어났다. 책쾌와 일만은 별실로 물러났다.

"김추사와 두 사람은 호형호제한다는 소리를 들었네."

옹방강의 붓놀림은 명주실처럼 부드럽게 돌아갔다.

"예, 그렇습니다. 추사 형님이 여섯 살 위입니다."

조묵의 붓놀림도 막힘없이 풀려나갔다.

"그러하면 이 군은 몇 살이나 되었는가?"

"며칠 전에 스무 살이 되었습니다."

"그렇다면 열아홉 살에 조선을 떠났다는 말인가?"

"예, 그렇습니다."

"스무 살의 젊디젊은 조선 사람은 자네가 처음이네."

옹방강은 눈빛이 빛났다.

"김추사의 말을 빌리자면, 이 군이 나이보다는 훨씬 윗길로 금석 문과 고증학에 박식하고 조예가 깊다고 했네. 또한 천년 골동을 꿰 뚫는 감식안을 가졌다고 하던데 사실인가?"

"추사 형님이 추켜세웠나 봅니다. 다만 금석문을 좋아하여 방랑 벽이 심할 따름입니다."

"그것참. 내가 젊었을 때하고 똑같구먼."

"부족함이 태산 같아 배움을 구하고자 이렇게 먼 길을 돌아온 것 입니다."

"그래, 선대에 우리 중국과 인연이 닿은 분은 계시는가?"

"예. 만력 연간에 임진년 왜란을 당해 원천군이 설번을 맞아 주 례를 섰습니다."

"만력이면 신종 황제 때가 아닌가?"

"그렇습니다. 외척으로 김상헌이 있습니다."

"그 〈감구집〉에 시가 실린 청음을 말하는 것인가?"

"맞습니다."

전조였던 명나라의 이야기가 나오자 옹방강의 눈은 더욱 생기가 돌았다. 조묵도 할아버지 앞에 앉은 손자처럼 조심스럽기도 하지만 점점 가까워지는 느낌을 받았다.

"친가로는 정해년(1647)에 이시만이 사신 중에 서장관으로 북경에 왔습니다. 이언강은 을해년(1695)에 사은부사로, 이어 무인년(1698)에는 동지정사로 왔습니다. 또 큰 조부이신 이창의는 기사년(1749)에 정조 겸 사은부사로, 또 임신년(1752)에는 동지부사로 오신 적이 있었습니다."

"집안이 우리나라와 가까운 사이로구나."

"또 김수항이 있으며 김창집과 김창업이 이곳을 찾았습니다."

"과연 김추사 말대로 명문가의 후손이로다."

"집안 이야기라 면구스러워 몸 둘 바를 모르겠습니다."

"아, 임신년에 동지사절이라면 아득하지만, 기억이 나네. 내가 그 해 과거에 급제를 하였거든. 축하연이 있었는데 조선 사신이 참석하여 시문을 짓기도 하였네. 그래 부사로 온 이창의 어른이 생각나는구면. 자네가 바로 그 어른의 손자라는 말이지. 대단한 인연일세."

"아, 소인도 듣고 나니 감개무량입니다."

"아버지가 돌아가셨다고 하던데?"

"예, 제가 열두 살 때였습니다."

"아하, 아주 어린 나이였구먼. 또 이렇듯 어린 나이에 노인을 보러 만 리 길을 찾아오다니 장한 일이야. 너무도 장한 일이야."

조묵은 옹방강의 말을 듣자 갑자기 복받쳐 눈시울이 뜨거워졌다.

"그래, 어느 문하에서 수업을 하였는가?"

"글공부는 어릴 때 부친과 친분이 있던 박제가 스승님을 독선생으로 의탁한 적이 있었습니다. 돌아가시자 지금은 스스로 깨우치고 있습니다. 그림은 김홍도와 윤제홍(尹濟弘) 두 분께 사사받았습니다."

"정말 박초정에게 글을 깨우쳤단 말이지."

"예, 그렇습니다. 아직은 우물 안 개구리에 지나지 않습니다. 스승께서는 역사를 모르면 필부에 지나지 않고 학문에는 국경이 없다고 하였습니다."

"아, 이것은 정녕 죽은 박초정이 이 군을 나에게 인도한 것이야."

옹방강은 박제가를 생각하는지 안경을 벗고 한동안 눈을 감고 있었다. 만두와 차로 요기를 간단하게 한 두 사람은 시간 가는 줄을 모를 정도였다.

옹방강의 시험대에 올라간 조묵의 입에서 쏟아지는 고증 금석문의 높이와 깊이는 노인의 메마른 가슴에 불을 지폈다. 옹방강은 세상의 여러 학문을 섭렵한 대가답게 냉정하고도 예리한 질문 공세를 펴나갔다. 조묵의 열정은 막힘이 없이 예봉을 막아 나갔다. 또한 한묵에 대한 조예는 옹방강을 놀라움에 빠지게 하고도 남았다. 두 사람은 필봉으로 학문의 경지를 넘나들었다.

"해동에 김추사만 있는 게 아니라 이 군도 있었네."

옹방강은 칭찬을 아끼지 않았다. 무릎을 치면서 감탄했다. 한쪽은 늙음을 잊었고 다른 쪽은 나이를 잊은 채 서로 간에 마음이 통하기 시작했다.

"어르신, 소략하지만 예물을 준비했습니다. 별도로 자제분이 ≪고려사(高麗史)≫ 낙질본을 찾는다 하여 힘껏 모아 보았습니다."

옹수곤의 얼굴이 환해졌다.

"고려사를 준비해 오다니 너무나도 고맙소. 우리는 조선의 금석문을 공부하다 고려사가 소중하다는 사실을 알게 되었지요. 그래서 구입하거나 필사하여 애장하려고 한답니다."

"시간이 촉박하여 완질을 챙기지 못해 미안합니다. 귀국 후에도 준비되면 사신 편에 보내도록 하겠습니다."

"지금 이 고려사는 괘선지에 해서체로 제대로 필사한 것입니다. 아주 귀중한 보물을 가져온 것입니다. 고맙기 짝이 없습니다."

"고려사는 우리나라 세종의 명으로 김종서와 정인지 등이 편찬하여 139권으로 완성한 기전체 사서지요. 자제분이 관심이 많다니 고마울 따름입니다."

"이 형께서 구하기 힘든 서책이 있다면 말해보세요."

"예, ≪명사(明史)≫와 ≪사고전서≫를 구하고자 하나 어렵겠지요."

"그렇습니다. 금서입니다. 명사는 성의를 다해보겠습니다."

"너무나도 고맙습니다. 중국의 금속활자는 어떻습니까?"

"예, 사실 금속활자로 말하자면 우리보다 조선은 훨씬 뛰어납니다. ≪고려사≫ 이전에 흥덕사에서 발간한 ≪직지심경≫은 아름답기 그지없습니다. 변방의 일개 사찰에서 출간하다니 놀라울 뿐입니다."

"마침 이 무렵에 만든 금속활자를 가져온 것이 있습니다. 다음에 보여드리도록 하겠습니다."

"아, 예. 기대하겠습니다. 조선의 활자를 직접 볼 수 있다니 고맙습니다."

앞서 박제가는 연경을 여러 차례 다녀갔다. 처음에는 서로 길이 어긋나 옹방강을 만나지를 못했다. 그러다가 1801년(순조 1년) 연행 때 비로소 만났다. 처음 얼굴을 맞대고 한묵의 인연을 맺게 된 두 사람은 시간 가는 줄을 몰랐다. 바로 마음이 통했다.

박제가와 옹방강의 만남이야말로 조선과 중국이 문화를 서로 소통하는 특별한 가치를 지니는 큰 계기가 되었다. 동등한 입장에서 문화를 두고 서로 보충하였다. 이 만남이 결국 김정희와 이조묵에게 커다란 영향을 미쳤다. 젊은 그들에게 옹방강과 아울러 중국의 경학에 대한 호감을 품게 하였다.

나흘이 번개처럼 지나갔다.

아침 밥상에 고깃국이 올라왔다. 조묵이 물었다.

"대금아, 오늘이 누구 생일이냐?"

"아닙니다. 소인이 그냥 솜씨를 한번 내 봤습니다요."

식구들 얼굴이 밝았다.

"이참에 오늘은 함께 유리창 구경이나 가면 어떨까요?"

조묵은 책쾌와 일만을 쳐다보며 말했다.

"나으리께서 헤아려 주시니 그렇게 하겠습니다."

"오늘 주방에서 지급되는 식자재 비용은 모두 돈으로 계산을 해서 개인적으로 쓰도록 합시다."

모두들 환호했다. 책쾌가 앞앞이 돈을 나누어 주어 기분을 살려 주었다. 통관을 비롯하여 갑군과 서반 등은 은자와 예물을 건넨 덕분에 출입에는 아무런 제지를 받지 않았다. 단지 표가 나도록 허리에 붉은 띠를 두르게 했을 뿐이었다. 태평거를 2대 불러 타보게 했다. 시가지 큰길을 한 바퀴 돈 다음에 유리창 서문에서 내렸다. 모두 입을 다물 줄을 몰랐다. 특히 복덕과 대금은 형형색색의 처음 보는 광경에 넋을 놓고 말았다. 자라처럼 움츠렸던 목을 빼서 여기저기 살펴보고 이것저것 만져 보며 즐거워하는 모습이었다. 복덕이 안식구를 위해 빗을 여러 개 사자, 자식이 어린 대금은 노리개를 샀다.

조묵은 완구점을 지나는데 진열장에 안경이 보였다. 그는 완구점으로 들어섰다. 가게 안을 둘러보았다. 돋보기안경을 9개나 샀다. 복덕이 나섰다.

"나으리, 무슨 눈 걸개를 그리도 많이 사십니까?"

"당장 자네부터도 필요하고 집에 침모는 바늘귀를 잘 찾아야 나도 따뜻해질 것이며 찬모도 잘 보여야 내 구미가 당길 게 아닌가?"

그래서 또 한바탕 웃었다. 쉬는 자리에서 초상화를 그리는 모습을 구경했다. 조묵은 먼젓번에 보아 두었던 요지경 만화경 앞으로 일행을 데리고 갔다. 한쪽 눈을 지그시 감고 가늘고 둥근 거울 안을 들여다보면 산천도 나왔다가 한번 돌리면 미인이 나왔다. 또 돌리면 관운장이 나오고 양귀비가 보였다. 참으로 요지경 속이었다. 이러기를 반복하다 보니 시간이 훌쩍 가버렸다.

저녁은 점방에 들어가 국수와 빵을 사 먹었다. 국수는 뒷맛이 개운치 않지만, 면발은 메밀국수보다 훨씬 좋았다. 객사로 돌아오자마자 일만이 귀 청소하는 사람을 데리고 왔다.

"나으리께서 먼저 하셔야 합니다."

조묵은 사양했지만, 흥을 깨고 싶지 않아 가져온 궤짝 위에 앉았다. 아무리 깊이 들어있는 귀지라도 살살 꺼내는데 아프지를 않았다. 다만 긴장되어 저도 모르게 손을 움켜쥐고 발끝에 힘을 주게 되었다. 도구가 열 가지 정도는 족히 되어 보였다. 보통 귀이개에서부터 침 모양도 있고 뿔 자루에 털이 달린 것도 있었다. 책쾌가하고 차례대로 마쳤다. 다른 나라에서의 즐거운 하루였다.

연행 두 달하고 열흘째였다. 조묵은 옹방강의 두 번째 초대를 받았다.

"예물이 너무 지나쳐 어찌 사례를 해야 할지 모르겠네."

손자를 대하듯 정답게 맞이했다.

"너무도 약소합니다."

조묵은 예를 갖추었다.

"귀한 청서피며 홍삼이라니 고마울 따름이야."

"어르신. 홍삼은 목의 환우에 도움이 된다고 하여 준비를 한 것입니다."

"늙은이를 생각해주는 마음이 피붙이 같으니 이를 어찌 잊겠나."

"동파 선생님도 살아 계셨으면 제가 홍삼을 올렸을 것입니다."

"이 군이 동파와 내가 목에 혹이 있다는 사실을 알고 있었구먼. 하하하."

옹방강은 웃었다. 처음보다 분위기가 사뭇 달랐다. 예물의 물목을 일일이 거론하면서 고마워했다. 옹방강의 왼쪽 목에는 소동파(蘇東坡)처럼 혹이 나 있었다. 그는 그 혹 자체도 소동파의 화신인 양 여겨 불편해하지 않았다.

"어르신, 오늘은 은항연죽을 준비했습니다."

조묵은 입에 무는 데가 은으로 된 담뱃대를 공손하게 내밀었다.

"명장이 만든 솜씨일세."

옹방강은 안경을 고쳐 쓰며 감탄했다.

"자네, 자호가 무엇인가?"

"예, 육교(六橋)라 부릅니다."

"아, 그리하면 동파께서 절강 항주의 서호(西湖)에 놓은 여섯 개의 다리를 말하는 것인가?"

"그렇습니다. 서호의 육교를 잊지 않으셨군요."

"아하, 제대로 된 선비라면 동파께서 한 일들을 어찌 잊겠는가.

서호의 육교라, 동파를 흠모하는 정이 모두 한마음이구먼. 이제부터 이 군을 육교라 부르겠네."

"저도 담계 선생님이라 하겠습니다."

두 사람의 눈빛으로 방 안이 밝아진 것 같았다.

"이 자리에 양봉이 살아 있었다면 얼마나 좋았을까 싶네."

"양주팔괴의 나빙 선생님을 칭하는 것입니까?"

"그렇다네. 양봉이 그 서호의 육교를 사랑하여 늘 노래했지. 또한 박초정도 그리워했지. 모두가 동파 선생님을 흠모하여 생긴 마음이라 그러하겠지만 말일세."

두 사람 사이에 잠시 침묵이 흐르고 숙연해졌다.

"자, 자, 죽은 사람 얘기는 그만하고 오늘은 내 진적들을 구경하세나."

옹방강은 분위기를 바꾸어 보려고 목소리를 높였다. 찻상을 물리고 옆의 보소실(寶蘇室)로 자리를 옮겼다. 문을 열자 동파상(東坡像) 그림이 눈에 들어왔다. 나란히 3점이 걸려 있었다. 조묵은 자신도 모르게 손을 모아 예를 표했다.

"육교 이 사람아. 첫 번째 화상은 송나라 조자고(趙子固)의 〈동파연배입극소상〉이고, 다음은 이용면(李龍眠)의 〈동파금산상〉이며 마지막은 명나라 당인(唐寅)의 〈소문충공입극〉일세."

옹방강도 동파상에 읍하고 조묵에게 친절한 설명을 곁들였다.

"제가 철이 들고부터 보고자 했던 동파 화상을 이제야 보게 되었습니다."

조묵의 목소리가 떨렸다.

"문충공의 탄신일에는 지인들과 함께 이 아래에 책을 놓고 제사를 지낸다네."

옹방강의 목소리는 진지했다.

"보물을 가지고 계신 선생님이 진정 부럽습니다."

조묵은 정말 옹방강의 행복해하는 모습이 부러웠다. 첫날 제대로 보지 못했던 서가의 책들이 눈에 들어왔다. 책들로 빼곡한 서가는 힘에 겨운 듯이 금방이라도 쓰러질 것만 같아 보였다. 책의 동산이요, 진적의 산맥이었다. 눈이 어지럽고 마음이 흔들려 말문이 막혔다. 조묵 자신도 소장한 책으로 말하자면 누구보다도 손색없다고 자부하는데 비교가 되지 않았다.

아, 8만여 권의 서책이 서고에 빼곡하다. 마치 수만 송이 아름다운 꽃이 피어있는 화원에 들어온 것 같아 눈이 따가울 지경이다. 한 권씩은 그렇더라도 도대체 무슨 책을 어떻게 꺼내 보고 읽어야 한단 말인가.

조묵은 책에서 나는 묵향에 취했다. 꽃보다 더 진한 묵향이 폐부를 깊숙하게 찔렀다.

"자, 이제 대략 훑어보았으면 이리로 앉게나. 내가 이제부터 진적들을 하나씩 소개함세."

옹방강은 조묵에게 자리를 권했다.

"이것은 건륭 말기에 구한 계림의 각석본일세."

탁본을 바라보는 두 사람의 모습은 정말 시경에 빠진 것처럼 보였다.

"이것은 한나라 시절에 그려진 무량사 석상 탁본이네. 그리고 이것은 왕어양(王漁洋)의 〈추림독서도〉라네."

"정말 대단하십니다."

"이것 보세. 조송설(趙松雪)의 〈완벽첩〉이라네. 송판본 〈황산곡집〉 그리고 이것은 〈진후산집〉이네."

조묵은 수많은 진묵에 놀라움을 금치 못했다.

"이제 격을 좀 높여야겠네."

옹방강의 표정이 더욱 진지해졌다.

"선생님, 여기서 격을 높인다면 또 무슨 보배가 있는지 두렵습니다."

조묵은 소름이 돋는 느낌을 받았다. 옹방강은 찻잔을 내려놓고 문갑 안에 고이 싸둔 각본을 꺼내 들었다.

"이것이 바로 당각본인 〈공자묘당비〉라네."

당나라 때 새긴 각본은 우영흥(禹永興)의 글씨였다.

"공자 묘당에 우세남이 쓴 정관각은 황금 천 냥을 주더라도 어찌 구할 수가 있겠는가."

송나라 황산곡(黃山谷)이 탄식을 했다고 한다. 세남은 우영흥의 자이다. 송나라 시대에는 세상에서 찾아볼 수가 없는 단 하나의 보물이 되었다. 그런데 옹방강은 바로 그 당각본을 친구의 서재에서 발견하고 놀라면서도 기뻐 어쩔 줄을 몰랐다고 한다. 이를 빌려 와서 섬본과 성무본을 놓고 확인 작업을 했다. 당각본 가운데 진짜 당나라 때 돌에 새겨진 1,400자를 밝혀내고 나머지는 섬본을 가지고 보충했다고 한다.

조묵은 마음껏 펼쳐보며 진적의 감상에 빠졌다.

"자, 〈송참주동파선생시잔본〉일세. 이 책은 송나라 오흥에 살던 시원지(施元之)가 동파 선생의 시에 주를 일일이 단 것일세. 그것을 같은 오흥 사람 부치(傅稺)가 구양순의 필법을 따라 글씨를 써서 가태 2년(1202)에 간행한 것일세. 여러 명사들의 손을 거치다가 우연히 건륭 38년(1773)에 황이(黃易)의 주선으로 구입하여 나한테 들어온 것이네."

옹방강은 그에 연유하여 자신의 방을 보소(寶蘇)라고 이름 지었다.

"오늘은 이것으로 대미를 장식해야겠네."

"또 무엇이 있습니까?"

"잘 보게. 천제오운첩(天際烏雲帖)이라네."

옹방강이 애지중지 펼쳤다.

"아, 오운첩이군요. 그 진귀한 천제오운첩 말입니다."

조묵은 감탄해 마지않았다.

〈천제오운첩〉은 옹방강의 소장품 중에서도 보물 중의 보물이었다. 소동파의 친필이며 숭양첩(崇陽帖)이라는 별명이 붙어 있었다. 소동파가 40대 초반(1078년경)에 항주에서 채군모(蔡君謨)의 몽중시를 읽고 그 시구를 쓰고 경위를 적은 첩이었다.

하늘가 검은 구름은 비를 머금어 무겁고
누각 앞에 붉은 해는 산을 비춰 밝다.
숭양거사는 지금 어디에 계시는고
따뜻한 눈으로 만 리 밖 사람을 보네.
이것은 채군모가 꿈속에서 지은 시로 내가 정향교 노점에서 보
았다.

원래 권축으로 되어 있었으나 뒤에 첩장으로 바뀌었다고 했다.
첩에는 여덟 단에 걸쳐 제기가 있었는데 예운림(倪雲林)이 눈에 띄
었다. 이 〈천제오운첩〉은 담계가 광동에 있을 때 호남의 오씨에게
60금을 주고 산 것이었다. 종이는 두꺼웠지만 자주 펼치는 바람에
해져서 낡아 보였다. 그래도 처음 만들어졌을 때 분전지였다는 사
실이 믿기지 않을 정도였다.

보물을 손에 넣은 옹방강은 기뻐 몸을 주체할 수가 없을 정도였
다. 곧바로 서재 이름을 소재(蘇齋)라 지었다. 동파의 생일인 12월
19일에는 〈송참주동파선생시잔본〉과 더불어 놓고 제사를 지낸다고
덧붙였다.

"불초한 저에게 이런 진적을 보여 주시다니 너무 황송하여 어쩔
바를 모르겠습니다. 머리 숙여 감사를 표합니다."

조묵은 드디어 소원을 풀었다.

"아닐세. 오히려 내가 고마워해야 할 일이야. 진적을 알아보는 감
식안을 가졌으니 또 누구와 견주어보겠는가?"

젊디젊은 나이에 모사품을 골라내는 육교의 감식안에 놀라움을 표시했다.

"지나친 과찬이십니다."

조묵은 들떠서 때가 지났으나 배고픈 줄도 모르고 마음껏 감상에 젖어 보았다.

"육교, 자네 시의 형체가 진정으로 당나라 이상은(李商隱)을 본받은 서곤(西崑)일세."

"서곤이라니 지나친 과찬이십니다. 아직은 서곤체에 지나지 않습니다."

"아, 이럴 때는 박초정이 그립도다. 그가 보낸 시를 누가 읽어 보겠느냐?"

옹방강은 탄식했다.

"소생이 그리하겠습니다."

옹수곤이 박제가의 심정이 담긴 시를 낭송하여 내려갔다.

담계는 홍조의 유파로
금석에서는 미세한 것까지 파헤쳤다
십이월 십구일이 되면
향을 사르며 동파에게 제를 올린다
나를 이끌고 청비각에 오르고
명사들과 만나 고담도 나누었다.

옹수곤이 이어서 또 한 편을 읽었다.

담계 학사는 동파에 깊이 빠져
서재에 입극도를 걸어두었다
금석의 숲속으로 걸어 들어갈 때
개미가 아홉 구비 구슬을 뚫고 간 듯하다.

앞서 옹방강은 〈천제오운첩〉 진적을 임모해 돌에 새겼다. 글씨가 뛰어났다.

훗날 그 모각본이 조선 왕실에 전해져 헌종의 소장품이 되기도 했다. 신위(申緯)는 왕명으로 거기에다 발문을 썼다.

동파옹의 〈천제오운첩〉은 살고 있는 집에서 보았다고 하고 정향교 노점에서 보았다고 하는데, 동파옹의 뛰어난 필적이다. 그리고 담계가 자못 그 신묘함을 터득했다.

신위가 성지를 받들어 발문을 쓰다

이 무렵 조선은 금석문을 대표하는 고증학의 열풍이 일었다. 8살로 보위에 올라 23살에 요절한 헌종은 골동서화를 좋아했다. 사랑하는 경빈을 위해 낙선재를 지었다. 낙선재(樂善齋)와 석복헌(錫福軒)의 현판은 옹방강의 필체와 거의 같은 수제자 섭지선의 글씨이다. 주련은 옹방강의 글씨도 있다. 특히 낙선재 안에 보소당(寶蘇堂)

현판은 소동파를 보배로 삼는다는 뜻이다. 헌종이 영향을 받아 당호로 삼은 것이었다. 앞서 옹방강이 호로 삼았다. 조묵과 김정희도 보소재라는 자호를 쓰기도 하였다. 소동파를 흠모하던 여러 선비들이 너도나도 비슷하게 자호로 삼았다.

헌종은 문학적 소질을 유감없이 발휘하여 ≪원헌집(元軒集)≫을 남겼다. 글씨도 전서와 예서에 실력을 보였다. 옹방강의 영향을 받아 옛 기와와 비석에 새겨진 오래된 글을 수집하였다.

헌종은 인장(印章)에도 관심이 많아 한나라와 명나라의 고인(古印)을 소장하였다. 강세황과 정약용 등 명사들이 사용하던 인장도 가까이 두었다. 이에 만족하지 않고 스스로 인장을 만들어 사용했다. 그의 자와 호를 새겼다. 골동서화 감상으로 많은 시간을 보내던 낙선재와 보소당 등 궁궐 전각의 이름을 새겼다. 나아가 많은 인장을 인보로 엮어 ≪보소당인존(寶蘇堂印存)≫을 편찬했다. 전각에 조예가 깊었던 신위가 일을 맡았다.

단금지교

연행 두 달 보름에서 사흘이 빠진 날이었다.

전날 옹방강은 조묵이 옥하관으로 돌아간다는 인사를 하자 사람을 소개해 주었다.

"내일은 주야운을 만나보게. 그림으로 나양봉을 따랐으니 도움이 될 것이네. 미리 통문을 보내 두었으니 집에서 기다리고 있을 걸세."

주학년(朱鶴年)의 호는 야운(埜雲)이며 강남 태주 사람이다. 담계 문하에서 손꼽히는 제자로 글씨와 그림에 뛰어난 솜씨를 보였다. 신출한 재주를 가지고 태어났다고들 했다. 연경에 와서 그림에 정통하면서 천하에 이름을 떨치게 되었다. 완운대 등과 오랜 친분을 유지했다.

주학년의 의도시옥(擬陶詩屋)은 아침부터 사람들로 붐볐다. 일만은 조묵이 당도하였음을 알렸다. 안내받은 서재는 화가답게 화려했다.

"어서 오십시오. 해동 제일의 화백을 만나다니 꿈속이 아닐까 싶습니다."

주학년이 베푸는 지극한 환대로 옹방강의 보이지 않는 힘에 놀라울 뿐이었다.

"야운 대인을 뵈니 양봉 선생님을 만난 것이나 진배가 없는 것 같습니다."

조묵은 주학년이 보여주는 그림 중에 나빙의 그림을 모사한 것이 많아 그렇게 운을 띄웠다.

"김추사와 아주 가까운 사이라 들었습니다."

"예, 그러합니다만 존칭이 너무 지나치십니다."

"아니지요. 우리는 지금 양국 간에 외교적인 만남입니다. 육교의 말 중에 문어체가 많은 것을 보니 글 읽고 쓰는 사람이 틀림이 없습니다. 하하하."

주학년은 서로 통했다고 여겼는지 크게 웃었다.

"아닙니다. 소인은 아직 배운 게 부족하여 구어체가 더 많지요. 소인에게 그림을 한 수 일러주시면 평생을 간직하겠습니다."

조묵이 산수화의 근원법에 대해 물으면 주학년은 인물의 묘사를 가지고 넌지시 되묻기도 했다. 두 사람 사이에 오가는 쪽지가 마치 바람 드센 날 연이 나는 것 같았다. 그러다가 서로 마주 보고 웃기도 했다. 조묵도 주위에서 그런저런 시문이나 듣다가 깊이 있는 필담에 모처럼 회포를 풀었다.

"담계 스승님 말로는 육교가 양봉 선생의 그림을 찾는다고 들었습니다만 사실인지요."

주학년은 정색을 하고 물었다.

"그렇습니다. 소인의 자호가 육교가 아닙니까? 양봉 선생의 그림을 한 점이라도 갖는 것이 소원입니다."

조묵의 목소리는 간절했다.

"흐음, 그렇다면 딱 한 점이 육교 선생과 맞아떨어지는 작품이 있기는 한데 말씀이오."

주학년은 고개를 갸우뚱했다.

"그 작품이 누구에게 있습니까?"

조묵은 조바심이 났다.

"그럼 내가 한번 주선을 해보리다."

주학년은 생각을 깊이 하는 모양이었다.

"대인께서는 비용은 걱정하지 않으셔도 됩니다."

조묵은 주학년이 주선한다면 틀림없다고 보았다.

"사실은 담계 스승님의 동갑나기 친구 오사객의 손자가 매화 그림을 한 점 가지고 있답니다."

주학년은 성사가 안 될 경우를 봐서 조심스레 말을 꺼냈다.

"매화 그림은 그렇게 하고 왕몽이나 예운림 작품이라면 전대를 아낌없이 풀겠습니다."

"요즘은 장사치들의 모작이 워낙에 설쳐대서 감식하기가 쉽지를 않답니다. 세밀한 관찰이 필요한 대목입니다."

"이 먼 길을 다시 오기가 쉽지 않은 터라 부탁에 부탁을 드리는 바입니다."

"담계 스승님이나 김추사를 봐서라도 시간을 내보겠으니 말미를 주기 바라오. 서둘러서 되는 일이 아니라서요."

조묵은 예물로 홍삼과 청심환 그리고 부채와 지필묵을 전하고서 의도시옥을 나오면서도 아쉬움이 남았다.

조묵은 마음이 점점 바빠졌다. 황금과도 같은 시간은 잠시도 기다리지 않고 지체 없이 흘러갔다. 틈이 나는 대로 책쾌와 유리창 거리를 순회했다. 서화도 그렇지만 문방사우와 골동고완도 수집의 대상이었다. 대로에서 중간 사이로 난 미로 같은 비좁은 골목길까지 훑어 나갔다.

"나으리, 좀 쉬었다 가시지요."

책쾌도 지쳤는지 맨땅에 주저앉았다.

"그래요. 요기나 하고 다시 돌아요."

조묵은 만두 몇 개로 요기를 때우기 일쑤였다. 지식의 허기 때문인지 배고픔도 잊고 머릿속은 온통 서화골동만이 어른거렸다.

연행, 두 달 보름에서 하루가 모자라는 날이었다.

조묵은 며칠 전 석묵서루에서 나올 때 옹수곤과 만나기로 한 날이 밝았다. 몇 차례 인사 정도만 하고 옹방강의 물음에 답하는 것을 보아도 실력이 예사롭지 않다는 것을 알았다.

"예물이 약소하여 부끄럽습니다."

조묵은 능화지와 벼루와 지필묵을 내놓았다.

"천부당한 말씀이오. 앞서 아버님께도 과분한 예물을 주시어 감사할 따름입니다."

옹수곤은 예를 다해 고마움을 표했다.

"먼저 제 중형을 모시도록 하겠습니다."

"참, 추사가 말하던 화폐에 대한 감식안이 뛰어나다는 분이신가요?"

"예, 그렇지요."

잠시 뒤에 얼굴이 창백해 보이는 사람이 들어왔다.

"옹가의 둘째 아들 수배(樹培)라 합니다. 아버님께서 해동의 현자라 칭송이 자자하여 이렇게 염치 불구하였습니다."

붓을 잡은 손이 떨리는 기색이었다.

"해동의 현자라니요. 당치 않는 말입니다. 도가 지나친 과찬이십니다."

옹수배가 병중이라는 얘기를 들은 터라 청심환을 전했다. 옹수배의 자(字)는 의천(宜泉)으로 어린 시절 아버지의 친구 손에 양육되었다. 점쟁이가 타고난 수명이 짧다 하여 다른 집안의 양자로 가면 이를 모면할 수가 있다고 한 점괘를 따른 것이라 했다. 그도 그럴 것이 본래 넷째 아들이었으나 위로 두 형이 일찍 죽어 옹방강은 그를 둘째라 불렀다. 화폐법에 밝았다. 춘추전국시대에 쓰던 칼 모양의 화폐인 도폐나 한나라 때 통용했던 화포라도 능히 판별할 수 있었다. 의천이라는 자 역시 대천(大泉) 오십 전의 주물 집 밑바닥에 새겨져 있던 '의천길리(宜泉吉利)'라는 글자에서 취할 정도였다.

"자, 육교는 사양하지 말고 중국의 옛 동전들을 맘껏 감상해 보십시오."

옹수배는 소장하고 있던 진귀한 보물들을 펼쳐 보였다. 조묵은 하나씩 만져보고 뒤집어 보면서 감탄해 마지않았다.

"이렇게 옛것을 보여주시니 감격스러울 따름입니다. 참, 이것은 융복사에서 구입한 제환공(齊桓公)이 쓰던 화로와 방초투계완(芳草鬪鷄碗)입니다. 소인의 눈이 어두운 건 아닌지 한번 감식을 부탁드립니다."

조묵은 마음먹고 준비해온 보따리를 풀어 놓았다. 옆자리에 있던 옹수곤도 긴장을 하는 눈치였다. 옹수배는 화로를 구석구석 살피고 두드려 보기도 하면서 뒤집어 돋을새김으로 만든 인장을 확인했다.

"제환공 때 만든 화로는 흰 빛깔의 수은을 화로의 몸통에 배어들게 문지릅니다. 다시 금가루를 이겨 발라 불에 오래 쬐면 붉은 빛이 돕니다. 육교 선생은 대감식안을 가졌습니다. 진품이 확실합니다."

옹수배는 아픈 것도 잠시 잊어버리고 무릎을 쳤다.

"그러면 이 그릇은 어떠한지요?"

"살집이 질박하고 두터우며 몸통에서 천연적인 빛이 나고 윤이 흐르는 것이 명품이 틀림없습니다."

한참 만에 옹수배는 자리에 눕겠다며 일어났다.

"속히 쾌차하시길 바랍니다."

조묵은 기쁜 나머지 옹수배의 손을 맞잡았다. 그의 손은 마르고 온기가 없었다. 조묵은 옹수곤과 마주 앉게 되었다. 이렇게 두 사람의 만남이 시작된 것이었다.

옹수곤의 자는 성원(星原)이고 달리 학승(學承)이라고도 했다. 호는 홍두산인(紅豆山人)이다. 옹방강의 둘째 부인인 유씨의 소생으로 1786년 12월에 태어났다. 그의 생일은 소동파와 불과 하루 차이였다. 옹방강은 수곤을 마치 소동파가 환생한 것처럼 여겨 애지중지하며 매우 총애하였다.

옹수곤은 어릴 때부터 천성이 민첩하고 영리했다. 문장이 오묘하고 글씨 또한 아버지를 닮아 일찍부터 명필 소리를 들었다. 금석을

좋아해 석묵서루에 소장된 수많은 책과 탁본들을 시키지도 않은데
도 스스로 독파했다.

조묵을 마주한 옹수곤은 조선과 중국 간에 걸쳐 금석을 논하자
서로 손뼉을 치며 기뻐 어찌할 바를 몰랐다. 저절로 의기투합했다.
아버지의 소장품 외에 자신이 따로 모아둔 진귀한 보물과 귀중한
진적들을 보여주었다.

조묵은 그동안 조선팔도를 다니면서 탁본한 금석문의 해석을 여
섯 살이나 많은 옹수곤에게 논리정연하게 피력했다. 옹수곤도 이에
질세라 중국의 넓은 땅덩어리에 널려져 있는 금석을 지역마다 조목
조목 열거해 나갔다.

'해동의 김추사가 제일이라 보았는데 이육교는 금석문에서 독보
적이고 질적으로 다른 인물이야. 비록 나라가 다르지만 이렇게 뜻
이 같다니 참으로 깊은 인연이야.'

옹수곤은 기뻐 눈물을 흘렸다.

'청나라 인민이라고 죄다 되놈이 아니야. 어찌 피붙이가 이리도
정이 갈 수가 있을까. 감복할 일이야.'

조묵은 따라 울었다. 이때 잔기침 소리를 내면서 문이 열렸다.
옹방강이 들어왔다. 둘은 자리에서 일어났다. 옹방강은 자리에 앉
으면서 조묵에게 시선을 떼지 않았다. 속으로 되뇌었다.

'아, 고려에도 박제가나 김정희만 있는 것이 아니라 어린 나이에
도 이렇게 박식한 재주꾼인 이조묵도 있었구나.'

조묵은 옹방강의 강렬한 시선에 놀라 머리를 숙였다. 자신에게

속삭였다.

'아, 담계 선생님께서 어떻게 동파의 혹부리까지 닮는다는 건가. 도무지 믿어지지 않는 일이 현실로 보게 되다니. 기이하고도 신묘한 일이로다.'

옹수곤이 함께한 자리에서 조묵과의 이별을 슬퍼하면서 말을 꺼냈다.

"육교 이 사람아, 이 늙은이의 말을 잘 새겨듣게."

조묵은 황급하게 고개를 숙이고 답을 올렸다.

"예, 어르신."

"이제부터 이 늙은이를 스승이라 불러도 됨세."

"어르신, 그건 아니 됩니다. 아비 없이 자란 불초한 어린놈에게 감히…"

조묵은 갑작스런 말에 몸 둘 바를 몰라 했다.

"보아하니 자네의 시는 옥계 이상은, 글씨는 산음 왕희지, 그림은 대치 황공망(黃公望)을 열심히 학습하여 조예가 생각보다 깊네. 자네에게 이런 3절을 갖추었으니 세월이 흐른 뒤에도 이 소재의 의발을 전할 사람은 오직 자네뿐일 걸세."

옹방강은 카랑한 목소리로 지적해주었다.

"스승님, 너무도 과찬이십니다."

조묵은 정말 쥐구멍이라도 숨고 싶은 마음이었다.

"과찬이 아닐세. 나는 인사에 인색한 사람이라 사실을 그대로 말하는 것이라네."

"참, 지난번 약조했던 금속활자 실물을 보여드릴까 합니다."

옹수곤이 자리를 고쳐 앉았다.

"아, 잊지 않았군요. 정말 고맙습니다."

조묵은 푸른 비단 주머니를 열어 활자를 서안 위에 부었다. 옹씨 부자의 눈이 쏠렸다.

"이것은 갑인자(甲寅字)로 소자, 중자, 대자입니다."

옹방강이 활자를 집자 옹수곤이 따랐다. 한참을 살폈다.

"우리 활자와 아주 달라. 우린 가늘고 촘촘하지만 이건 굵기도 하지만 필체가 바르고 똑똑한 것이야. 부드러운 필서체로 진(晉)나라 위부인자체(衛夫人字體)와 닮은꼴일세."

"스승님. 분명합니까?"

"그럼. 내가 무엇 때문에 실언을 하겠는가?"

"소생의 생각도 그렇습니다."

옹수곤이 거들었다.

"그래. 이 활자가 언제 주조된 것인가?"

"예, 스승님. 선덕(宣德) 9년입니다."

"명대 선종 때이니 우리보다 앞선 것이 분명하네."

"우리나라 세종 16년이며 ≪고려사≫편찬 무렵이라 보시면 됩니다."

"이것은 한자(漢字)도 아닌 것이 ㅎ, ㆅ 등 대체 무슨 글씨체인가?"

"예, 스승님. 우리 세종께서 ≪훈민정음(訓民正音)≫을 창제하시어 이를 인쇄하고자 만든 활자입니다. 이 글자를 '갑인자병용언문자'라 부릅니다."

"조선의 세종은 참으로 대단한 분이야. 이분 업적을 토대로 언젠가 조선이 문화적 우위에 오를 것이 틀림없네."

조묵은 갑인자의 감정이 끝나자 주머니에 쓸어 담았다. 이번에는 붉은 비단 주머니에서 활자를 서안 위에 꺼내 놓았다. 돋보기를 고쳐 쓴 옹방강이 활자를 집어 살폈다. 옹수곤도 몇 개를 돌려가며 보고 만졌다.

"그래. 이번에는 수곤이 감평을 해보아라."

"예, 아버님. 갑인자보다 월등합니다. 특히 큰 활자가 정교하고 힘찹니다."

"맞는 말이야. 정확하게 잘 보았네."

"육교, 이것은 언제 주조되었습니까?"

"예. 세종 말년에 이루어졌습니다. 안평대군의 필체를 자본(字本)으로 만든 경오자(庚午字)로 동활자입니다."

"안평대군이라면 세종의 왕자가 아닌가. 그의 글씨를 얻고자 북경에서도 한때 바람이 불었었지."

"그렇습니다. 한데 형인 수양대군이 정변을 일으켜 왕위에 올랐지요. 이에 반대한 안평대군을 죽였습니다. 역적으로 몰아 이 경오자를 녹여 보복을 하였습니다."

"골육상쟁은 부끄러운 일이야. 우리 중국이나 조선이 마찬가지라네. 이 아름다운 활자가 무슨 죄를 지었다고 녹여 흔적을 없앴다는 것인지 참으로 한심하고 딱한 노릇이야. 아깝구먼. 그래, 이것은 어찌 구했느냐?"

"왕릉도 도굴하는 세상입니다. 추상같은 명을 어기고 충심으로 빼돌린 주자공들의 용기이겠지요. 그런 덕분에 스승님께서도 직접 감상을 하게 된 셈입니다."

"하하하. 그래, 육교의 말에 일리가 있네. 필요악의 존재라고 할까. 나중에라도 눈에 띄면 무조건 손에 넣게나."

"예, 스승님. 명심하겠습니다."

"마지막으로 부탁이 하나 있네."

옹방강이 다소 무거운 말로 좌중을 돌아보았다.

"무슨 말씀인지 하명하여 주시기를 바랍니다."

"다름이 아니라 내 아들 수곤과 단금지교를 맺으면 어떨까 하네."

"스승님, 저로서는 간절히 바라는 바입니다. 이렇게까지 생각해 주시니 정말 송구스럽고 감사합니다."

斷金之交

단금지교. 조묵과 옹수곤은 쇠를 자른다는 우정을 맺었다. 두 사람이 필담을 하는데 서로 재주가 용솟음쳤다. 손이 재빨라 묻는 대로 지체 없이 바로 응대하여 글씨를 쓴 쪽지가 나는 듯이 오갔다. 그날 조묵은 객사로 돌아가지 못했다.

보물 사냥

집을 떠난 지도 물처럼 흘러 쌍 칠 일이 돌아왔다.

조묵은 일만을 앞세워 비단 점방을 찾았다. 집에 있는 안채의 서모도 그렇지만 송도의 가매를 위해서였다. 며칠을 벼르던 터였다. 태평거를 타고 동쪽 옹성을 나와 큰길을 따라 남쪽으로 가자 점포가 늘어섰다. 한 가게로 들어가니 그리 넓지 않았다.

"일만아, 이곳이 정녕 정세태의 일문이 하는 비단점이 맞느냐?"

"예, 나으리. 예전과 달리 요즘은 황(黃)가들한테 장사 잇속을 많이 뺏겼답니다요."

"가재연행록을 보면 사행단의 거래에 정가들이 독점하여 기고만장했다고 하였는데 말이다. 자업자득이구나."

길 건너 황가의 비단점은 과연 문전성시를 이루고 있었다. 처마에 걸린 사등에는 모두가 산수와 인물이 그려져 있는데 정교한 남방의 물건이었다. 점포 안의 치장도 화려했다. 조묵은 좋은 비단을 골랐다. 일만이 흥정을 했다.

"나으리, 은자보다 증포삼으로 계산하자는데요."

"일단 은자로는 얼만지 물어보고 건삼과 홍삼의 시세를 알아보자꾸나."

조묵은 책쾌와 일만을 황가 비단점에 보내 건삼과 홍삼 거래를 타진해 보기로 했다. 복덕과 대금이 함께였다. 암암리에 정탐을 하듯 모두 긴장했다.

이틀 뒤였다.

조묵은 찬바람을 맞으며 서둘러 세수를 마쳤다. 옹방강과 만나기로 한 날이었다. 조묵이 석묵서루에 오르자 옹수곤이 뛰어나와 피붙이를 대하듯 반갑게 맞았다. 서재로 들어서니 옹방강은 가는 붓으로 글씨를 쓰고 있었다. 종이가 아니라 깨알이었다. 참깨에 글씨를 쓰는 것이었다. 근시가 심했지만, 안경을 쓰고 세필로 점을 찍듯 하는 진지한 옆모습은 엄숙하기조차 했다. 단정하게 쓴 네 글자.

天下泰平

"스승님. 천하태평 네 글자를 깨알에다 쓰시다니 정말 대단하십니다. 소문으로만 듣다가 실제로 보다니 행운입니다."

"이 일은 해마다 정월 초에 하는 연례행사일세."

"제자에게도 한 점 해주시면 평생토록 간직하겠습니다."

"육교, 오늘은 경학(經學)에 대해 논해보기로 하세."

조묵은 내심 바라던 바였다. 옹방강은 금석학과 서첩학(書帖學)의 태두였다. 유가의 경전에 대해서도 글자며 구절과 문장에 음을 달

172

고 주석하는 경학 연구에서 탁월한 실력을 갖추고 있었다.

"스승님. 그러면 순수 한학은 버리고 보고 듣고 만져지는 사실을 통해 얻어지는 실사구시만이 능사라는 말씀인지요?"

"육교 이 사람아, 그것은 잘못 알고 있는 것일세. 한학을 근본으로 삼아 실사구시(實事求是) 학문을 펴자는 것이라네. 송학(宋學)도 존중하면서 정자(程子)와 주자(朱子)를 받들어 서로 절충하자는 것일세."

"잘 알겠습니다. 사실 조선의 사대부들은 한학만을 신봉하며 나라 꼴이 정체되어 우물 안의 개구리나 진배없습니다. 답답할 뿐입니다."

"아직은 성급히 나서지 말고 실학의 바탕을 튼튼히 하는 것이 순서일세. 그런 다음에 공리공론만을 일삼는 지배계급의 무리들과 논리적으로 싸워 사회가 점차 바뀌어 가야 할 것이야."

옹방강은 조묵에게 자신의 신념에 찬 경학의 본령을 설명해 주고 경전의 연구 방법을 전도했다. 또한 금석 고증에 있어서 곡진한 지도로 많은 것을 전수했다. 조묵 역시 불타는 학문적 호기심에 지칠 줄 몰랐다.

또 날이 어두워졌다. 한시가 아쉬운 옹방강은 먹을 머금은 붓으로 단숨에 써 내려갔다.

足下有此三絶他日蘇齋傳燈衣鉢實在於有六橋一人而已

그대에게 이러한 시서화 삼절이 갖춰져 있으니 훗날 소재의 의

발을 전할 이는 실로 육교 한 사람뿐일 것이다.

　두루마리를 받아든 조묵은 눈물이 났다.
　"너무도 감격스러워 할 말을 잊었습니다."
　옹방강은 자리에 단정히 앉았다.
　"이것으로 육교를 제자로 삼는 증표로 삼을 테니 성원도 그리 알라."
　"스승님, 한 가지 궁금한 일이 있습니다."
　"무엇인가?"
　"동파지림(東坡志林)에 보면, 파옹은 고려가 큰 잘못도 없는데 아주 싫어하고 증오했습니다."
　"육교의 말이 맞는 말이야. 파옹이 황제께 올린 글을 보면 고려가 조공을 바치는 것으로는 이득은 없고 경비만 축낸다고 하였네. 그래서 서적 사 가는 것을 허락하지 말라고 하였지."
　"스승님, 파옹이 황제께 한 말은 실언이라 해야 옳지 않겠습니까? 작은 나라가 한문의 근본을 찾아왔는데 큰 나라가 이해관계만 따져서야 옳지 않다고 봅니다. 그리고 고려의 명신인 김부식(金富軾)과 동생 김부철(金富轍) 형제는 소식(蘇軾)과 소철(蘇轍) 형제를 사모한 나머지 이름마저 그들의 이름을 따서 지었는데도 말입니다."
　"옳은 말일세. 정곡을 찌른 것이야. 중국이 아무리 큰 나라라도 항시 한족(漢族)이 주인이 아니지 않은가 말일세. 조선은 비록 나라가 작으나 문화융성이 남달라 박초정이나 김추사와 같은 시서화 일

174

치를 이룬 인물들이 많지 않은가. 지금 파옹을 사모하는 육교도 마찬가지이고 말일세. 서로 간에 양국 간에 예우를 아끼지 말아야 합당할 것이야."

"스승님께서 그리 말씀하시니 위안으로 삼겠습니다."

"참, 이제 서로 얼굴을 대할 날이 자꾸만 줄어드니 날을 받아 성원과 같이 우리 집에서 며칠이라도 유하도록 하게나."

"청이 한 가지 더 있습니다."

"그래. 무엇이든 말해보게나."

"예. 스승님을 위해 탄주를 해드리고 싶습니다."

"오호, 탄주라. 악기가 우리와 다를 터인데."

"거문고를 준비해왔습니다."

기다리던 책쾌가 거문고를 안아 들였다. 비단 끈을 풀었다. 순간 옹방강의 눈이 빛났다.

"육교! 진정으로 자네의 악기가 맞는가?"

"예, 제 현학금(玄鶴琴)이 맞습니다."

"내가 한번 만져보아도 괜찮은가?"

조묵은 거문고를 스승에게 건넸다. 옹방강은 거문고를 조심스레 뒤집어 낙관을 찾았다. 바로 놓아 나뭇결을 만지고 쓰다듬었다.

"스승님께서 보기엔 어떻습니까?"

"명품이로고. 보기 드문 명작이야. 선대에서 물려받은 악기인가?"

"아닙니다. 2년 전에 구입한 것입니다. 전조 때 만든 것이라는데 반신반의했습니다."

"전조라면 고려왕조가 아니던가?"

"예. 그것도 공민왕이 원나라에서 출가한 노국공주를 위해 만든 것이라 했습니다."

"물증이 있는가?"

"물증은 없으나 오동나무와 현금보의 종이가 맞습니다. 또 제 꿈에 선몽을 하였습니다."

"선몽이라 하면 어찌 된 영문인가?"

"예. 만들어진 일이며 저의 앞서 주인까지의 곡절이 꿈인지 생신지 보였습니다."

"오동나무를 보면 맞는 말일세. 약관의 나이에 이런 감식안을 가졌다니 놀라운 일이야. 성원도 육교에게 한 수 배워라. 알겠느냐."

"예, 그리하겠습니다."

"그래, 한 곡 청해도 되겠는가?"

조묵은 거문고를 무릎에 올리고 술대를 잡았다.

딩스렝~당스렝~딩딩~당~스렝~딩당~스렝스렝~딩~동스렝

"스승님, 실로 많이 부족합니다."

"아닐세. 많이 연마한 솜씨라 듣기가 아주 좋아. 진실로 뛰어난 금객(琴客)이야."

집을 떠난 지가 벌써 석 달이 다 되어갔다.

조묵은 융복사를 가는 길에 낙타를 보았다. 곱사등이 황소를 만난 듯 모두들 놀라웠다. 융복사는 한 달에 3번 개시를 한다고 했다.

언뜻 보아도 형용할 수 없을 만큼 휘황찬란한 것들이 많았다. 오래된 제기와 술잔 그리고 옥구슬 등 고완이 즐비했다. 고서화도 셀수가 없을 정도였다. 하지만 감식안의 눈에는 태반이 가짜였다. 조묵은 저절로 쓴웃음이 나왔다.

'보통 사람들은 그러지 않는가. 이따위가 생활에 무슨 도움을 주는가 말이다. 내 생각은 다르다. 푸른 산과 흰 구름은 먹고 입는 것은 아니지만 사람들은 그것을 사랑한다. 세상의 보배로운 물건도 우리나라에 들어오면 모두 천해진다. 오래된 그릇이나 유명한 위인의 필적도 가치에 맞는 값을 받지 못한다. 필묵이나 서적도 중국의 반값이다. 이는 사대부가 옛것을 좋아하지 않기 때문이다. 그래서 내가 중국의 옛것을 사랑하여 쓰고 다듬어 앞선 것은 거울삼아 우리 것으로 취하려는 이유이다.'

석 달에서 이틀이 지났다.

주야운의 기별을 받고 의도시옥을 찾았다. 서재에는 몇 사람이 그림을 구경하고 있었다. 주야운은 사람을 소개했다.

"오사객 선생의 손자분입니다."

젊은이는 조묵과 마주 보고 읍하였다.

"육교께서 양봉 선생의 그림을 찾는다고 하여 담계 선생님의 얼굴을 보아 가지고 나왔습니다."

조묵은 그림의 제화시에 '육교(六橋)'라는 글씨를 보자 그만 눈물이 돌았다. 매화 그림은 진품이었다. 주야운이 권하는 대로 먹 오백 근 가격으로 값을 쳐주었다.

"이 그림은 예운림의 〈소림노옥도〉입니다. 한 번 감상하시지요."

예찬(倪瓚)의 호는 운림이라 불렀다. 원나라 말에 왕몽, 황공망, 오진과 더불어 4대 가의 한 사람이었다. 간결한 필법 속에 높은 풍운을 느끼게 하여 구도와 묘법이 독특하여 문인화에 큰 영향을 끼쳤다. 재산이 넉넉하여 고서화, 고기물 등을 모아 풍류적인 은둔생활을 했다. 명나라 초기에 조정의 부름을 받았으나 끝까지 벼슬길에 나가지 않고 학문과 예술에만 심취했다.

조묵은 뜻밖의 횡재에 감격했다. 그림을 가져온 거간꾼을 주야운이 보증까지 서주는 터라 망설임 없이 전대를 풀었다. 주야운은 옹담계의 특명으로 만사를 제쳐두고 조묵이 원하는 그림 수집에 성의를 다했다. 믿을 만한 수집상 중에 여러 인맥을 총동원하였다. 성과가 대단했다.

열흘이 쏜살같이 지나갔다.

조묵은 옹방강의 소개로 유리창 책방 다섯 곳에 미리 주문해 두었던 서책 계산을 마치고 거두어들였다. 일행이 모두 동원되었다. 책쾌가 일일이 점검 확인하여 모사품은 가려냈다. 태평거로 일만과 복덕이 세 차례나 객사를 오갔다. 밤에 오래된 책에서 나는 냄새 때문에 조묵은 취할 수밖에 없었다.

연경에서 한 달 열흘이 되는 날이었다.

조묵은 석묵서루를 찾은 것은 4번째였다. 옹수곤과의 합숙을 위해서였다. 두 사람은 아이처럼 좋아했다.

"나한테 인사를 너무 번거롭게 하지 말고 둘이 후회 없는 시간을 보내게나."

옹방강은 젊은 문화의 예비 설계자들을 배려해 주었다.

"육교, 조선에는 책들이 잘 팔리는가요?"

"성원 사형, 우리나라 책 장수는 책 한 권을 가지고 몇 달씩 사대부 집을 두루 돌아다녀도 결국에는 팔지를 못합니다. 내가 유리창 서점에 들렀더니 그 주인이 거래 장부를 정리하느라 매우 바빠서 이야기를 나눌 틈이 없었습니다. 이것이 서로 간의 큰 차이입니다."

조묵은 중국이 문명의 고장이라는 사실을 부인할 수가 없었다. 필담하는 쪽지가 수북하게 쌓여갔다. 옹수곤은 석묵서루의 수많은 장서를 탐독한 때문인지 박식하기 그지없었다. 해박한 조묵도 호적수를 만난 듯 지칠 줄 모르는 학문적 열정으로 응대했다. 두 사람은 제대로 된 식사를 할 시간조차도 아까웠다.

한학

송학

경학

실학

의학

천주학

시서화

골동고완

금석고증

조묵과 옹수곤은 서쪽 창이 어두워지자 심지를 자르며 밤을 새
웠다.

홍제교를 지난 지가 꼭 100일에서 하루를 넘겼다.

조묵은 옹수곤과 작별하고 어두워서야 객사로 돌아왔다. 3일 만
이었다. 종일토록 잠을 잤다.

나흘이 지나갔다. 연행 석 달 보름째였다.

조묵은 이임송의 진돈재에서 여러 사람을 만났다. 옹방강의 학맥
으로 이어지는 문하생들이 소식을 듣고 모인 것이었다. 집주인은
물론이거니와 옹수곤, 서몽죽(徐夢竹), 주자인, 유삼산(劉三山) 등이
었다. 바로 의기투합했다. 서로 다투어 필담을 하고자 먹물이 사방
으로 튀어 옷을 버릴 정도였다.

조묵은 옹수곤의 초대로 경극을 보았다.

배우들은 모두 10여 명이었다. 그들의 복색은 화려했다. 등장인
물이 한 장면을 바꿀 때가 되면 그때마다 창곡소리를 내는데 방에
있는 배우들이 모두 그 소리를 받아 화답했다. 피리와 거문고를 아
울러 연주했다. 소리는 대체로 들을 만했다. 옛날 관복제도나 중국

의 풍습들은 볼만했다. 유비나 조조보다는 관운장이나 장비를 맡은 배우가 더욱 열연했다.

닷새가 꿈처럼 보였다가 사라졌다.

조묵은 출국을 앞두고 석묵서루를 찾았다.

"스승님, 만수무강하셔야 합니다. 이별에 임하니 백 가지 정회가 엇갈려 일어나 뭐라 말씀을 올려야 할지 모르겠습니다."

조묵은 옹방강에게 큰절을 올리고 울음을 터뜨렸다.

"육교, 만나고 헤어짐은 인지상정이 아닌가. 부디 경학에 충실하고 금석고증에 힘을 기울여 해동의 석학이 되게나. 김추사와도 동문의 예를 다하도록 부탁하네. 이럴 때 동경 군이라도 있었으면 얼마나 좋을까. 통탄스럽도다."

옹방강은 수제자인 섭지선(葉志詵)이 함께하지 못한 점을 내내 아쉬워했다. 주름진 눈시울이 붉어졌다. 동경(東卿)은 섭지선의 자다.

"저도 그렇게 생각합니다. 섭동경 선생을 보지 못하고 가는 것이 한스럽습니다."

조묵은 몇 번이고 읍하였다. 옆에 앉은 옹수곤을 보자 더욱 슬퍼졌다. 손을 내밀었다.

"성원 형님. 천해 망망 타국에서 필담으로 사귀어 곧바로 단금의 지교를 맺고 갑니다. 사랑함이 골육과 버금가니 하루인들 어찌 잊으리오. 홍두 글씨는 잘 표구하여 형님의 실물을 본 듯 그리하겠습니다."

옹수곤은 손을 마주 잡고 흐느꼈다.

"사랑하는 강다, 하늘이 만약 기회를 주신다면 다시 만날 것을 참으며 기다리리다. 만약 그렇지 못한다면 글로 다하기 어려운 것은 꿈속에서나 저승에라도 가서 강다와 함께하리다. 대대로 형제가 되고 내생에서 다하지 못한 인연을 다시 맺으리오. 강다, 부디 조심해서 평안히 가시게."

조묵은 남겨두었던 건삼과 홍삼을 털어 옹수곤에게 전했다. 연경에서의 마지막 날이었다. 연행 111일 만이었다.

***

1811년 2월 22일 사신 일행은 모두 새벽같이 일어났다. 각자가 짐을 챙기고 다시 꾸렸다. 조묵과 책쾌는 물목을 다시 점검하고 짐을 단단히 묶었다. 예부에서 사람이 나올 때를 기다렸다가 전별 인사를 서로 나누고 조양문을 향했다.

조묵은 2달여 짧은 날들이었지만 사람의 만남과 학문의 소통은 10년을 지난 것 같았다.

연경을 출발했다. 말 위에서 조묵은 혼잣말로 외쳤다.

"병자년에 여진족을 오랑캐라 얕보다가 조선이 어찌 되었든가! 우물 안에서 갑론을박을 일삼다가 무얼 하였는가! 답답한 위정자들아, 넓은 세상을 보라! 앞선 지식을 받아들여 자강보국을 하여야 강토를 지킬 것이 아닌가!"

조묵은 자신이 생각해도 머릿속이 달라졌다. 학문의 깊이와 사고

방식이 달라졌고 세상을 보는 시야가 넓어졌다. 자신의 장래와 유예에 대한 진로를 다시 설계해야겠다고 다짐했다.

연행 넉 달에서 닷새가 모자랐다.

진자점으로 돌아왔다. 이곳은 본래 기생이 많기로 이름난 곳이었다. 강희황제가 일찍이 창기를 엄금하여 양자강, 판교 같은 곳의 창루나 기관들이 쑥대밭이 되었다. 다만 이곳만이 남아 있게 되었다. 노는 곳을 양한(養漢)이라 이름 붙였다. 여자들이 자색도 있고 풍악도 제법 할 줄 안다고 했다.

조묵은 저녁상을 물리자 정사를 찾아 인사를 올렸다.

"상방 어른, 그동안의 신세를 무엇으로 갚아야 할지 소생은 막막할 따름입니다."

"이 사람아, 무슨 신세인가. 내가 할 수 있는 일만 거들어준 것뿐일세."

조묵과 모처럼 얼굴을 마주한 이집두는 반갑게 맞았다.

"이제 떠나면 모실 자리가 여의치 못할 것 같아 오늘 술자리를 소략하게 마련했습니다."

"늙은이가 주책없이 무언 술자린가. 자네나 즐기게나."

부사와 서장관에게 양해를 구하고 노래하는 창기(唱妓) 집으로 자리를 옮겼다. 미리 술상이 준비되어 있었다. 두 사람이 자리를 정하고 앉자 창기 넷 중에 셋은 각기 악기를 들고 들어왔다. 비파와 피리에다 박자를 맞출 때 쓰는 박판이었다. 한 여자가 박판을 두드려 시작을 알렸다. 둘의 연주가 박자를 맞춰주고 멈추자 한 여자가 독창을 했다. 노래 한 곡이 끝나자 또 연주를 하고 멈추면 박판이 추임새를 넣었다. 다음에는 셋이 합창을 했다. 분위기가 고조되었다.

"상방 어른, 소생이 재주는 없으나 제 거문고로 탄주를 한 곡 하여 잠시 위안을 드릴까 합니다."

"여기까지 거문고를 준비하다니 탄복이 절로 나오네."

조묵의 손가락 놀림이 빨라지고 성음의 격조가 두드러져 갔다.

"자넨 시서화 일치에다 탄주까지 능하니 금객이 따로 없네."

"과찬이십니다."

정사가 어깨를 흔들며 흥이 나자 분위기가 무르익어 갔다. 조묵의 곡이 끝나자 붉은 비단옷을 입은 여자가 노래를 불렀다. 그 소리가 대단히 쓸쓸하여 애간장을 녹이는 것 같았다. 사람의 마음을 슬픔에 빠트리고 감동시킨다고 할 만했다.

다음날. 지난밤에 들렀던 기관 앞을 지나는데 누대에서 네 여자가 손을 흔들어 작별 인사를 했다. 한 여자는 손수건으로 눈물을 닦기도 했다. 정사는 차마 아는 체를 못 하고 조묵이 손을 흔들어 답을 보내 주었다. 독창을 하던 여자가 눈이 마주치자 손을 더욱 크게 흔들어 댔다. 합창을 하면서 수건을 던졌다.

'아, 창기들이 이별의 노래로 정녕 나를 슬프게 하는구나.'

책문에 이르렀다. 조묵은 금서가 많은 탓에 바짝 긴장했다. 주자

집주 등 통관이 가능한 책으로 위장은 했으나 검색과정에서 돌발사태가 일어나지 않기를 바랄 뿐이었다. 일만이 먼저 예물을 넉넉하게 준비하여 인정을 베풀었다. 형식적인 절차를 마치고 통관이 되자 책쾌와 나머지 일행들도 환호성을 질렀다.

"야! 이제 살았다!"

"모두들 고생하였네."

역모의 씨앗

의주에 도착했다. 조묵은 압록강을 건너는데 옹수곤이 생각나 서쪽 하늘을 돌아다보았다. 해가 기울고 있었다. 자신의 심사처럼 하늘가에 검은 구름이 몰려오고 있었다.

'우리 땅을 무사히 밟게 되다니 아직은 꿈속이런가?'

사신 일행은 다섯 달 만에야 고국 땅을 밟게 되었다. 너나 할 것 없이 나이도 한 살씩 더 먹었다. 조묵은 객사에 짐을 푼 이집두에게 보고를 하고 식솔들을 챙겼다.

"일만은 대금을 데리고 어서 숙소를 알아보거라. 출국 때에 묵었던 객점도 좋을 게야."

"예예, 분부 거행하겠습니다요."

대금이 무사 생환에 기분이 들뜬 모양이었다. 객사 앞에 '宿'자를 창호지 등에 매단 객점들이 심지에 불을 붙이고 있었다.

"이 에미나이 새끼래 아즉 아이 죽었구먼."

객점 주모는 일만과 대금을 보더니 안면이 있던 터라 호들갑을 떨었다.

"무시기 소리요. 내래 멀쩡하디요."

"그래, 청나라 에미나이 고것들 몇이나 결딴내고 온 것이야."

"나 참, 무시기 소리를 그렇게 하오. 마차에 기양 하나 정도? 이만하문 됐습네까요."

일만은 아궁이에 불을 지핀다고 구부린 주모의 펑퍼짐한 엉덩짝을 후렸다. 일행은 가마솥에 김이 날 무렵에야 객점에 도착했다. 조묵은 주모를 불러 세웠다.

"주모, 오늘은 다른 사람을 받지 말게나."

"네네, 그러구 말굽쇼."

"육곳간에 가서 고기도 넉넉하게 준비하게나. 특별히 소주도 내오게."

주모의 입이 찢어지도록 커졌다. 여독이 있는 데다 고기에다 술이 들어가자 죄다 취한 기색이었다. 조묵은 책쾌를 불러 일만과 준석의 품삯을 넉넉하게 주도록 일렀다. 일만과 준석은 늦게 서야 헤어졌다. 끝내 눈물을 뿌렸다.

"그간 피붙이같이 정이 많이 들었네요. 다들 무탈하기를 바랍니다."

"잘 가게나. 인연이 있으면 다음 기회를 보자고."

"두 사람 때문에 힘든 줄 모르고 무사히 돌아왔네. 정말 고마워."

일만과 준석은 일일이 끌어안기도 하고 손을 잡아 흔들었다.

조묵은 야심한 자시가 지나서야 설핏 잠이 들었다. 꿈은 아닌데 목에 금속성 냉기를 느꼈다. 순간 술기가 가셨다. 정신을 가다듬었다. 순간 귀밑을 지나는 칼끝이 짧은 고통을 주었다.

"아앗!"

수건으로 입을 막고 있어 조묵의 외마디는 밖으로 새지를 않았다.

"입만 닥치면 해치진 않아. 알았으면 고개를 끄덕여."

조묵은 어둠 속이었지만 방문 쪽에도 괴한이 서 있는 게 보였다. 아뿔싸! 한방을 쓰던 책쾌가 술을 퍼마신 탓에 코를 심하게 골아 다른 방으로 건너간 것이 불찰이라면 불찰이었다. 수건으로 재갈을 물린 나머지라 어찌해 볼 방도가 없었다.

"여차하면 찌를 테니 얌전히 굴어."

조묵은 고개를 끄덕였다. 북방 사투리가 아니었다. 한양 도성의 말씨였다. 의관을 챙길 틈도 없이 버선만 겨우 챙겨 밖으로 끌려 나왔다. 닫혀있지도 않은 사립문 밖을 나오자 머리에 두건을 씌우려 들었다. 조묵은 와중에도 버선을 꿰차고 들고 나온 신발을 신었다. 괴한 하나가 오른팔을 붙들어 잡은 손이 억세고 투박스럽게 느껴졌다. 골목을 여럿 돌아 한곳에 멈추는 동안에도 순라군의 방망이 소리는 들리지 않았다. 개 짖는 소리도 나지 않았다. 조묵의 머릿속은 복잡해졌다. 두건을 쓰고 나서 몇 발자국 지났을 때 잠시 따라오던 여자의 낮은 목소리가 귓전에 남았기 때문이다.

'이놈들이 돈 냄새를 맡은 게야. 분명한 것이야. 하여 죽이지는 않겠지.'

대문 소리가 났다.

"이봐, 문턱이야."

한양 말씨가 속삭였다. 조묵은 발끝을 더듬거리며 월대를 넘었다. 마당에 들어서자 수군거렸다. 다시 문 여는 소리가 났다.

"문턱이야."

이번에는 턱이 높지는 않았다. 문턱을 넘자 팔을 잡고 있던 사내가 조묵을 던지듯 밀쳤다. 멍석 위에 쓰러지자 두건을 벗겼다. 재갈도 빼냈다. 기둥에 걸린 희미한 등불이 비추는 광경은 곳간이었다.

"이조묵, 조용히 기다려!"

한양 말씨는 갓 대신 망건 위에 붉은 천으로 머리띠를 했지만, 상민 같지는 않았다. 팔짱을 끼고 지켜보는 큰 덩치는 턱수염에 산적처럼 보였다.

"이보시오. 뭐 하는 자들이오."

조묵은 한마디 해야겠다는 생각이 들었다.

"조용하라 했잖아. 곧 알게 돼!"

한양 말씨가 제지하고 나섰다.

"내 이름까지 아는 걸로 보아 날강도는 아닌 모양이니 대체 뭘 원하는 것이오."

"여기선 소리쳐도 아무 소용이 없어!"

"관아에서 이 사실을 알면 그냥 있겠소."

"이 사람 보게나. 어리다고 하더니만 보통내기가 아니구먼."

"내 나이가 스물이오. 어리다니요."

조묵도 다소 안정을 찾았다. 잠시 뒤 문이 열리고 한양 말씨와 같은 행색의 사내가 들어왔다. 뒤따라 의자를 든 사내가 들어와 조묵이 웅크리고 앉아있는 앞에 놓고 비켜섰다. 먼저 들어온 사내가 의자에 앉았다. 납치범 둘도 의자를 향해 묵례를 했다. 의자에 앉은 사내가 입을 열었다.

"네가 함경감사와 개성유수를 지낸 이병정의 아들이 분명하렷다!"

조묵은 대답을 하지 않고 의자를 노려보았다.

"이놈이 대답을 못 할까!"

침묵이 길어지자 한양 말씨가 나섰다.

"누군데 어찌 선친께서 이룬 공적을 함부로 입에 담는 거요."

"그래 내 소개가 빠졌구먼. 나로 말하자면 평서대원수 홍 장군님의 수하에 몸담고 있는 과천에서 올라온 최가라고 하네."

"홍 장군이라면 홍경래를 지칭하는 거요?"

"그래도 이놈이! 대원수님의 존엄을 가벼운 주둥이로 놀리면 살아남지 못하리라."

덩치가 나서 조묵의 멱살을 잡고 주먹을 휘두를 태세를 보였다.

"아직은 함부로 다루지 말거라. 특히 얼굴에 상처를 내지 마라."

"당신네가 원하는 것이 뭐요. 내가 늦으면 사신 일행이 사람을 풀 거요."

"이조묵, 너에겐 물려받은 유산이 장안에서 으뜸이라 들었다. 우리 대원수님께서 헐벗고 굶주려 도탄에 빠진 만백성을 구하고자 나선 것이다. 너도 이에 동참하여 자금을 보태야겠다."

"어린 나이에 유산을 좀 받긴 하였으나 대부분이 전답이라 돈이 없소이다. 그리고 대대로 나라의 녹봉을 받은 터라 죽어서도 누를 끼칠 일은 없을 것이외다."

조묵은 화가 미치더라도 호기를 부리고 싶어졌다.

"이놈아, 너의 선대인 이성계도 바로 이곳에서 역모를 꾀하지 않았더냐!"

"이보시오! 함부로 지껄이지 마시오!"

퍽퍽!

"아얏!"

둔탁한 소리와 비명이 거의 동시에 터졌다. 덩치가 조묵에게 발길질을 해댄 것이었다. 배를 움켜쥐고 옆으로 쓰러졌다.

"이보게, 더 이상 고초를 겪지 말고 어서 수락을 하게나. 당장 돈이 없다면 어음이라도 써주게. 전답도 팔면 돈이 되지 않겠나."

"나는 그리하지 못하오."

"야! 쌍! 종간나 새끼!"

덩치가 다시 발길질을 해대고 주먹도 날아들었다. 한양 말씨도 몽둥이를 들고 합세하여 매타작을 벌였다. 거의 혼절할 정도까지 왔다. 최가는 칼을 조묵의 목에 갖다 댔다. 이때였다. 복면을 한 무사 넷이 들이닥쳤다.

"이놈들! 멈추지 못할까!"

최가는 얼떨결에 칼끝을 돌렸다. 앞선 복면이 칼날을 피하면서 최가의 가슴을 찔렀다.

"아앗!"

단말마의 비명에 선혈이 쏟아졌다. 반란군이 소리쳤다.

"대관절 뭣 하는 놈들이냣!"

"하늘에서 보낸 저승사자다!"

"우리와 무슨 원한이 있기에 방해를 하는가!"

"생사람 잡는 네놈들은 이 사람과 무슨 원한이 있는 것이냐!"

"알 거 없다. 순순히 물러나면 살려는 주겠다."

"역적들이 말은 많구나. 어제가 네놈들 제삿날이다. 칼을 받아라!"

반란군은 몇 합을 겨루지 않아 무사들의 적수가 되질 못 했다. 아무도 살아서 돌아가지 못했다.

조묵은 두건이 씌워지고 업혀져 객점 마루에 눕혀지자 인기척이 멀어졌다. 두건을 벗었다. 여명이 밝아오고 있었다. 새소리도 가까이 다가왔다.

'이렇게 살아서 돌아온 것은 분명 임상옥의 보부 중에 누가 구원무사를 보낸 것이야.'

조묵은 기다시피 마루를 올라 방으로 들어가 누웠다. 이 사태를 주모가 부엌에 몸을 숨기고 훔쳐보고 있었다.

재회

　반달이 지나갔다. 연행 다섯 달 보름 만이었다. 조묵의 마음은 송도로 가는 길이 날랜 말보다 앞섰다. 개성유수가 성문까지 마중을 나와 사신 일행을 맞아 주었다. 조묵은 의주처럼 객사에서 머지 않은 객점을 얻게 했다. 임상옥의 수하인 행수와 보부에게는 품삯을 후히 셈해주었다.

　"덕분에 우리가 큰 짐을 덜었네. 집이 이곳이니 마음이 급할 터라 속히 떠나도록 하게. 도성에 오는 길이 있다면 꼭 나를 찾아오시게."

　"나으리, 다음 행차 때도 소인들을 불러 주시기 바랍니다."

　"암, 그래야지. 그러고말고."

　모두들 이별을 슬퍼했다. 서로 부둥켜안기도 하고 눈물을 글썽이기도 했다. 조묵도 돌아서서 눈물을 닦았다.

　관아에서 환영하는 여흥이 벌어졌다. 조묵은 가매와의 만남이 떨리는지라 선뜻 나가지 못하고 객점에 머물렀는데 정사 이집두가 사람을 보냈다.

　"사행 정사께서 부르십니다."

　"몸이 불편하여 쉬고 싶다고 전하면 아니 될까?"

"그리하면 소인의 모가지는 어디서 찾을까요. 어서 가시지요."

유수도 조묵을 보자 자리를 마련해 주었다.

"전관 자제는 연행 길에 모진 고생은 없었는가?"

"소인은 유상께서 염려해주신 덕분에 무사했습니다."

조묵은 대답하면서도 눈길은 노래하는 가매에게 가 있었다.

"허허, 그동안 저 아이가 보고 싶어 자네 눈이 십리는 들어갔구
먼. 하하하."

유수가 크게 웃자 세 사신도 따라 웃었다. 그 바람에 추임새를
맞추던 가매가 슬쩍 눈길을 돌렸다. 조묵과 눈길이 마주치자 그녀
의 볼에 홍조가 떠올랐다. 여흥이 끝날 무렵이었다. 유수는 조묵에
게 젊은이들의 만남을 주선해 주었다.

"유상 어른, 이러시지 않아도 마음만은 깊이 받겠습니다."

"이보게, 이것도 인연이라 성의를 받아 주게나."

"유상 어른께서 소인을 어여삐 봐주시어 몸 둘 바를 모르겠습니
다. 정히 그리 하시다면 저 아이에게 며칠간의 말미를 주어 송도
를 구석구석 돌아보아 시도 읊으면서 그림이라도 몇 점 그려볼까
합니다."

"그거야 어렵지 않네. 내 그리 허락을 함세."

여흥이 끝났다. 사신 일행도 객사로 물러났다. 조묵은 이집두를
찾았다.

"자네가 어인 일인가?"

"정사 어르신. 여독에 힘드실 터인데 송구합니다."

"이 사람아, 무엇이든 말해보게나."

"내일 도성으로 행차를 하시는데 소생이 모시지를 못해 민망할 뿐입니다. 부디 용서를 바랍니다."

"어찌하여 여기서 헤어진단 말인가?"

"소생이 신세를 진 임상옥을 만나 인사를 해야 합니다. 또, 사사로운 일이 좀 있습니다."

"허허, 알겠네. 임상옥은 그러하고 혹여 여자아이 때문인가? 참, 좋은 나이야."

"어르신, 자주 문안 올리지 못하더라도 부디 강녕하시기를 엎드려 빌겠습니다."

조묵은 참았던 울음보가 터졌다.

"흑흑흑."

"이 사람아, 이러지 말게. 난들 어찌 이렇게 헤어진다니 맘이 편하겠는가?"

이집두는 엎드린 조묵을 일으키면서 달랬다. 석별하는 부자간의 정리와 마찬가지였다. 조묵은 저녁이 되어서야 가매와 객점으로 돌아왔다. 전갈이 미리 당도 했던지 주안상이 차려져 있었다. 가매는 쓰개치마를 벗고 조묵의 도포를 받아 활대에 걸었다. 정인들은 마주 앉았다.

"그래, 그간 어찌 지냈는가?"

조묵은 아무리 진정을 하려고 해도 목소리가 떨렸다. 그는 가매의 손을 잡았다. 소맷자락에 작은 바람이 일었다. 촛불이 일렁거리자 고개를 숙인 가매의 눈가에 맺힌 물기가 반짝거렸다.

"나리께서는 그간의 장도에 몸은 성하신지요. 소인은 나리께서 베푼 염려지덕에 무탈하였습니다. 안심하시어요."

두 사람이 잡은 손을 쉽게 풀지 않았다. 가매가 운을 띄웠다.

"나리께서 탄주를 하시면 소인이 노래 한 가락 불러올릴까요?"

"그래, 그것 아주 좋은 생각이네."

조묵은 만면의 웃음을 지었다. 서로 긴장이 풀렸다.

"나리께서 이 현금을 얼마나 애지중지하였으면 이리도 멀쩡한지요?"

"내가 자네를 대하듯 그리하였을 뿐이네."

"기러기발이 하나 기울어지긴 하였네요."

"어머님이 미치도록 보고 싶던 날에 술로 달래며 탄주를 하다가 그만 실수를 하고 말았다네."

조묵은 술대를 잡았다. 왼손을 몇 번 쥐락펴락하고 손가락을 뻗어 현줄 누르고 힘을 주어 술대를 걸어 당겼다.

덩더둥

둥더덩

썰갱

가매는 황진이의 시를 창(唱)으로 운을 띄우자 조묵은 반주로 들어갔다.

동짓달 기나긴 밤을 한 허리를 둘에 내여

춘풍 이불 아래 서리서리 넣었다가
어룬님 오신 날 밤이여든 굽이굽이 펴리라

"암."
"좋지."

조묵은 신명이 나자 추임새가 저절로 터져 나왔다. 그는 자리를
박차고 일어나 덩실덩실 춤을 추기 시작했다. 가매가 소리를 멈추
지 않고 주위를 맴돌면서 춤을 추었다. 한 쌍의 학이 호흡을 맞추
는 모습이었다.

기쁘고 즐거운 시간은 쏜살같은 법이었다. 자시가 지나자 창호지
사이로 바람이 부는 소리가 들렸다. 가매는 조용하게 반닫이 위에
놓인 요를 내려 아랫목에 깔았다.

"나리, 보료 삼아 앉으시지요."

겉옷을 치우는데 서로가 불편이 없도록 배려했다. 팔을 내주기도
하고 다리를 펴기도 하였다. 떨리는 손길이 오갔지만 서둘지 않았
다. 손끝은 술대로 현줄을 타듯 낮기도 높기도 하면서 느리다 빠르
기도 하였다. 가매의 가슴이 부풀어 오르며 융기하더니 단단해졌
다. 조묵은 조심스레 옥문을 열고 들어섰다. 충만한 희열에 감탄이
저절로 터졌다.

"아, 가매."
"서방님."

두 정인은 내일은 오지 않기라도 하듯 심신을 파고드는 황홀한

파정의 경지에 여러 차례 이르렀다. 밀려드는 사모와 연민이 끝없는 심연으로 빠져들었다.

***

조묵은 송악산에 해가 떠오르고서야 단꿈에서 깨어났다. 손을 뻗었지만 가매는 잡히지 않았다. 머리맡에 정갈하게 놓인 대접의 물을 단숨에 들이켰다. 돌아보니 거문고는 보자기에 싸여 제자리에 서 있었다. 밖에서 기척을 내던 대금이 나직한 소리로 불렀다.

"나으리, 세숫물 대령입니다요."

"그래, 알았으니 잠시 기다려라."

조묵은 바지만 챙겨 입고 대님을 묶었다. 마루에 나서자 밖은 아무도 보이지 않았다.

"대금아, 모두들 어딜 갔느냐?"

"예이, 떠날 채비를 하느라 바쁜가 봅니다요."

"그래, 아씨는 어찌 아니 보이느냐?"

"예, 지금 찬모와 나으리 조반상을 준비하고 계십니다요."

"너희들은 아침 요기는 마쳤는가?"

"나으리께서 기침하도록 기다리다 아씨가 허락하여 먼저 먹었습지요."

"책쾌에 일러 이곳에서 며칠 더 유숙한다고 전하여라. 알겠느냐?"

"나으리, 갑자기 무슨 일이라도 생겼습니까?"

조묵은 대금이 건네준 무명 수건으로 얼굴에 묻은 물기를 닦아

내고 방 안으로 들어왔다. 눈길이 활대에 나란히 걸린 도포와 장옷 치마에 갔다. 붉은색의 바탕에 푸른색 머리쓰개가 금방 늘어놓은 빨래처럼 정갈해 보였다.

"서방님, 조반상 올립니다."

가매의 청아한 목소리가 들렸다.

"흐음, 그래."

찬모가 방문을 열고 조반상을 들여놓고 나갔다. 가매는 반주와 숭늉 대접을 올린 소반을 들고 왔다.

"서방님, 조반이 늦었습니다. 송구합니다."

"아닐세. 자네가 고생이 많았구만."

가매는 밥주발의 뚜껑을 열고 국대접을 가까이 당겼다.

"어서 드시어요. 국이 식습니다."

"자네도 같이 들어야지. 밥그릇은 어디 있는가?"

"소첩은 밥상 아래에서 먹겠습니다. 걱정 마셔요."

"그러지 말고 겸상으로 하자꾸나. 허참."

"서방님, 많이 드셔야 무사히 도성으로 귀환을 하지요."

"고맙네. 참으로 고맙네."

조묵은 어린 나이에 생모를 여의고 외로움에 마음이 얼어 있었다. 가매의 감성적이고 따뜻한 마음은 그를 녹여주었다.

"조반을 마치고 만월대에 한번 가보고 싶은데 자네가 길잡이를 해줄 터인가?"

"걱정 마셔요. 소첩이 성심껏 모시겠어요."

"고맙네."

"외람되오나 폐허로 남은 전조의 궁터는 어찌 보려고 하는지요?"

"다름 아닌 저 거문고 때문일세."

"거문고가 만월대와 무슨 연관이 있는지요?"

"공민왕의 거문고가 아닌가. 하여 태어난 만월대에 가서 고하는 것이야."

"소첩은 미처 나리께서 품고 있던 깊은 뜻을 헤아리지 못했습니다."

대금이 말을 준비했다. 조묵은 키가 큰 말에 타고 작은 말에는 가매가 오르자 복덕이 고삐를 잡았다. 대금이 고삐 잡은 말의 안장에는 거문고를 단단히 묶어 따라나섰다.

고려궁의 남문이었던 승평문이 있던 돌무더기 앞에 말을 묶었다. 복덕이 말을 보고 대금은 거문고를 봇짐처럼 끈을 엮어 등에 지고 뒤따랐다. 비탈을 오르자 축대만 남은 궁터가 눈앞에 펼쳐졌다. 정전이었던 회경전이 있던 곳에 제자리를 잃은 초석들이 뒹굴고 있었다. 반 천년이나 가까이 지난 세월 앞에 허무한 마음만이 바람결에 맴돌았다.

조묵은 걸음을 멈추고 주위를 살펴보았다. 한양 도성처럼 평지가 아니었다. 자연지세를 그대로 살려 자리를 잡았다. 송악산 자락에 등을 기대고 좌우에는 구릉이 둘러 쳐져 있는 '좌청룡 우백호(左靑龍右白虎)'의 풍수지리를 가졌다. 사방에서 물이 모여 앞으로 흘러 좋은 자리임에는 분명해 보였다. 거기에다 남녘에는 진봉산이 자리하여 명당의 요건을 더해 주었다.

"다시금 보아도 애달프고 안타까운 일이야."

조묵은 탄식했다.

"서방님, 어인 말씀이신지요?"

가매가 조용하게 물었다.

"공민왕 말일세."

"나으리, 공민왕이 어찌했답니까?"

대금이 거문고를 내려놓으면서 물었다. 가매도 궁금한 표정을 지었다.

"홍건적이 쳐들어와서 태조 왕건이 세운 궁성이 불타는 것을 보아야만 했지 않았느냐 말이다."

"또 있습니까?"

"이놈아, 네가 그걸 알아서 어디에 쓰려고. 노국공주가 죽어 이 거문고도 만들었으니 내 가슴도 아프단 말이야. 이제 뭐 좀 알겠느냐!"

"나으리, 그리하면 공민왕은 거문고만 잡다가 죽었나요?"

"허허, 이놈과 입씨름하다간 날이 저물겠네. 공민왕은 역신들의 칼에 찔려 비참하게 죽었어."

"서방님, 그만하셔요. 정녕 헛수고여요. 호호."

참다못한 가매가 나섰다.

"가매, 나도 가슴이 답답하여 해본 소리일세."

"소첩이 주제넘는 말을 드려 송구합니다."

"아닐세. 내가 너무 감상에 빠진 탓이야. 자, 우리 여기서 쉬었다가세나. 대금은 자리를 깔고 준비한 술상을 보아라."

"그리하셔요. 나리께서 적적한 심사를 잠시 달래시지요."

가매가 그윽한 눈길을 보냈다. 조묵은 가매가 따라주는 술을 몇 잔 연거푸 마시자 취기가 도도해졌다. 가매를 바로 보았다. 불쑥 술잔을 내밀었다.

"이보게, 자네도 한 잔만 하게나."

가매는 깜짝 놀랐다.

"아니 됩니다. 백주에 술을 마시다니요."

"이 사람아, 이젠 세상도 많이 변하지 않았는가. 어여 잔을 받게나."

"나리, 부디 간청드립니다. 그 벌로 소첩이 노래를 불러 드리겠습니다."

"허허. 이 사람을 당할 재주가 없으니 딱한 노릇이야. 정히 그러하면 야은 선생의 시구를 불러 보게나."

조묵은 거문고를 풀게 하였다. 대금은 바로 대령해 올렸다.

오백 년 도읍지를 필마로 돌아드니

가매의 목소리가 절창이 따로 없었다. 조묵은 술대를 잡았다.

스렝, 디동, 스렝딩, 딩, 당, 동딩

중간중간 서로 눈길을 주고받았다. 가매가 버선발로 춤사위를 보여주자 그도 일어나 따라 추었다. 봄 하늘에는 햇빛이 찬란하고 빈터에는 망국의 한이 곳곳에 서려 웅크리고 있었다.

오시가 지났다. 대금이 자리를 접고 거문고를 말안장에 묶었다. 가매가 신발을 고쳐 신는 조묵에게 물었다.

"서방님, 내친김에 선죽교를 들러 가시면 어떨까요?"

"좋지, 아주 좋아. 이심전심이 따로 없구나. 어서 가서 포은 선생의 행적을 살펴보자구나. 대금아, 서둘러 챙기도록 해라."

조묵은 기다렸다는 듯이 화답을 보냈다. 일행은 비탈길을 되돌아 내려갔다. 선죽교는 자남산 동편에 있었다. 가매가 말했다.

"서방님, 저기 돌다리가 선죽교입니다."

"그래, 큰 다리는 아니구나."

조묵은 고삐를 당겨 천천히 다가갔다. 일행은 초입에서 말을 세웠다. 동쪽에 한석봉(韓石峯)의 글씨로 새겨진 표지석이 먼저 나타났다. 반대쪽에는 선대왕인 영조의 어필이 담긴 표충비가 서 있었다. 조묵은 비석의 글자들을 손끝으로 어루만졌다. 천천히 걸어 다리를 건넜다. 다시 돌아 건너왔다.

"자네도 나와 같이 건너보면 어떨까 하네."

조묵은 가매를 향해 손을 내밀었다.

"아닙니다. 소첩은 그냥 서방님이 거니는 모습만 바라보겠습니다."

"다리 난간이 바닥 돌과 차이가 나는구먼."

"서방님은 참으로 예리하십니다. 금석문에서만 혜안을 가진 게 아닙니다. 소첩이 들은 대로라면 다리는 전조의 태조 왕건이 세웠으니 900년이 넘었지요. 난간은 포은 선생께서 이 다리 위에서 참혹하게 가시고 추모의 뜻으로 지금부터 30년 전 후손들이 만들었답니다."

"소문대로 바닥에 붉은 자국이 선명하네그려."

"네, 포은 선생께서 흘린 핏자국이랍니다."

"내 거문고처럼 지워지지 않는 핏자국이네."

"같은 송도에서 흘린 피라 그런 것인가 봅니다. 서방님."

"자네는 송도 사랑이 참으로 남다른 것이야."

"아닙니다. 소첩은 그냥 얻어들은 풍월이지요. 호호."

"아, 이 다리를 건너니 감회가 새롭네. 전조의 공민왕이 노국공주
와 건넜을 터이다. 나의 선대이신 태조께서도 태종께서도 여러 번
건너셨을 것이다. 그뿐이겠는가. 야은 선생도 있지. 임진년 난리 통
에는 임금도 서둘지 않았을까. 광해 왕세자를 호종하던 원천군께서
도 그리하지 않았을까 싶구나."

조묵의 넋두리가 길어졌다.

"서방님, 감정을 좀 다스리는 것이 좋을 듯합니다. 소첩이 추재
(秋齋) 선생께서 지은 시를 한 수 읊겠습니다."

"자네가 조수삼(趙秀三)을 어찌 아는가?"

"추재께서 연경을 몇 차례 왕래하였답니다. 몇 해 전에 서방님처
럼 연행 길에 송도에서 유하다 애끓는 심사를 칠언시로 남겼지요.
비록 출신이 중인이나 문학적 소양이 깊은 분이었지요."

"나야 김추사 형님을 통해 조수삼과 통성명 한 적이 있다네. 나
이로 치자면 아저씨뻘이지. 어쨌든 반가운 일이야."

"소첩이 끝까지 가지 못하더라도 어여삐 봐주셔요."

대금이 다리 초입에 자리를 보았다. 가매는 부채를 잡고 목을 가다듬었다.

善竹橋
선죽교

波煙橋根幽草沒

물안개 일고 다리는 깊은 풀 속에 묻혀 있는데

先生於此乃成仁

선생께서 이곳에서 어진 사람을 이루었네

乾坤幣盡丹心在

하늘과 땅이 없어져도 붉은 마음 남아 있네

風雨磨來碧血新

비바람에 닳아도 핏빛은 새롭구나

終道武王扶義士

비록 무왕이 의사를 붙들었다 하더라도

未聞文相作遺民

문상이 유민이 되었다는 말은 듣지 못하였노라

無情有限荒碑濕

무정하고 한탄만 남은 황폐한 비석은 젖어 있고

不待龜頭墮淚人

귀두는 눈물 흘리는 이를 기다리지 않는다네.

조묵은 가매의 잔잔한 가락에 슬픔이 밀려왔다. 다리 아래로 흐르는 물소리도 예사롭지 않았다. 반주로 마신 술이 감정을 북돋았다.

"서방님, 멀지 않은 곳에 숭양서원이 있습니다. 포은 선생께서 살던 집터에 세운 사액서원입니다. 포은 선생은 물론 화담 선생의 위패를 모셨지요. 훗날에 청음 선생도 함께 배향을 하게 되었답니다."

가매의 설명을 조묵은 경청하면서 긴 한숨을 쉬었다.

"내가 오늘 이 거문고의 본향을 찾아 회포를 풀었구나. 충절의 고혼들도 만나고 풀지 못한 망국의 원한도 보았다네. 이 모두가 자네가 있어 이루어진 것이야. 진정으로 고맙네."

일행은 정몽주의 발자취를 따라 자리를 떠났다. 선죽교의 물소리가 점점 멀어져 갔다.

* * *

가매와 조묵에게는 금쪽같은 시간이 흘러갔다. 빠듯한 일정을 보낸 탓에 저녁 식사를 준비하는 동안에 조묵은 깜박 졸았다.

"아니, 수곤 형님! 형님께서 여긴 어쩐 일입니까?"

조묵은 선죽교 가운데 버티고 선 옹수곤을 보고 놀라 소리를 질렀다.

"이 사람 육교, 우린 단금지교를 맺은 사이가 아닌가. 일심동체란 말일세. 육교, 내가 육교를 너무 보고 싶어 한시라도 견딜 수가 있어야지. 그래서 단숨에 달려왔다네."

옹수곤은 너무나 기쁜 표정이었다.

"수곤 형님, 언제 우리말을 배워 이렇게 유창합니까?"

"육교가 북경을 떠나고 나는 목욕재계하고 천지신명께 빌었다네. 조선말을 할 수 있게 해달라고 말이야."

"형님, 그래서요?"

"그랬더니 조선 역관이 찾아왔지 뭔가. 죽기로 배웠더니 달포 만에 이렇게 되었다네. 육교, 이제 우리 사이에는 종이에 적어 주고받는 필담이 아무 소용이 없다네. 이렇게 말하고 알아듣는 데 아무런 문제가 없지 않은가 말일세."

"형님, 문제가 아니라 우리보다 말을 너무 잘하십니다. 그건 그렇고, 수배 형님이나 스승님께서는 강녕하시지요?"

"여부가 있겠나. 아버님께서야 정정하시지. 수배 형님이 병약하여 좀 걱정이 되지만 곧 쾌차하리라 보네."

"아, 그렇군요. 형님, 다리 위에만 서 있지 말고 건너오세요. 아니면 이 아우가 그리 가겠습니다."

옹수곤이 다리에서 움직이질 않자 조묵이 급히 다리 위로 향했다. 옹수곤이 뒷걸음으로 물러났다.

"수곤 형님! 거기 가만 계세요."

조묵은 목청을 돋웠다. 그런데도 옹수곤은 일정한 거리를 두고 뒤로 물러났다. 조묵은 걸음을 재촉했다. 또 그만큼 물러섰다. 팔을 뻗어 손을 내밀었다.

"서방님, 서방님."

가매의 애절한 목소리에 조묵은 정신이 들었다. 팔이 허공에 있었다.

"아, 수곤 형님."

"나리, 악몽을 꾸었나 봐요. 이 땀을 좀 보셔요. 조금만 이대로 계세요."

가매는 급하게 물수건을 준비해 왔다. 조묵의 이마며 목덜미에 흐르는 식은땀을 꼭꼭 찍어냈다.

"서방님, 저녁상을 올리겠습니다."

"아닐세. 지금 밥이 문젠가. 자넨 시장할 터이니 요기를 하고 나는 주안상이나 봐주게."

"몸을 생각하여야 합니다. 밥을 먼저 들고 나서 주안상을 보겠습니다."

"나 참, 자네를 당할 재주가 없구만. 그리하게나."

조묵은 가매의 얼굴 위로 어머니가 겹쳐 떠올랐다. 자신도 모르게 그리움을 불렀다.

"어머님 내 어머님, 무엇이 급하셔서 그리도 일찍 소자와 헤어지셨나요. 너무도 보고 싶습니다."

조묵은 탄식을 했다.

"서방님, 소첩에게는 한 시각이 소중합니다. 언제 다시 이런 날이 오게 될지 기약을 할 수도 없는 일이라 시간이 너무도 야속할 뿐입니다."

가매는 저녁상을 물리고 주안상을 차려왔다.

"소첩이 올리는 약주를 받으며 울적한 심사를 다스리길 간곡히 바랍니다."

"그래, 알았느니라. 그리하마."

조묵은 시간이 흐를수록 아파오는 마음을 어찌할 수가 없었다. 서로 잡은 손은 놓지를 못했다. 마주친 눈에서는 눈물이 볼을 타고 흘러 마르질 않았다. 얼마나 흘렀을까. 가매가 조용히 손을 빼더니 윗목에 서 있는 거문고를 눕혔다. 비단 보자기를 풀고 거문고를 안았다.

"서방님, 소첩이 한 곡 타겠습니다."

"그래, 그게 좋을 듯하네. 그리도 행실이 고울까."

조묵은 취기가 오른 탓인지 말투가 조금 흐트러졌다.

"청~산~리 벽~계~수야."

가매의 소리는 단단하며 청아했다.

"옳지, 좋아."

조묵의 추임새가 바로 뒤따랐다. 그는 흥이 오르자 일어나 덩실 춤을 추었다. 그녀도 질세라 거문고의 술대를 잡은 손이 바삐 움직였다.

딩뜰당뜰덩당디로~당뜰더라당둥다링~당디리다링~당디리다링

한바탕 가연(歌演)이 펼쳐졌다.

"아아, 이렇게 즐거울 수가. 이 사람아, 고마워. 이렇게 성의를 다해 나를 위로해주다니 무엇으로 감사를 해야 할지 모르겠네."

조묵은 숨이 차서 털썩 주저앉으며 말했다. 가매도 노래를 멈추고 거문고를 내려놓았다.

"소첩의 재주가 모자라 죄송합니다."

"아닐세. 그렇지 않다네. 족하네. 한데 득음은 어디서 했는가?"

"예, 그야 박연폭포지요. 열 살이 채 안 되어 북을 멘 아버님 손을 잡고 다녔지요. 비가 오나 눈이 오나 쉬는 날이 드물었지요."

"저런, 목젖으로 피도 여러 번 쏟았겠구나."

"호호. 어찌 그리 소상히도 아십니까."

"소리하는 이들이 대개가 폭포 소리를 이겨야 자신만의 음을 취하여 득음한다고 하지 않든가 말일세."

벽에 기대고 있던 조묵이 깜박 졸았다. 가매가 소리 없이 움직여 벽장에서 이부자리를 내려 아랫목에 깔았다. 그를 부축하여 자리끼에 눕혔다.

그녀의 손이 떨린다. 그의 저고리 고름을 조심스레 푼다. 그녀의 목덜미가 빨개진다. 대님을 푼다. 바지를 개켜 윗목에 단정히 놓는다. 그녀는 스스로 저고리의 고름을 풀려는 순간이다. 그가 벌떡 일어난다. 그는 손을 뻗어 고름을 풀고 있는 손을 붙잡는다.

"서방님, 그냥 계세요. 소첩이 하면 됩니다."

"이 사람아, 그게 무슨 소린가. 이 일은 내가 해야 마땅한 일일세."

그의 뜨거운 손길이 젖무덤 가운데로 다가온다. 옷고름은 가오리 연의 꼬리처럼 길다. 매듭 하나를 풀더니 두 번째 매듭을 열자 속적삼이 나온다. 흰나비의 날개 같은 적삼에 붙은 작은 묶음을 연다.

등잔불이 어둡지만, 그녀의 살갗은 눈처럼 빛난다. 손끝에 전해지는 살결은 갓 따온 목화솜처럼 부드럽다.

그는 그녀의 귓불을 가만가만 만지며 가벼운 입맞춤을 시도한다. 작은 입술이 열리고 타액은 뜨겁다. 입술을 취한 그의 혀는 목덜미를 탐한다. 겨드랑을 파고들어 그녀를 숨 가쁘게 만든다. 적삼을 헤치고 작지 않은 젖무덤을 찾아낸다. 그는 유독 가슴에 집착한다. 좌우를 넘나들며 머문다. 그녀의 젖꼭지가 빨갛게 부풀어 오른다. 꼭지에서 하얀 분비물이 솟아오른다. 그는 분비물을 탐닉한다. 입술은 천천히 복부를 내려와 배꼽을 만난다. 비단 보자기 거문고 집에서 나던 향낭의 냄새가 난다. 사향노루의 매혹이다. 그녀는 여러 차례 허리를 들고 놓는다.

그의 손은 그녀의 속곳을 조심스레 내린다. 손에 곱슬한 거웃이 잡힌다. 그는 쓰다듬는다. 손가락을 벌려 거웃을 빗질하듯 쓸어내린다. 순간 그녀의 허벅지가 긴장하여 소름이 돋는다. 손을 따라 내려온 혀끝은 체면을 벗어던지고 달려든다. 양쪽 허벅지 안쪽을 자극해 들어간다. 두 사람의 숨소리가 거칠어져 간다. 뜨거운 입김이 부풀려 방을 가득 채운다. 혀끝이 옥문을 두드리자 비로소 열린다. 그는 옥방으로 들어선다. 전율이 흘러 잠시 정신이 혼미해진다. 잠시 뒤에 그는 다시 살아나 움직이기 시작한다.

"아아, 내 정녕코 자네를 사모해."

"서방님, 소첩의 서방님."

둘은 큰 고개를 넘는다. 젊디젊은 육신은 바로 기운을 차린다.

또 한 차례 파정에 이른다. 그는 작은 새처럼 팔딱거리는 그녀를 가슴에 거둔다.

조묵은 가매를 안고 등을 쓰다듬었다.
"아, 나의 정인이여."
"서방님, 부디 소첩을 잊지 마소서."
"내가 자네를 어찌 잊을 수가 있겠는가?"
"소첩을 떠나 한성에 가시면 기억이나 하실지 아득하기만 합니다."
"아닐세. 맹세코 그리하지 않을 걸세."
"서방님을 믿어도 되나요?"
"내가 어떤 약조를 해야 자네가 믿겠는가?"
"아닙니다. 언약으로 진실한 서방님의 마음을 믿겠습니다."
부푼 가슴이 분홍빛으로 선명해졌다. 땀에 흠뻑 젖은 두 사람은 밤새 떨어지지 않고 눈을 붙이지 않았다. 멀리서 닭이 홰를 쳤다.
꼬끼오, 꼬끼오.

아침 밥상을 물린 가매는 옷을 챙겨 입고 조묵에게 절하자 그도 맞절로 응대했다.
"서방님, 부디 강건하셔요."
"자네도 몸성히 잘 지내길 바라네."
대금이 고삐를 잡았다. 객점을 나서는 가매가 탄 말이 보이지 않을 때까지 조묵은 손을 흔들었다. 가매가 몇 번 돌아보았다.

매화 그림의 비밀

도성에 봄비가 내렸다. 1811년 윤3월이었다. 할아버지 영조를 이어 문화의 중흥을 구가하던 정조가 승하하고 순조가 보위에 오른 지 11년째였다.

조묵은 처마에서 떨어지는 낙숫물 소리에 바깥을 내다보았다. 가뭄 끝에 내리는 비라서 그런지 고마울 따름이었다. 쉼 없이 뒷짐을 지고 서성대는 조묵의 품새가 누구를 기다리는 것이 분명해 보였다.

"추사 형님은 왜 이리도 거동이 늦는지 모르겠네."

그는 혼잣말로 투덜대기까지 했다. 독백으로 보아 김정희를 기다리는 것이었다. 그러던 중에 불현듯 그의 머릿속으로 몇 달 전 연경에서 꿈에도 그리던 나양봉의 매화 그림을 손에 넣던 순간이 스쳐 갔다.

"김 진사께서 당도하였습니다."

복덕이 사랑채에다 고했다. 조묵은 황급히 대문 쪽으로 나왔다.

"사형, 어서 오세요. 기다렸습니다."

"그래, 장도에 고생은 어땠는가."

"자, 어서 서재로 드시지요."

"얼굴이 반쪽이 되었구먼."

조묵과 김정희는 서재로 들어와 손을 맞잡았다. 서로 절하고 다시 손을 잡았다. 찻상을 사이에 두고 웃었다.

"북경의 담계 스승님의 근황은 어떠시던가?"

김정희가 옹방강의 안부를 먼저 물었다.

"여전히 건강하시고 사형께 안부 전하라 하였지요. 참깨에 글씨도 써 내게도 몇 점 주셨답니다."

조묵은 무슨 얘기를 먼저 해야 할지 머릿속이 정리가 잘 되질 않았다.

"수배와 수곤도 여전하던가? 또 주야운 선생도 잘 지내시던가?"

바쁜 마음은 김정희도 마찬가지였다.

"담계 선생님과는 사제의 연을 맺었습니다. 수곤 형님과는 단금지교를 맺었고요."

"아, 그래. 무척이나 잘된 일이야. 축하하네."

"고맙습니다. 참, 오늘부터 이 서재를 천제오운루라 부를까 합니다."

"아하, 그래. 담계 스승님이 소장하고 있는 파옹의 천제오운첩에서 따온 모양일세."

"그렇습니다. 담계 스승님과도 상의를 드렸지요."

"그럼, 우리 둘은 스승님 문하의 동문이 되는 셈이구나."

"사형, 나로서는 이보다 더한 영광이 없을 겁니다."

"그래, 양봉 선생의 그림은 어디 있는가?"

조묵은 그림을 조심스레 펼쳤다. 김정희는 바탕의 재질이며 필법하며 제화시에다 낙관까지 꼼꼼하게 살폈다.

"사형, 그림이 어떻습니까?"

"이 그림은 담계 스승님의 수장품 중에 양봉 선생의 매화 그림 부채가 있었네. 그 부채에 스승님의 시가 있었는데 같은 짝을 이루는 시구가 틀림이 없다고 보아지네. 아, 자네는 무슨 행운으로 이 그림을 손에 넣을 수가 있었는가."

양주팔괴의 한 사람답게 독특하고 호방한 필치로 좌우로 꺾이고 끊어지며 그려진 매화 가지와 꽃이 눈에 들어왔다. 두 사람은 나빙이 적은 제화시를 살펴보았다.

東閣一詩三楚白, 孤舟再夢六橋春
兩峰道人畵於京師宣武坊僧舍

동각의 시는 삼초를 밝게 비추고, 외로운 배에서 다시 꾼 꿈은 육교를 따뜻하게 한다.

양봉도인이 경사에 있는 선무방승사에서 그렸다

"사형, 양봉 선생의 제화시가 마음에 드는지요?"

"이 사람아, 들다 마다지. 필체가 예사롭지를 않네."

"사형이 제화시에 차운하여 한 수 남기면 어떨까요?"

"아닐세. 담계 스승님을 생각해도 격에 맞지 않네."

"하하, 누가 압니까요. 훗날 사형이 역사의 기록에 큰 획을 그어 족적을 남기면 추사의 20대 젊은 시절 글씨체가 이랬구나 감탄을 할지 말입니다."

조묵은 지필묵을 내밀었다. 김정희는 옹담계의 시를 생각하고 같은 절구를 사용하여 시를 적어 넣었다.

朱草林中綠玉枝, 三生舊夢訂化之,
應知霧夕相思甚, 惆悵蘇齋畵扇詩

붉은 풀숲 중 파란 가지, 삼생의 오랜 꿈이 꽃으로 맺혔네
안개 낀 저녁 서로 생각함이 깊음을 아니, 소재 그림 부채의 시가 슬프고 슬프구나.

김정희가 봄을 알리는 매화가 핀 기쁨과 보소재의 옹방강을 그리는 심정을 쏟아 부었다. 김정희는 다시 붓을 들어 시를 적고 그 아래에 설명을 붙였다.

조묵은 연적의 물을 벼루에 더해 먹을 갈았다.

兩峰先生夢前身爲花之寺僧, 翁覃溪先生藏兩峰畵梅扇
與搜同穀人秋史同題絶句有霧夕相思筆語

양봉 선생은 전생에 자신을 화지사승이라 칭했다.

옹담계 선생이 나양봉의 매화부채를 가지고 있었다.

여수동곡인 추사가 안개 낀 저녁 서로 생각함을 담계의 시와 같은 절구로 제한다.

앞서 옹방강의 수장품 중에 나양봉의 필 매화 그림 부채가 있었다. 옹방강이 그 부채 위에 자신의 시를 적어 놓았다. 김정희는 이 매화 그림을 보자 연경의 보소재에서 보았던 '주초림중녹옥지(朱草林中綠玉枝)'의 절구로 시작되는 시구가 적힌 부채와 시가 떠올랐다. 스승을 그리워하는 마음에 같은 절구로 이 시를 지었던 것이다.

"그래, 이 〈필매화도〉를 얼마에 구입하였는가?"

"예, 주야운 선생이 주선하여 적당한 가격으로 손에 넣었지요."

김정희는 다시 붓을 들었다.

辛未閏月秋史金正喜題于天際烏雲樓雨中識

兩峰先生師冬心先生, 手造五百斤油墨

신미년(1811년) 윤달에 추사 김정희가 비 오는 중에 천제오운루에서 제한다.

양봉 선생의 스승은 동심 선생이다. 수조 오백근 먹에 구입.

김정희는 간간이 빗물을 바라보고 생각에 잠기기도 했다. 봄비는 내내 그치지 않았다. 26살 김정희의 붓끝은 거침이 없었다.

題羅兩峯梅花幀

朱草林中綠玉枝
三生舊夢證化之
應知霧夕相思甚
惆悵蘇齋畵善時

나양봉의 매화정에 쓰다

주초의 덤불 속에 푸른 옥 한 가지는
삼생이라 옛꿈을 화지에게 입증했네
응당 알리 안개 낀 밤 상사가 하도한 걸
소재에 부채 그린 그때를 그리면서.

나빙의 호는 양봉이다. 스스로 화지사승(花之寺僧)이라 칭했다. 옹방강과는 동갑이었다. 중국의 안휘성에서 태어나 양주의 이곳저곳으로 옮기며 살았다. 양주는 대체로 살림이 넉넉하고 권력의 지배에서 다소 자유로운 고장이었다. '양주팔괴(楊洲八怪)'라 하여 전통적 속박에서 벗어나 자유를 구가하고 개성이 강한 그림을 그리는 화가들이 모여들었다. 그때까지의 화법으로 보면 극히 이단적인 일이었다. 나빙도 그 일원으로 양주팔괴의 한 사람인 금농(金農)의 수제자였다. 금농은 동심(冬心)이란 호를 썼다. 스승이 죽자 그의 작품을 모아 〈제화기〉와 시집을 만들었다.

나빙은 옹방강을 통해 조선에서 사신 일행으로 온 박제가를 만나게 되었다. 며칠 뒤에는 자신의 집으로 초대하여 술잔을 기울이며 함께 문장을 논했다. 헤어질 때는 묵매화와 박제가의 초상을 그려 전별 선물로 주기도 했다.

담계 옹방강은 육교 이조묵의 시·서·화 모든 작품에 지대한 영향을 끼쳤다. 훗날 김정희의 추사체나 문인화는 그의 작품 속에서 착상하여 나왔다 해도 과언이 아닐 것이다. 그렇기에 조묵과 김정희에게는 살아서는 만 리 길 연경에서 만나 얼굴을 본 스승이요, 죽어서는 위패로 따른 위패 스승이었다. 1년의 시차를 두고 말이었다.

"참, 사형. 조수삼을 잘 아시지요."

조묵은 갑자기 생각이 난 듯 물었다. 김정희는 고개를 들었다.

"알다 마다지. 요즘 금석문 취재 산행에 같이 가기도 하지. 작년에 자네가 연행하고 적적하여 수락산도 같이 갔는걸. 그런데 추재는 왜 갑자기 찾는가?"

"예, 이번 귀국길에 송도에서 들은 얘기가 있어서요."

"자네 혹여 추재의 신분 때문에 그런가?"

"참, 사형도 제가 언제 그런 걸 따지는 사람입니까?"

하늘가 검은 구름은 비를 머금고

담계 스승님

편안히 잘 계시는지 감히 문안을 여쭙습니다. 만 리나 떨어진 이곳에서 스승님을 흠모하는 김추사나 다른 이들도 무탈하게 지내고 있습니다. 서로 만나기만 하면 스승님 얘기로 밤을 지새웁니다. 부족한 육교는 지금도 석묵서루에서 있었던 일들이 진정으로 아름다웠던 꿈만 같습니다.

불초 제자 육교는 집으로 돌아오자마자 서재를 보소(寶蘇)라고 이름 지었습니다. 김추사의 '보담재(寶覃齋)'처럼 육교도 자호를 하나 더해 보옹재(寶翁齋)라 삼았습니다. 추후라도 스승님의 존함에 누를 끼치지 않을까 심히 두렵습니다.

담계 스승님

답신을 주실 때 석묵서루에서 약조하신 〈천제오운첩〉을 같이 보내 주시면 더욱 고맙겠습니다.

누옥 보소에서 이육교가 씁니다.

옹방강은 서찰을 받고 매우 기뻤다. 시간을 쪼개 소동파의 〈천제오운첩〉을 직접 붓을 들어 모본을 만들었다. 시를 지어 몇 번이고 교정을 봐 봉답하여 서로의 묵연을 증명해 보였다.

고려의 이육교는 보소를 서재 이름으로 삼았으니 기쁘다. 또한 '천제오운' 네 글자를 가지고 서재 편액을 직접 써서 걸었으니 장하도다. 또한 보옹재로 자호 삼았다니 고마운 일이야. 육교가 서찰을 보내 〈천제오운첩〉의 모본을 구하고 있으니 이에 답하여 보내노라.

봉답

만 리 밖에서 청안을 맞이하고
숭양에서 해동을 꿈꾼다.
그대가 재실 벽에 붙인 뜻을 떠올리며
내가 소공에게 제사 지내는 것과 같은 것이 우습다.
오묘한 필치는 손신로(孫莘老) 각(覺)이고
글의 내용은 옥국옹(玉局翁) 소식(蘇軾)이다.
군모(君謨, 蔡襄의 자)의 소합의 첩은
밤마다 무지개가 어려 있다.

김 군(김정희를 말한다)이 보담편액을 걸었거늘
이 군(이조묵을 말한다)은 또 보옹이라 이름 지었구나.
영광을 함께한 것이 부끄럽거니와

한없는 정에 머리 숙인다.
오운(烏雲)의 해 그림자는 붉고
비를 머금은 채 산을 밝게 비춘다.
석연(石硯) 병풍 앞에 마주한 모습을
누구에게 부탁해 그림 그릴까.

가경정축 정월 17일 방강

조묵은 편지와 책을 전해준 역관에게 사례했다. 옹수곤이 진품 대홍두 글씨 1매를 보냈다. 조묵은 이에 답례를 보냈다.

성원 형님. 밤마다 꿈을 꿉니다. 형님의 모습을 잊을까 두렵습니다. 소략하나마 받아 주길 바랍니다.

首愣嚴經

般若心經

眞鑑國師碑

수능엄경은 김생(金生)이 금서로 썼다.
반야심경은 최치원(崔致遠)이 금서로 썼다.
진감국사비는 초탁본(初拓本)이었다.

육교, 모두 금서로 쓴 해동의 보배로세. 이 탁본 또한 솜씨가 흠잡을 데 없는 보물이네. 나도 육교의 꿈을 꾼다오. 언젠가 서로 만나 못다 한 회포를 밤을 새 풀도록 하세나.

옹수곤은 답신에서 특히 탁본에 관심을 보이며 감탄해 마지않았다. 조묵과 옹수곤은 사신의 행차 때마다 서로 안부를 물었다. 그때마다 예물을 교환했다. 학문을 논했고 금석 자료들을 주고받았다. 자신들이 알고 있는 모든 식견을 털어놓고 공유했다.

이육교의 고아했던 모습이 떠올라 책을 잘 읽을 수가 없으니 어찌하오. 다음 사신행차에 동행하여 고려왕의 거문고 연주를 다시 듣게 되는 영광은 지나친 욕심일까. 이도 여의찮으면 그대의 화상을 그려 사행 편에 보내 주면 수배 형을 잃은 슬픔을 다소나마 잊을까 하오.

석묵서루에서 옹수곤 씀

조묵은 구리거울에 비친 자신의 얼굴을 그려 보냈다. 답신 서찰에 옹수곤의 화상도 들어 있었다. 옹수곤은 어렵더라도 조묵이 연경을 찾아와 줄 것을 청하였다. 조묵은 가고는 싶지만 여의치 않자 석공을 불러다 자신의 전신상을 조각하여 보내기로 마음을 먹었다.

"나으리, 이번 일만큼은 재고하길 바랍니다. 다른 방도를 찾아 마음을 전달하면 될 것이 아닙니까."

복덕이 주름진 손을 내밀어 극구 말렸다.

"이 사람 보게나. 상전이 하는 일을 가로막다니…."

조묵도 다소 민망한지 말을 잇지 못했다. 포천에 사람을 보내 질 좋은 원석을 세 덩어리나 구해왔다. 오는 도중에 길이 좋지를 않아 어려움을 겪었다. 소달구지가 보름 만에야 집에 당도했다.

하인들이 동원되어 큰 돌 아래 통나무로 고였다. 돌의 밑자락으로 닥나무로 꼰 굵은 줄을 앞뒤와 가운데로 밀어 넣었다. 줄마다 양쪽에서 어깨에 걸어 목도로 뒤채의 마당으로 옮겼다.

"어기영차! 어기영차!"

"잘도 간다! 어기영차!"

앞소리를 따라 목도꾼들의 구령 소리가 쩌렁쩌렁 울렸다. 돌이 남북으로 자리를 잡자 위에 커다란 천막이 쳐졌다. 북쪽에 조묵의 전신 그림이 걸렸다. 열흘 전에 홍현주가 그려준 갓을 쓰고 도포를 입고 서 있는 실물 크기의 전신화였다. 홍현주는 조묵의 부탁으로 사랑방에서 사흘 밤이나 보내야 했다. 주안상이 끊이지 않았고 취기가 방자하면 거문고를 풀었다.

둥더덩, 둥더덩

"좋지. 얼쑤."

홍현주는 대궐의 중수공사 일을 했던 석수장이를 조묵에게 소개하여 조각 일을 시작했다. 조묵은 돼지 잡고 머리를 올려놓고 고사 지냈다. 술을 뿌려 재앙이 들지 않기를 기원했다.

"이보게들, 성심을 다해주면 보답하겠네."

조묵은 석수장이들에게 당부를 잊지 않았다.

"나으리, 염려 놓으시오. 부마께서도 당부가 있었소이다. 걱정일랑은 마시고 쌀밥에 고깃국이나 자주 해주시오."

먼저 돌에 필사한 그림을 올려놓고 먹물로 조심스럽게 덧칠을 해서 형상을 만들었다. 탁본의 역순으로 작업이 이루어진 셈이었다.

작업의 순서로 떨어져 나갈 모서리 부분이 큰 정을 맞았다. 먹줄을 따라 작은 정이 돌을 쪼아 들어갔다. 두 사람이 교대로 정질을 하고 한 사람은 마모된 정을 숫돌에 갈아댔다. 보름 만에 작품의 윤곽이 드러나게 되었다.

"육교 형님, 제가 보기에는 아무래도 닮은 것이 덜한 것 같습니다만…"

홍현주가 궁금하여 들렀다가 한마디 건넸다. 조묵이 보기에도 그림과는 거리가 있어 보였다.

"이번에는 더욱 성심을 다해주게나."

조묵은 석수장이들에게 엽전을 몇 닢씩 주면서 다른 돌로 전신상을 만들게 주문하였다. 석수장이들도 미안한지 작업을 서둘렀다. 연행사절단을 구성하고 있다는 소식이 전해지자 조묵도 작업장에 살다시피 했다. 드디어 작품이 완성되었다. 소문을 들은 김양기가 찾아왔다.

"이보게 육교, 자네와 흡사하네. 아니 똑같음세."

김양기는 아버지 김홍도의 그늘 때문에 잘 웃지도 않던 성품과는 달리 박수까지 치며 껄껄댔다.

"이 사람 궁원이. 놀리지 말게나. 솔직히 말해보게. 나랑 닮기는 했는가?"

"자네는 속아만 살았나. 내 말이 미심쩍다면 해거재를 부르게."

조묵은 김양기의 확신에 조금 안심이 되었다. 미리 준비해 두었던 두꺼운 송판으로 짠 상자에 돗자리를 깔고 석상을 눕혔다. 그리고 구석구석을 대패밥과 솜뭉치로 꼼꼼하게 채우고 나서 위에 돗자리를 덮었다. 흔들리지 않게 사방으로 단단히 동여맸다. 여러 차례 옹수곤의 석묵서루에 인편으로 연락해주던 역관을 집으로 초대했다.

"비용은 걱정 말고 제대로 전달을 해주어야 하오."

역관은 난색을 표했다.

"참말로 비용이 문제가 아니라 이런 심부름은 처음입니다. 그리고 말 두 필에다 마두가 꼭 따라붙어 교대로 가야 합니다. 서장관한테는 나으리께서 힘을 써주어야 하고요."

조묵은 서찰을 적어 놓고도 몇 번이나 고쳤다. 간절한 자신의 심정을 옹수곤에게 전하고자 고심을 거듭하였다.

수곤 형님께서 몸이 불편하다는 소식에 며칠을 두고 탄식만 거듭하였습니다. 입맛도 달아나고 탁본이 흐려 잘 보이지도 않게 되었습니다. 수곤 형님의 소망대로 불초한 저의 석상을 다듬어 역관 편에 보냅니다. 돌에 새긴 제 몸은 죽어도 죽지 않을 것입니다. 부

디 쾌차하여 아우가 다시 북경을 찾는 날에 서로 손잡고 유리창이
며 융복사를 거닐도록 기원합니다.

천제오운루에서 육교가 씁니다.

조묵이 왕성하게 그림에 몰두하던 때에는 화단에도 변화의 조짐
이 일었다. 조선에는 중국의 남종화풍에서 전래된 사의성(寫意性)이
강조되고 절제미를 추구하는 문인화가 대중적이고 일반적이었다.
그림에 작가 스스로 발문을 써넣으면서 시나 문장을 짓는 자기계발
도 필요하게 되었다. 그리고 서로 간에 시서화의 감평이 필요하였
으므로 생겨난 조직이 시사(詩社)였다. 송석원시사를 필두로 일섭
원시사와 칠송정시사 그리고 벽오사 등이었다.

조묵도 '육교시사(六橋詩社)'를 결성하고 맹주가 되었다. 그가 평
생을 두고 가까운 벗이라 할 수 있는 홍현주와 김양기의 추천에서
였다. 홍제홍이 고문 격으로 그림의 최종 감평을 맡았다. 글씨는
김정희의 눈을 빌리기도 했다. 모임의 장소는 주로 천제오운루에서
이루어졌다. 차를 마시면서 시서화를 비교 합평하였다. 또한 소장
한 서화골동의 진위와 값어치를 감정하여 의견을 제시하기도 했다.

홍현주는 정조의 차녀인 숙선옹주의 남편이었지만 사람을 가리
지 않고 뜻이 통하면 격의 없이 대하곤 하였다. 옹주와는 15세에
가례를 치르고 영명위에 봉해졌다. 형인 홍석주(洪奭周)가 우의정을
지냈다. 그도 나중에 지돈녕부사가 되긴 했지만 어디까지나 형식적
이었으며 사실상 벼슬과는 거리가 멀었다. 자연스레 육교시사의 동

인이 되었다. 조묵의 소개로 북경의 옹수곤과 오숭량(吳崇梁)과도 교류하는 계기가 되었다.

오숭량은 매화를 지극히 사랑하여 그것에 관한 글과 그림을 많이 남겨 유행을 불러일으켰다. 〈매화서옥〉의 본류라고 일컬어졌다. 조선도 문인화에 매화가 많은 자리를 차지해 유행이 불기도 했다. 매화를 화제(畵題)로 삼아 조선과 중국의 문예계는 아무런 갈등 없이 정보를 교환하고 좋은 점을 취하였다.

홍현주가 천제오운루의 육교시사 모임에 서화를 감평하는 자리에서 매화 그림을 내놓았다. 분위기가 점차 고조되었다.

"좌장이신 육교 형님께 그림 한 점을 올립니다."

즉석에서 대나무 그림을 그려 〈육교대형정화해거생〉이라 제화를 붙이고 낙관을 찍었다. 김양기가 칭찬을 아끼지 않았다.

"육교의 올곧은 품성을 그대로 잘 나타냈네."

"긍원이 칭찬을 해주니 고맙네. 답례로 해거재에게 화제에 대한 생각을 글로 써 보답을 하리다."

석보 하호가 좋은 그림을 가지고 있었다. 사숙 록호가 청운림이라고 하는 그림을 취하여, 자기 자신이 화제를 이르기를, 크게 가을과 겨울로 나누어 나의 마음을 알 수 있다. '이 겨울 숲에 깨끗한 서리 한 점이로다'라고 하였다. 형광을 대신하여 내려갔으나 종적을 찾을 길이 없었다. 다행히 계곡 물소리를 듣고 있는 사환 아이가 있어 가히 그 뜻을 얻을 수 있었다.

시사의 동인들이 모두 일어나 손뼉을 쳤다. 홍현주의 매화 그림 몇 점은 연경의 오숭량에게 보내져 평가를 받기도 하였다.

벽오사 동인 중에 김정희의 제자 조희룡(趙熙龍)이 매화 그림을 즐겨 그렸다. 주제는 역시 오숭량과 연계한 〈매화서옥도〉 작품에서 매화를 통한 예술의 완숙한 경지를 보여주기도 하였다.

김양기가 불쑥 말을 꺼냈다.

"매화서옥 그림은 전기(田琦)에게 보여 고증 감평을 받아야만 묘하게 될 것이다."

"맞는 말이야. 그리는 것과 보는 눈은 다른 법이거든."

동인의 맞장구에 좌장 조묵은 결론을 내렸다.

"침술(鍼術)에도 탁월한 고람(古藍) 전기의 〈매화초옥〉을 보면 감탄스럽소. 그림의 오른쪽에는 붉은색 지붕을 한 서옥이 매화로 둘러싸여 있어요. 왼쪽에는 거문고를 든 선비가 서옥의 주인을 만나려고 다리를 건넌다오. 단순한 묘사에 먹물과 여백, 초록색, 붉은색의 절묘한 조화는 환상적인 분위기를 자아내게 하오. 어떤 문인화보다 걸출한 작품이라 평하고 싶소이다."

김양기는 불우한 화가였다. 아버지 김홍도의 그늘이 워낙 컸기 때문이다. 따로 보더라도 이만한 거목을 만나기가 쉽지 않을 터인데 하물며 부자지간으로 세상에서 만났으니 무슨 설명이 필요할까. 그의 긍원이란 호에서 보여주듯 '뼈 사이에 살' 같은 존재였을지도 모른다. 이 또한 조묵과의 교류를 돈독하게 해준 동병상련이었다.

어릴 때부터 싫든 좋든 보고 들은 것이 그림이었다. 일찍부터 그림공부를 하였고 아버지의 엄격한 지도를 받았다. 김양기는 재주와는 상관없이 그림을 운명으로 받아들이는 수밖에 선택의 여지가 없었다. 아버지를 따라 도화서의 화원이 되었다. 세상은 그것을 두고 후광이라고 수군댔지만, 묵묵히 그리기에만 몰두했다. 산수·인물·풍속 등 다양한 소재를 익혔다. 화풍도 거의 아버지를 따랐다.

김양기는 육교시사의 동인이 되면서 활동 범위를 넓힐 수가 있었다. 조묵과 홍현주를 만나 움츠렸던 자신을 떨쳐버리는 기회로 만들었다. 아버지 김홍도보다 한 수 아래라는 평이 나돌았다. 하지만 〈월전취적도〉, 〈고목소림도〉, 〈송하모정도〉 등은 호평을 받았다.

조묵과 홍현주와 김양기는 틈이 나면 만났다. 자신들의 작품을 앞에 두고 서로 지적해주고 칭찬을 아끼지 않는 합평을 이어갔다. 연경에서 소식이라도 전해오는 날이면 시간에 구애받지 않을 정도로 심취하기도 했다.

"이게 사람이 살아가는 보람이요 맛이야! 아니 그런가. 이 사람들아!"

김양기도 모처럼 분위기에 도취되었다.

"두 분 형님들과 함께하니 세상을 다 얻은 것 같습니다."

홍현주가 즐거운 표정을 감추지 않았다. 홍현주보다 조묵이 한 살, 김양기는 두 살 연상이었다.

"자, 이런 날은 서쪽 창의 촛불 심지를 자르고 불을 더욱 밝혀 밤새 논쟁을 해야 함세. 거기 아무도 없느냐? 여기 주안상을 들여라."

조묵이 거들었다.

"내가 시를 한 수 지을까 하니 운을 띄워주게나."

홍현주가 지필묵을 조묵 앞으로 펼쳐놓았다.

"자, 긍원이 시운을 띄우게."

"아닐세. 내가 시구를 지을 테니 좌장은 거문고를 탄주하게."

"큰형님 말에 일리가 있습니다."

"둘이서 궁합이 맞구만. 그래, 내가 탄주를 하지."

***

청나라 섭지선의 호는 생림(笙林)이다. 시서화와 예술적 재능이 뛰어났다. 집에는 수만 권의 도서를 소장하고 있었다. 그는 일찍이 옹방강의 문하에서 수학하며 사랑을 받았다. 그리고 금석학의 조예는 깊어 옹방강 문하에서 제1인자로 꼽혔다. 옹씨 가문이 기울자 많은 유산을 지켜내고자 혼신을 다했다.

섭지선의 흔적은 조선에도 전해졌다. 창덕궁 안에 있는 낙선재의 현판 글씨들이 그것이었다.

조묵은 옹수곤의 소개로 섭지선과 교유하게 되었다. 특히 그의 금석문 취미는 조묵과 의기투합했다. 조묵은 서찰을 준비하였다. 특히 옹수곤의 안부를 물었다. 따로 시집인 ≪오운고략(烏雲稾略)≫에 서문을 부탁했다.

섭지선은 바로 답신을 보내 흔쾌히 받아들였다.

오운고략

서문(序文)

육교 선생이 지난날에 석묵서루에서 연을 맺고 서신을 주고받으며 옹성원과 교유하였다. 나는 그때 마침 고향으로 돌아가 있었으므로 현저하지 못하였다. 그 뒤에 성원이 나에게 홍두시(紅豆詩)를 보여주면서 강다(絳茶)에 대해 '순수하고 전아하며, 우의에 독실하다'라고 하면서 몹시 칭찬하였다. 그러던 중에 병자년(1816 순조 16) 겨울에 허담탕이 다시 육교가 지은 ≪오운고략≫을 나에게 주었다. 이에 내가 한 차례 죽 넘겨보니 홍두시가 거기에도 들어 있었다. 그런데 옹성원은 이미 죽어 그의 무덤에 숙초가 우거져 있었으므로 여러 날 동안이나 탄식하였다.

강다는 아주 뛰어난 재주와 맑고도 강한 기운을 가지고 있었다. 붓을 잡고서 지은 시문은 삼당(三唐)(당나라의 시인들 작품을 3기로 나눈 분류법으로 초·성·만당을 말한다)을 모범으로 삼았다. 이에 문아(文雅)의 장에서 말고삐를 잡았고 조회의 부에서 말을 멈추고 있었다. 속에 온축한 바는 두터웠고 겉으로 펴낸 것은 광대하였다.

심존중(沈存中)이 이르기를 '열흘 동안 불리고 한 달 동안 정련했다'라고 하였다. ≪언주시화≫에 이르기를 '한 글자 한 글자마다 잘 단련하여 용사가 부드러우면서도 함축되었다'라고 하였다. 종영(鍾嶸)의 ≪시품≫에서는 '체제는 아름답고 치밀하며 정유는 깊고 심원하다'라고 하였다.

육교의 시는 이상에서 말한 것들과 깊이 계합되는 바가 크다. 그러니 이 뒷날에 말을 몰고 나를 찾아와 함께 노닐고, 서쪽 창에서 촛불 심지를 자르면서 다시금 새로 지은 시를 펼쳐 보게 된다면, 그 시원스러움을 무엇으로 비유할 수 있겠는가.

정축년(1817 순조 17) 춘분 하루 전에 섭지선은 북경에서 묵고 있는 집인 평안관에서 지(識)한다.

자서(自序)

내가 어려서부터 시 짓기를 아주 좋아하였다. 평소에 표준으로 삼은 바는 오직 '말[言]이 남을 놀라게 하지 못하면 죽어도 쉬지를 않노라'라고 하던 한 구절에 있었다. 이에 경전을 공부하는 여가에 일찍이 잠시라도 시 짓기를 폐한 적이 없어 지은 시가 거의 1만여 수나 되었다. 그러나 다른 사람에게 보여주고 싶지 않아 기록해 둔 것이 별로 없었다.

근년에 들어 시사 문인들이 나의 시 약간 편을 주워 모았기에 내가 지은 시를 살펴보았다. 번천(樊川)의 시를 흠앙하고 있으면서 옥계(玉鷄)의 시와 같게 지으려고 했다. 그러나 이들이 시구를 얽어놓은 것을 보면 보통 사람의 생각에서 훨씬 벗어나 있었다. 그 오묘한 이치를 찾아낼 길이 없었다. 그런즉 시를 짓는 데에는 별도의 재주가 있는 것으로 배워서 할 수 있는 것이 아니다.

아, 나는 나이가 이미 반백의 나이가 되었는데 하나도 이루어 놓은 바가 없다. 그런데도 성품조차 편벽되고 졸렬하여 여기저기 떠돌다가 사그라지는 흙이나 나무로 빚은 인형과 조금도 다를 것이 없다. 그런 가운데서도 오직 성률(聲律)의 학문에 있어서 만큼은 지나치게 좋아하는 탓으로 인해, 심혈을 온통 다 기울여 노력하였다. 또한 옛사람들에 대해서도 크게 양보하려 하지 않았다. 그런즉 비록 오두막집 속에 살면서도 그 즐거움을 고치지 않았던 사람인 것이다.

다만 옳고 그름을 판별하거나 헐뜯고 기리는 데에는 각자가 자신이 좋아하는 바를 따르는 법이고 예로부터 정론이 없었던 것이다. 그러므로 사마공(司馬公)은 맹자(孟子)를 헐뜯었고 여릉(廬陵)은 두보(杜甫)의 시를 좋아하지 않았다. 그러나 끝내는 그에 대한 공안이 저절로 있는 것이다. 그런즉 헐뜯는다고 해서 손상되지도 않는 것이며 기린다고 해서 더 나을 것도 없는 것이다. 그런데 더구나 후세의 자운(子雲)이 있기를 오히려 기약할 수 있는데 어찌 알아주지 않는다고 해서 화를 낼 것이 있겠는가.

높은 곳에 올라가고, 옛일에 대해 조문하고, 먼 곳에 있는 사람을 그리고 떠나가는 사람을 전송하는 것은, 뜬세상을 살아가는 우리들이 암담하게 혼이 녹아나는 곳이다. 그런즉 내가 탄식하면서 읊조린 것은 바로 일단의 강호(江湖)에 대한 생각인 것이다.

계미년(1823 순조 23)에 중양절을 맞이하여 육교 도인이 효풍잔월헌에서 기록한다.

붓 무덤

망가진 붓이 산같이 쌓였으니 그 재주 혹 전할 수 있을는지

글씨와 그림을 공부하느라 망가진 붓이 상자에 가득하여 그것으로 붓 무덤을 만들려고 한 자루도 버리지 않았다.

석경(경서를 연구하는 일을 말한다)의 고증이 눈[雪]빛보다 더 분명하구나.

청춘의 하고자 하는 일을 다 할 사람이 누가 있겠는가

거울 속 30년 전 얼굴 이젠 보기가 싫구나.

금석문을 고증하는 데 힘을 다 기울여서 경전의 뜻을 해석하려 하였다.

윤학산(尹鶴山 : 제홍)과 함께 붓장난하며 지은 시

까만 저 먹물은 바로 우리의 정다운 친구

작은 두루마리에 구름과 연기가 제냥으로 오르락내리락.

비는 황학(黃鶴) 노인(원나라 말 산수화 4대가이며 조맹부의 생질로 시서화가 모두 능했던 왕몽을 일컬음)과 같이 슬슬 내리고

꽃 신(神)은 양봉스님(나빙을 화지사승이라 일컬어 하는 말)과 한 폭에 그렸구나.

아, 자네의 머리털은 어찌 그리도 눈같이 하얀가

나의 깨끗한 생각 싸늘하기가 얼음과 같아라.

서로 보며 친구끼리 지나간 일 얘기 하노라니

가슴을 쓰다듬자 눈물이 떨어져 정이 배나 더하는 듯하여라.

성산(星山)이 산수 묵죽에 쓰기를

반생 동안 호방한 생각을 네가 자부했으니

문장과 재기는 당나라와 명나라를 이었다.

늙은 말이 마구간에 엎드렸으나 마음은 천 리를 달릴 생각이요

엉성한 살림에 집안 꾸밀 줄 몰라 집이라곤 네 기둥뿐이었다.

그림은 고개지를 배워 비싼 값에 팔려 하고

시는 두보(杜甫)의 의발을 전해 던지면 쇳소리가 나는구나.

시인이 궁한 것은 본래 정한 것이니 자네는 걱정 말라

부귀는 원래 헌신짝같이 우습게 여기지 않았나.

도화동

짚신 신고 옛 흔적 찾아가 보니

풍경은 이미 옛날과 달라졌구나

해는 지고 마을 연기 일어나며
꽃은 없는데 나비만 날고 있구나

외로운 솔바람 벼루에 불어오고
무성한 잎 사람 옷에 그늘지네
모든 골짝 구름과 노을 속에 잠겼는데
혼자 읊으며 말[馬]가는 대로 가노라.

옹성원에 보내는 답장

헤어지고 만나는 인연 어찌 이 생뿐이리
동심(同心)은 얻기 어렵고 목숨은 오히려 가볍다네
편지에 형제가 되고 부부가 되고 싶다 말하였으니
천년만년 정 줄어들지 않으리.
(옹성원의 편지에 세세생생 형제 부부 되고 싶다고 하였음)

경오자를 살려라

거간꾼 박만수가 모처럼 조묵을 찾아왔다.
"나으리, 그간 평안하시지요."

"어서 오시게. 나도 이젠 가세가 예전 같지 않아 다른 고객을 찾아보게."

"어찌 이리도 박절하십니까요. 달포 전에도 ≪고려사≫ 낙질본과 ≪훈민정음해례본(訓民正音解例本)≫을 사들인 걸 소인은 알고 있습니다. 자, 그러지 마시고 농주나 한 잔 주시어요."

복덕이 못마땅한 표정으로 조묵의 얼굴을 살피며 거들었다.

"박 거간, 매번 이러면 곤란하네. 어여 물러나시게."

"행랑아범은 술 한 상 내오게."

조묵은 마지못해 주안상을 준비했다. 출출했든지 박 거간은 막사발에 가득 부은 농주를 단숨에 들이켰다. 왼손으로 염소수염에 묻은 물기를 닦았다.

"박 거간, 오늘은 목이나 축이고 그냥 돌아가게나."

"나으리, 알아 모시겠습니다. 단지 목 축인 값은 치르고 떠나겠습니다요."

"하여튼 고래 심줄은 늙어도 변하지 않는구려."

"나으리, 이왕 말이 나왔으니 하는 말이지만 어디 소인 때문에 속은 적이 있습니까."

"그건 박 거간의 신용이 좋은 점이지."

"나으리, 또 아니할 말로다 바가지를 씌운 적이 있습니까?"

"그것도 아니지. 한데 파는 사람의 사정을 약점 삼아 후려친 것은 아닌가? 하하하."

"오늘따라 어찌 이리도 야박하십니까. 소인의 진심을 왜곡하시니 섭섭합니다요."

"하하. 박 거간, 그냥 농을 한번 쳐봤네. 참, 아들의 과거 준비는 잘되어 가는 겐가."

"예, 나으리. 그놈이 아비의 못다 이룬 소원을 풀어주어야 할 터인데 걱정입니다. 관심 주시니 고맙습니다."

"그래, 오늘은 안평대군의 글씨라도 나왔나?"

"예엣! 어찌 아셨나요?"

"놀라긴. 정말 대군의 글씨가 맞아?"

"예. 맞긴 합니다만 종이에 쓴 것이 아니라 주물로 만든 것입니다."

"그럼 금속활자란 말인가? 안평대군의 자본(字本)이라면 경오자(庚午字)가 아닌가. 어디 보세."

"예, 맞습니다. 허나 실물은 지금 없습니다."

"실물이 없는 것이 당연하지. 수양대군이 아우 안평대군을 역모죄로 몰아 죽이고 경오자를 녹여 을해자로 만들어 흔적을 없애 버렸으니까. 빠뜨린 활자를 몇 개라도 가졌다간 역적으로 몬다는 엄포가 떠돌았지."

"나으리께서는 참으로 정통하고 영명하십니다. 하여 소인이 오늘 다른 곳보다 이 댁을 먼저 찾은 것입니다."

"그럼 당장은 실물이 없더라도 다음번엔 어디서 나오는 것인가?"

"참, 공민왕 거문고는 잘 지내고 있는 것입니까."

"잘 나가다가 어찌 강화도로 새는 것인가? 그럼 무탈하지."

"바로 그 거문고는 누가 다리를 놓았나요?"

"그야 박 거간이지 누구겠나."

"그리하면 나으리께서는 소인을 믿는 것입니까?"

"박 거간, 대체 무슨 얘기를 꺼내고자 이리도 뜸을 들이나. 이제 터놓고 말해 보게나. 대관절 경오자가 어찌 되었다는 것인가."

"소인도 나으리를 굳게 믿으니 비록 성사가 되지 않더라도 비밀은 지켜주어야 합니다. 약조하시지요."

"좋아. 약조할 테니 대관절 무엇인가?"

"나으리께서 소싯적에 거문고를 얻고 나서 북경 갈 때 《고려사》 낙질본을 거간한 적이 있었습니다. 기억하나요?"

"하다마다지."

"그때 금속활자도 몇 개 가져갔지요."

"옹방강 스승님께 보여주려고 지니고 갔지."

"그 금속활자가 아직 살아있습니다."

"어디에 말인가?"

박 거간은 소매에서 작은 두루마리를 꺼냈다. 펼치자 그림이 보였다.

"웬 화권(畫券)인가?"

"예, 나으리. 따지자면 그림과 글씨가 함께 있어 합벽권(合壁券)이 맞겠습니다. 이것이 안내도입니다."

"흐음. 이건 그림이 아니라 지도로군. 필체가 다른 글씨가 적혀있으니 어디 곡절이나 살펴보세."

왜적(倭敵)이 남한강에 닥치니 몇 자 남기노라.

우리 안채 뒤란 장독대에서 담장 사이를 잘 살펴보아라. 장독을 깊이 묻고 쓸 만한 재물을 넣어두었다. 족보와 가첩이 유지에 싸여 맨 아래 있다. 중요한 것은 주자소의 야장(冶匠)을 맡았던 선대로부터 물려받은 금속활자이다. 아름다운 갑인자와 비극의 경오자가 대부분이다. 예전에 수양대군이 흑심을 품고 조카 왕을 영월에 위리안치했다가 참살했다. 사육신과 동조한 안평대군은 강화도 교동으로 보내 죽였다. 그의 아름다운 글씨를 본보기로 하여 만든 경오자도 운명을 같이하게 되었다. 수양대군은 경오자를 녹여 을해자를 만들 것을 명했다. 선대는 불사이군의 심정으로 경오자를 다수 빼돌렸다. 이번 난리 통에 내가 죽더라도 자손들은 이를 잘 챙겨 후대에 전하여라. 충심을 다해 경오자를 살려라.

"나으리, 끝이 아니고 다른 글씨가 보이지요."

"맞아, 필체가 다르네. 어디 사연을 보자고."

호적(胡敵) 오랑캐가 임진강을 넘어 몇 자 적노라.

강화도로 떠나기 전에 위의 조부가 묻어둔 장독에서 떨어진 곳에 더 큰 장독을 묻어 집안의 남은 재물을 넣어 밀봉하여 묻었다. 만약 내가 돌아오지 못한다면 후손 중에 생존자는 장독을 파내지 말고 잘 보관하여 후대에 전하라. 조부의 장독에 있던 금속활자를 유실에 대비해 나누어 옮겨 담았다. 물시계 등을 만들다 나온 구리를 잘라 곁에 묻었으니 나중에 녹여 요긴하게 이용하여라. 못 쓰는 총포도 쇠붙이라 소중하다. 또한 조부께서 남긴 유언으로 경오자를 꼭 살려라.

"지도를 보아하니 종루시전 들머리가 맞을 것 같네."

"예. 수소문을 해보니 나으리 말씀대로 견평방 근처가 맞습니다."

"그래, 날더러 어쩌란 것인가."

"예. 지도에 그려져 있는 곳을 찾기는 하였으나 복마제구전이었습니다."

"말안장이나 고삐를 파는 곳이 아닌가."

"그렇습니다. 소인이 직접 말고삐를 사면서 돌아보았지요. 그런데 예전 장독대처럼 보이는 곳에 깨진 커다란 물독이 둘 있을 뿐입니다."

"지도의 후손이 하는 점방인가?"

"아닙니다. 몇 손을 거쳤지요."

"어쩌려고."

"나으리께서 북경을 다녀와서도 경오자에 관심을 두어서 오늘 찾아온 것입니다."

"관심이야 있지. 당시 옹방강 스승님께서 경오자가 눈에 띄면 손에 넣으라 하셨네."

"그리 하다면 소인이 방안을 구해보겠습니다."

"박 거간, 대체 이 지도는 어찌 손에 넣은 것인가."

"예, 나으리. 소인은 도성의 내거간(內居間)으로 발을 들여 구전이 좀 모이자 동사거간(同事居間)으로 잔뼈가 굵었습니다. 온갖 사연으로 찾아오는 민초들이 부지기수입니다. 대개 어려운 사람들이지요. 이 지도를 어음으로 삼아 급전을 변통해 달라고 애걸하여 속는 셈 치고 보태주었지요."

"예전에 김자점의 거문고처럼 말이지."

"예, 그렇습지요. 사실 호기심도 발동하였고요."

"좋아. 정녕 이 글 내용이 사실이라면 차용금액의 10배를 걸겠네. 대신 지도는 당사자에게 돌려주어야 하네."

"예, 예. 여부가 있겠습니까요."

"어찌할 작정인가?"

"이 일은 나으리께선 애당초 모르는 일입니다. 소인이 재주껏 조화를 부려 누구 하나 피해 주지 않고 오롯이 경오자만 구하는 방도를 찾아보아야지요."

달포가 훌쩍 지났다. 달도 없는 밤이었다. 해시(亥時) 중간에 종루에서 성문을 닫는 시각을 알렸다.

덩덩덩~.

"나으리, 박 거간이 뵙기를 청합니다."

만덕의 말에 조묵은 설핏 잠이 들었다가 깼다.

"이 시각에 호적이라도 쳐들어온 것인가. 혼자 왔느냐?"

"예. 홀몸입니다."

"들라 하고 빗장을 걸게."

"나으리, 소인이 빗장 걸고 지금 방문 앞입니다."

"허어, 참. 박 거간답네. 들어오게나."

조묵은 박 거간이 방에 들어와 인사치레하려 들자 말렸다.

"야심하니 본론에 들어가세. 어찌 되었는가?"

"예. 마구전을 잠시 빌려 발굴하였지요. 지도에 나온 독 두 개 중에 한 1개밖에 찾지를 못했습니다. 나머지는 노파심에 옮긴 것 같았습니다. 주로 금속활자만 들어있었습니다. 물건은 함부로 움직이지 못해 견본만 준비했습지요."

조묵은 촛불을 하나 더 켰다. 박 거간이 복주머니 주둥이를 열고 서안 위에 쏟아부었다.

"씻긴 했습니다만 깨끗하지 못합니다. 하나 글씨가 예사롭지 않습니다."

조묵은 서안 서랍에서 돋보기를 꺼냈다.

"갑인자와 경오자가 섞여 있네. 갑인자도 잘 생겼지만 이 경오자야말로 봉황의 날갯짓과 같구나. 아, 경탄스럽도다."

"나으리, 그 정도입니까?"

조묵은 활자에 먹물을 묻혀 시첩에 찍어보았다.

"이것 보게. 언문 활자도 있네. ㅖ와 ㅛ와 ㅑ는 세종께서 ≪훈민정음≫을 반포하고 한자음을 우리의 음으로 표기하려 ≪동국정운≫을 편찬할 적에 목활자 대신 만들었지. 한문 사이에 쓰는 토씨를 편의상 '이며'나 '이고'나 '하며'와 '하고'를 한 번에 붙여서 주조한 연주활자(連鑄活字)인 것이니 소중한 것일세."

"나으리, 언제 주조한 것입니까?"

"초주(初鑄) 갑인자라 보아야지. 바로 이 한문 갑인자를 만들면서 ≪월인석보≫ 인쇄를 염두에 두어 병행했다고 보아야지. ㄲ ㄸ ㅃ 까지 갖추었다니 감탄이 절로 나네."

"그런데 불에 녹은 흔적이 있는 활자가 많았습니다. 바로 이것입니다."

"흐음, 경오자야. 풀어야 할 숙제가 바로 여기에 있는 것이네."

"나으리 생각으로는 어찌 된 영문일까요?"

"이 무렵 역사는 나도 익히 알고 있다네. 결정적 단서는 계유정난에 있음이야. 세종께서 시서화에 능한 안평대군을 총애하였지. 특히 필체가 좋아 글자본으로 삼아 경오자를 만든 것은 다 아는 사실이지 않은가. 세종이 승하하자 세자로 30여 년 있던 문종이 보위에 오르고 얼마 안 돼 급서하며 정국이 소용돌이로 빠져든 게야. 진양대군, 아니다. 수양대군이 야욕을 드러내 단종을 상왕으로 내쳤지. 세종이 미리 알고 수양대군에게 교화의 뜻으로 부처의 일대기인 ≪석보상절≫을 엮도록 하였지만, 무위로 돌아간 셈이야. 세조가 왕위를 찬탈하자 동부승지 성삼문(成三問)은 국새를 안고 통곡하였다네. 그날 밤 박팽년(朴彭年)은 경회루 연못에 뛰어들어 죽겠다는 것을 겨우 말렸네. 여기서 단종 복위를 동지들과 맹약했다네. 단종이 세손일 적에 할아버지 세종이 집현전 학사들에게 '세자가 병약하니 이 아이를 죽음으로 지켜라'하며 당부를 내렸지. 하지만 신숙주와 정인지는 현실 정치에 빌붙었다네. 사육신이 앞장선 복위 사건은 김질과 장인 정창손의 배반으로 무위로 돌아갔네. 단종을 위리안치한 영월로 금부도사를 보내 참살했지. 이에 연좌하여 문종의 현릉을 파헤쳐 합장한 현덕왕후의 시신을 꺼내 평민으로 강등시켜 다른 곳에 아무렇게나 파묻었다네. 현덕왕후가 누군가? 바로 친 형수님이 아닌가 말일세. 또 복위에 가담한 안평대군의 흔적을 지우고자 경오자를 녹이라 명한 것이야. 이때 주자소의 야장이던 사람이 화로에 들어간 경오자를 살리고자 끌어내는 과정에 녹았다고 보여지네. 참으로 하늘을 보기가 부끄러운 일이지. 하여 ≪세조실록≫과 ≪단종실록≫은 칼 든 자들의 기록이라 역사상 가장 부실한 실록이니 허록(虛錄)이라 생각하네."

"참으로 해박하십니다. 나으리 말씀을 듣고 나니 소인은 감회가 새롭습니다."

"경오자를 보니 억장이 무너져 해본 넋두리일세. 지금이라도 이 경오자를 꼭 살리고 싶네."

"나으리, 소인은 이실직고할 일이 있습니다."

"이실직고라니? 대체 무슨 말인가."

"사실은 지도를 소인의 친척이 알선하였지요."

"무어라? 그 사람도 박가인가?"

"예. 그렇습니다. 소인도 바로 그 주자소 대장장이 야장(冶匠)의 후손입니다. 순천(順天) 박가로 박팽년의 방손이 됩니다."

붓놀림은 봉황이 몸을 뒤채는 듯하다

조묵은 옹방강과 수곤 부자와 논한 금석문에 대한 욕망이 더욱 강하게 꿈틀대기 시작하였다. 일단 부여현에 산재한 백제탑을 보고 싶었다. 대금만 데리고 나설 심산을 가졌다. 전후 사정을 얘기로 전해 들은 복덕이 가로막고 나섰다.

"도련님은 평생을 소인이 모셨는데 안 됩니다."

"알겠네. 하지만 나이도 있고 해수병이 도져 아직 몸도 제대로 추스르지 못했으니 좀 쉬게. 나 없는 동안 집안일이나 잘 돌보게."

양주 농원에서 좋은 말을 골라 왔다. 대금은 주방에 필요한 살림을 챙기고 쌀도 준비해 노새에 실었다. 객주가 멀기라도 하면 직접 식사를 해결해야 하기 때문이었다. 대금은 노숙을 하는 데는 이력이 붙은 터라 여유를 부리기도 했다.

"도련님, 이제부터 탁본 작업에는 소인이 뫼실 것입니다요."

충청도 땅에 접어들었다.

"대금이는 아버지를 여읜 지 얼마나 되었느냐?"

조묵이 말 위에서 물었다.

"십 년이 다 돼 가지요."

대금은 다소 생뚱맞은 물음에 궁금한 얼굴을 해보였다.

"나도 아버님께서 떠나신 지 이제 십 년을 넘기고 있구나. 너는 선친이 보고 싶지 않느냐?"

조묵은 멀리 보이기 시작하는 부여 쪽으로 눈길을 두고 말했다.

"천한 놈이 아버진 있어 뭐에다 쓰게요."

대금의 무심한 대답에 웃고 말았다. 궂은 날씨가 자주 발목을 잡았다. 그렇지만 멈출 수가 없었다. 비문을 탁본해서 판독하여 고증의 결과를 책으로 묶어 내자면 시간이 넉넉하지 않았다.

조묵은 부여에서 백제탑의 탁본을 마치고 백마강을 건너는 배 안에서 폭풍우를 만났다. 삼킬 듯이 용솟음치는 물기둥은 백제를 삼키려는 나·당 연합군의 기세와 진배없었다. 탁본을 가슴에 품고 허리를 굽혀 젖지 않도록 애를 썼다. 뱃머리가 요동을 쳐 뒤집힐 위기에 빠지기도 했다.

다음 해 봄에 경주부로 갔다. 의미가 있고 글씨가 좋은 비석을 찾아 친구 김양기와 홍현주도 함께였다. 홍현주는 처가인 왕실의 행사보다 조묵의 금석문 탐구에 동행하는 것이 자유를 맘껏 누리는 자리였다.

무장사는 경주의 은참산(恩站山) 산골에 자리하고 있었다. 무장사에는 소성왕의 왕비였던 계화(桂花) 왕후가 왕이 죽자 명복을 빌고자 시주를 하였다. 아미타불상을 모시면서 세운 〈무장사아미타불조성기비〉가 있었다.

"은참산은 세 번째 답사지만 처음 왔을 때 이곳에서 물으니 무장산이니 무장봉이니 하여 헷갈려 애를 먹었다네. 은참산이라 부르기 어려운 것인가?"

조묵은 고개를 갸우뚱하였다.

"부처를 좋아하여 무장사에 갖다 붙인 것이 아닌지요."

홍현주가 해석했다.

"구양신본(歐陽信本)은 색정(索靖)이 쓴 비문 아래에서 묵었다더니만 자네도 오늘 무장사에서 잘 걸 그랬어."

돌아오는 길에 김양기는 껄껄 웃으며 말했다. 홍현주도 거들었다.

"맞아요. 우리도 무장사의 비석 아래서 별들을 감상하며 동심으로 돌아가 볼 걸 후회가 막급입니다."

구양신본은 당나라 서가의 4대가인 구양순(歐陽詢)으로 신본은 그의 자이다. 구양순이 어느 날 길을 가다가 오래된 비석을 발견했는데 바로 색정의 글씨였다. 말을 세우고 한참 동안 그 비를 관찰한 다음 떠나 수백 보를 갔다가 되돌아와서는 말에서 내렸다. 다시 그 비를 보다가 피곤해지면 자리를 깔고 앉아서 사흘 동안이나 본 뒤에야 비로소 떠났다는 것이었다.

조묵은 무장사비의 초탁본을 연경의 옹방강에게 보냈다. 그의 해석이 돌아왔다. 그때까지 김생이 쓴 것이라 나돌던 소문은 맞지 않은 것이었다. 옹방강은 김육진이 왕희지의 필체로 쓴 것으로 감정을 해주었다. 글씨는 왕희지의 〈난정서〉와 〈성교서〉의 글씨를 그대로 본받은 훌륭한 비문이라고 평을 내렸다. 이를 본 옹수곤도 따라서 높이 평가했다.

"육교, 왕희지의 좋은 글씨 283자와 반자를 더 얻었네."

가을에는 그림 스승인 윤제홍과 춘천부 청평산을 찾았다. 문수원 중수비문의 기(記)를 탐독하기 위해서였다. 조묵의 심사는 스승을 모시고 유람을 잠시 하고 싶었다.

"돌아보니 어떠한가?"

윤제홍이 물었다.

"저는 이번이 다섯 번째 행보입니다만 볼수록 기막히게 아름답지요. 왕희지의 고전미와 고려의 질박한 부드러움이 녹아 강골 유연한 선필의 전통을 살린 탄연의 걸작이지요. 가히 붓놀림은 봉황이 몸을 뒤채는 듯합니다."

"참으로 절묘한 묘사일세. 왕희지가 곁에 있더라도 감탄해 마지 않을 기막힌 표현이야."

조묵의 정연한 답변에 윤제홍은 고개를 끄덕였다. 돌아오는 길에 천마산 자락에서 두 사람은 시름을 잊고 사제지간의 시간을 돈독하게 가졌다. 안면이 있는 주막에 자리 잡았다.

"이보게 육교, 나니까 하는 말인데 골동서화에 돈을 많이 쓴다는 소문이야. 아껴서 쓰게나."

술이 몇 순배 돌자 윤제홍은 벼르던 말을 기어이 입 밖으로 꺼냈다.

"스승님, 오늘은 그냥 즐겁게 보내시면 안 되겠습니까."

아픈 데를 바로 찔린 조묵은 한동안 할 말을 잊었다.

"육교는 벼슬도 없는 데다 재산까지 지키지 못한다면 어디서 대접을 받겠는가? 세상인심이란 것이 아주 야박한 것이거든."

조묵의 금석문을 향한 애착은 구양순처럼 식을 줄 몰랐다. 정해진 일정이야 있었지만, 금석의 해석이 잘 풀리지 않으면 한곳에서도 달포를 움직이지 않고 집중을 거듭하기도 했다. 그는 고산자 김정호(金正浩)의 발길처럼 팔도를 누볐다. 한 사람은 지도를 만들고자 함이요, 또 한 사람은 지도 안의 비문을 찾아 추구하는 바가 달랐을 뿐이다.

조묵은 낮에는 금석을 찾아 나섰다. 미리 취재한 비석을 탁본하였다. 또 마음에 드는 풍경은 초화로 그렸다. 밤이면 그림을 다듬고 제화시를 지어 남겼다. 시간은 한 시각도 쉬지 않고 흘러갔다.

* * *

조묵은 자신의 그림을 추려 모은 〈육교화첩(六橋畵帖)〉이 여러 권 완성되었다. 전라도 남원에 갈 준비를 했다. 이성계가 왕조를 창업하기 전에 왜구를 크게 무찔러 대승을 거둔 적이 있었다. 그곳에 있는 〈황산대첩비(荒山大捷碑)〉의 비문을 살펴볼 요량이었다. 그 다음 근처에 있는 선대를 배향한 매계서원을 찾고 싶었다.

조묵의 집에서는 주인의 취재 여행을 앞두고 부산스러웠다. 자주 있는 일이라 일사불란하게 움직였다. 대금은 야영을 할 준비를 했다. 말 2필을 골라 편자를 갈고 빗솔로 털을 다듬어주었다. 안장을 꺼내 먼지를 털고 햇볕에 말렸다. 방아를 찧어 쌀을 자루에 담았다.

찬모에게 장아찌와 밑반찬을 부탁했다. 사랑채에서는 비문 탁본을 위한 먹과 벼루를 챙겼다. 종로시전에서 사다 놓은 종이와 솜방망이도 넣었다. 거문고를 비단 보자기에 싸고 널빤지 상자에 담아 말 안장에 묶었다.

"나으리, 채비가 끝났습니다요."

"그래, 알았다. 곧 나가마."

일찍 조반을 마친 조묵은 마당에 내려섰다. 집안 식솔들이 모두 나와 전송을 해주었다. 하늘은 맑고 바람도 없었다.

"나으리, 잘 살펴 다녀오세요."

"대금이는 나으리 잘 모셔라."

마포나루에서 배를 타고 건넜다. 경기도를 지나 충청도를 거쳤다. 전라도에 들어서자 산이 점점 높아갔다.

"나으리, 남녘으로 내려가는데 어찌 산이 자꾸만 험해지기만 하는지요?"

"음, 그것은 지리산이 버티고 있어 그런 게야."

"나으리, 저기 굽은 소나무 밑에서 자리를 깔았으면 합니다만."

"그래. 그게 좋겠구나."

"그럼 진지를 지어 올리겠습니다요."

"좋아, 술도 한잔 하자꾸나."

"네이, 분부대로 거행하겠나이다."

대금은 목을 축인다는 말에 신바람이 났다.

"너는 어찌 보면 이몽룡의 방자같이 구는구나."

"그리하면 나으리께서는 이몽룡이란 말씀이신가요?"

"에끼, 녀석 같으니라고."

"그런데 춘향이가 보이지 않는뎁쇼."

"무어 춘향이라."

순간 조묵은 가벼운 현기증을 느꼈다. 잔뜩 흐린 하늘을 올려다보았다.

"나으리, 혹시 송도 마님 때문이신가요."

"녀석하고는."

"이번에 돌아가시면 송도로 한번 모실까요?"

"술이나 한잔 다오. 너도 목이나 축이거라."

"죄송합니다요. 요놈의 입방정이 도졌네요."

대금은 자신의 입언저리를 손으로 마구 때렸다.

"그럴 것 없다. 너라도 내 심사를 알아주니 다행이지 않느냐."

조묵은 갓을 벗어 놓고 돗자리 위에 벌렁 누워 눈을 감았다.

'가매야, 오늘따라 네가 더욱 보고 싶구나. 내 정인 가매야.'

남원고을 운봉에 들어서자 지리산 중턱에 구름이 걸려 있었다. 마음이 바빠졌다. 주인의 마음을 읽는 터라 말고삐를 잡은 대금의 발걸음도 서둘렀다. 조묵은 대첩비를 꼼꼼하게 살폈다.

"바람이 일기 전에 탁본 뜨자. 어여 준비를 해라."

대금은 행랑을 풀었다. 숙달된 동작으로 지필묵과 연장을 꺼내 돗자리 위에 줄지어 늘어놓았다.

"대금이도 이제 탁본장이가 다 되었구나."

"서당 개 삼 년이면 풍월을 읊는다는뎁쇼."

"그 또, 입방정을."

해 질 무렵이 되어서야 탁본이 끝났다. 그날 밤, 저녁상을 물린 조묵은 탁본을 꼼꼼하게 다시 살폈다. 몇 차례나 확인하고 마모가 있는 글자는 돋보기를 들이댔다. 전후의 문맥으로 보아 글자를 해독하여 비망록에 옮겼다.

황산대첩비

비문은 김귀영(金貴榮)이 짓고 송인(宋寅)이 썼다. 조맹부의 필체와 닮았는데 결구가 허한 곳이 많다. 높이는 14척 1촌이고 너비는 3척 2촌이다. 태조가 고려 때 왜구를 격파한 공로를 기리는 전승비다. 전라도 남원의 운봉에 있다.

객주의 주모가 차려준 아침 밥상을 비운 두 사람은 남쪽으로 여행길을 재촉했다. 사매(巳梅)는 운봉과 다른 산세를 보여주었다. 아늑한 분위기가 사방에 돌았다. 조묵은 마치 고향에 돌아온 것 같은 느낌마저 들었다. 길을 지나는 갓 쓴 행인에게 물었다.

"혹시 매계서원(梅溪書院)을 아는지요?"

말 위에서 물어서 그런지 행인은 못마땅한 표정을 지었다.

"거시기, 시방 매계서원을 찾는다요? 그 뭐시냐, 덕계서원을 찾는 거여?"

"마상에서 미안합니다만 덕계서원은 무엇인지요?"

"알았당께. 거시기 뭔고 하니, 매계서원이 홍수에 없어지고 저 짝 하류 덕계에다 옮겨 지었지라. 알것소?"

조묵은 대략 알아들었다. 매계서원이 수해를 입어 옮기면서 덕계 서원(德溪書院)으로 이름을 달리 한 모양이었다. 하지만 그의 가슴 속에는 지금의 이름과 상관없이 매계서원으로 자리매김을 했다. 말 머리를 오수(獒樹)로 돌렸다.

조묵은 서원에 들어섰다. 숙연해진 마음을 가다듬으면서 구석구 석을 돌아보고 살폈다. 비석마다 글자를 만지고 탁본을 떴다. 크게 숨을 쉬고 나서 봉안되어 있는 8현을 숭모해 보았다.

매계서원은 1781년(정조 5)에 남원 사매의 매안(梅岸)이에 창건되 었다. 시산군 문민공 이정숙(李正叔)과 5대손인 용산 이도(李燾)의 위패를 봉안하여 향사를 함으로써 면모를 보여주었다. 매안이는 이 도가 거처하던 곳이었다.

그 후 1794년(정조 18)에 숭선군 문헌공 이총(李灇), 강녕군 문경 공 이기(李禥), 호성군 이주(李柱), 쌍백당 최원(崔遠), 정재 김유경 (金裕慶), 낙재 이여재(李如梓)를 추배하였다.

조묵은 서원의 연벽에 기록된 8현의 사적을 더듬었다. 서원을 몇 시각 만에 돌아보고도 자리를 뜰 수가 없었다. 8현의 지조와 용기 있는 발자취가 그를 붙잡아 하루를 서원에서 묵기로 작정했다.

"생원 어르신. 허락을 해주시어 고맙습니다."

"아닐세. 우리가 남도 아니고 진심으로 선대들을 귀감으로 삼고 싶다니 감복할 일이라 보네."

조묵은 3일째 아침에 매계서원을 나섰다. 불현듯 아버지 이병정이 가락국 구형왕의 비문을 써주었다던 산청에 가보고 싶은 충동을 느꼈다. 지금까지 세상을 살아오면서 아버지의 존재가 너무도 절실했다. 그렇지만 동쪽으로 험준한 지리산을 넘는 것이 문제였다.

지리산은 듣던 그대로 쉽지 않은 산행길이 펼쳐졌다. 전라도와 경상도를 갈랐다. 예전에는 백제와 신라의 국경이 아니었던가. 지역 간에 교류가 없었으니 혼사도 이루어지지 않았을 터이다. 그러니 금석문을 찾아 팔도를 헤매 도는 조묵에게도 호락호락 길을 내줄 리가 없었다.

조묵은 도포를 벗어 행랑에 넣었다. 헐렁한 바지저고리의 중간춤을 끈으로 질끈 동여맸다. 가죽신 대신 짚신을 신었다. 타던 말도 직접 고삐를 잡았다. 대금은 낫과 작은 도끼를 챙겼다. 오르다 길이 없으면 만들었다. 돌도 깔고 나무를 잘라 침목을 놓기도 했다. 길을 막는 칡넝쿨이나 처진 나뭇가지는 잘라냈다. 어쩌다 보부상이나 장돌뱅이들을 만나면 서로 힘이 돼주었다. 능선의 정상에 도착하자 넓은 구릉이 펼쳐졌다.

"대금아, 여기서 좀 쉬도록 하자."

"예. 나으리께서 옷을 갈아입어야 될 것 같습니다요."

"아니다. 너도 흠뻑 젖었는데 일단 하산은 마쳐야 할 게 아니냐."

"그럼 식사부터 대령하겠습니다요."

하산 길도 그리 만만하지를 않았다. 힘은 다소 덜 들지 모르겠으
나 말들이 문제였다. 미끄러지기도 하고 나무에 걸리기라도 하면
비명을 지르곤 했다. 경상도 땅에 발을 내딛자 조묵이 껄껄 웃어
댔다.

"하하! 네 녀석 몰골이 어찌 그 모양이야."

"히히, 나으리께서도 만만치 않는뎁쇼."

"뭐라? 내 모습도 그리하냐?"

두 사람은 힘든 고통 속에서도 웃음이 터졌다. 행색은 말이 아니
었다.

다음 날이었다. 산청현의 동헌으로부터 5리쯤 떨어진 주막에서
식사를 했다. 김유신의 증조부이자 금관가야의 마지막 군주이던 구
형왕 능의 위치를 물어 찾아갔다. 초입에 재실이 있어 안내를 청했
다. 큰 돌무덤이 보였다. 참배하여 예를 올리고 사방으로 술을 뿌
렸다.

조묵은 아버지가 구형왕을 기리며 지은 비명을 찾았다. 비명에
쓴 아버지의 문장을 찬찬히 읽어 내렸다.

山淸縣王山仇衡王畵像碑銘

산청현왕산구형왕화상비명

왕의 성은 김씨요 휘는 구형이니 생시의 이름으로 사후의 호로
한 것은 예로부터 있는 일이다.

지리산 날가지 동으로 뻗어 산청현이 되었고 산은 왕산이니 산 중턱에 닦은 곳은 왕대요, 대 밑에 고찰은 왕산사요, 절 백여 보에 높이는 세 길이고 칠 층 층계로 된 묘소는 전설에 대왕릉이라 한다. 능이 유달리 영험해서 넝쿨이 뻗지 못하고 오작이 넘지 못했다.

임진왜란에 왜병이 파헤쳐 보물을 찾으려 하더니 홀연히 큰비가 퍼부어서 그 군사를 냇물에 몰아넣었으니 수한과 질역에 빌면 문득 영험을 보았다. 정조 무오에 영남이 크게 가물더니 고을 사람 민경원의 무리가 축문 지어 기도해서 비가 내리니 사람들이 다 신기하게 여겼다.

중이 또한 간수했던 목함을 내어 보이는 이는 고승 탄영의 기록이요 그 글에 이 절은 옛 가락국 구형왕의 별장으로 왕이 이에 장사하니 때는 양나라 대통 4년이었다.

왕의 손자 대장군 김유신이 7년을 시능하고 사당을 세워 구형왕의 명복을 빌고 수로왕의 묘당을 세웠다. 신라 문무왕은 외손으로 밭 30경을 주어 향화를 받들게 했다. 또 그슬린 벽에서 판각을 얻었으니 가락국 구형왕이 활과 칼을 이곳에 두었다는 기록이 있으니 절의 내력이 믿음직하다.

이에 김씨 중에 구형을 조상으로 하는 수천 명이 달려와 중에게 궁검을 추궁하는데 중이 감히 숨기지 못해서 그 감춘 것을 다 내놓으니 활은 썩었고 칼은 무디다. 또 화상 두 폭, 옷 한 벌이 있으니 한 폭은 구형왕 화상이라 썼으니 심히 기이해 존형을 분별할 수 있고 한 폭은 상고할 수 없으나 왕후복을 입었으니 왕비 계화의 화상인 듯하다. 옷은 푸른 비단으로 안을 받혔고 품이 갑절이나 크다.

이에 서로 이르기를, 이제 선조가 가신 지도 1,200여 년이로되 영정과 옷이 이 절에 있으니 사찰은 변했으되 신명이 보호하여 모든 물형이 완연히 어제와 같으니 이는 하늘의 도움이다.

이제 발천하기는 우리의 책임이 아닌가 하고 마침내 묘소를 수축하고 사당을 세워 당세 유명한 군자를 찾아 각각 그 글을 구하였다. 왕의 후손 경목(景穆)이 내 집을 찾아와 나에게 구형왕 화상 비문을 청하거늘 예로부터 화상은 찬과 기문뿐이요 일찍이 비문이 없었다. 그러나 그 후손이 이미 사당을 세워 유상을 봉안하고 비를 세워 그 사실을 기록하는 것이 무엇이 불가하리오.

살펴보니 〈동국사기〉에는 가락국 수로왕이 한나라 광무 18년 임인에 섰다 하고 또 이르되 양무제 31년 임자에 가락국 김구형이 신라에 항복했다 하니 이후 사기에 궐문이 있는 듯하다.

한 광무 임인에서 양무제 임자년까지는 491년인데 구형이 수로의 10대라 하니 491년간에 어찌 10대뿐이리오. 사기에 수로왕은 158세라 하니 그러면 가락왕이 대대로 같은 수를 누렸단 말인가?

또 이르되 왕태자 대각간 김서현이 벼슬이 상상에 이르고 대장군 김유신이 삼한을 통합해서 왕의 아들 손자가 저같이 존귀했거늘 왕이 비록 나라를 사양했으나 어찌 심산궁곡에 은둔했으리오. 혹자는 왕이 자리를 피해서 지리산에 우유했다 하니 이 말이 그럴 듯하다.

아! 옛날 서에 언왕이 백성들에게 전화를 차마 보지 못해서 명성 무원산에 도망했다 하니 왕이 나라를 버린 것이 이에 견줄 수 있다.

대개 신라가 나라를 세움이 인후해서 박(朴) 석(昔) 김(金) 셋 성이 서로 왕을 이었다. 당(唐) 우(虞)의 겸양한 풍토를 다시 볼 수 있고 이로써 경순왕이 싸움을 기다리지 않고 나라를 가져 고려에게 항복했다. 모르는 이는 국력의 피폐라 하나 아는 이는 나라보다 백성을 중히 여김이라 하니 왕의 사양한 뜻을 족히 짐작할 수 있다.

이러므로 구형 경순의 자손이 그 수효 한이 없고 지금까지 복록이 무궁하니 적덕에 보응을 여기에 징험했도다.

방금 성군이 임하여 교화 크게 행하여 비로소 주나라 예를 숭상하니 마전숭의전 문화삼성사 경주 경순왕 묘당을 차례로 이룩해서 함께 표현해 후손에 물려주었다. 그 크나큰 공덕은 족히 천지신명을 감동하고 구형왕 1,000년 자취가 세상에 드러날 때가 된 것이다. 그러나 내 말이 족히 넉넉지 못하니 제공의 이해를 바라거니와 다만 왕의 여유 있는 처사를 기록하고 은둔한 사실을 기록하고 적어 덕행을 숭상하는 군자에 고증을 삼고자 한다.

이에 찬하노니,

혁혁한 가락국은 수로가 창시했네. 현왕이 대를 이어 큰 터전을 닦았더니 구형에 이르러서 어진일 다시 보니 그러나 사양함이 백성을 위함일세. 열의와 덕행 간에 마음은 한 가지니 뉘 능히 알까? 상천이 살피셨네. 방장산 동녘이요, 건방으로 다진 터에 왕궁을 이룩하고 임금이 거하셨네. 긴 활과 큰 칼이야 자취가 만연한 터에 신령한 빗소리에 기록이 드러났네. 왕령이 소소해서 맑은 물이 솟아난 듯 화상은 엄정해서 당상에 임하신 듯 왕이여 후와 함께 비단옷 곤룡포라 기뻐서 모인 사람 자손이 분주하네. 좌우에 이 정성을 행여나 잊지 마소. 사양해 보전하니 뉘 왕에 비길소냐? 가신 지 천 년이나 산수가 장원하니 이같이 기록하여 무궁을 읊어보세.

숭정대부 행예조판서 겸 의금부사 지경연춘추관예문관제학 동지성균관사 이병정 찬

조묵은 비명을 손가락으로 찬찬히 더듬어 보았다. 그리고 아버지의 이름을 속으로 불러 보았다.

'숭정대부 행 예조판서 이병정. 아, 내 아버지여.'

조묵은 바람이 잦아들자 자리를 깔았다.

"대금아, 오늘은 여기서 야숙을 하자꾸나."

"예, 소인은 괜찮습니다요. 혹시 나리께서 고뿔이라도 찾아들까 걱정이 태산이지요."

"해가 아직 남았으니 근방에 술이나 뿌리고 우리도 음복이나 하자꾸나. 너도 목을 축이거라."

"예, 예. 나으리."

대금은 흥타령까지 중얼댔다. 달이 뜨자 조묵은 거문고를 뜯어 심사를 달랬다. 대금은 자장가 삼았다.

조묵은 오랫동안 각고 끝에 신라와 백제 또한 고려시대의 비문을 탁본 발굴하게 되었다. 옹방강의 훈도가 길잡이가 되었다. 옹수곤의 조언이 세세한 부분에까지 미쳐 더욱 경지로 치달았다.

≪나려임랑고(羅麗淋瑯攷)≫를 엮기에 이르렀다. 부록으로 쓴 〈탁비비결(拓碑秘訣)〉은 탁본하는데 실제 현장에서 필요한 길잡이로서 그동안 누구도 계몽한 적이 없었다. 대개가 금석문을 한답시고 탁본을 한다는 것이 누가 하면 따라서 하기 마련이었다. 본인은 방법을 제대로 연마하여 정성을 다해 좋은 글씨를 구할 생각은 별로 하지 않았다. 수하를 시켜 먹물만 잔뜩 묻혀 글씨를 알아보기 힘들었다.

나려임랑고

서문

금석고증가는 진적을 가벼이 여기고 석묵을 중히 여기는 뜻은 어째서인가. 진적은 시대가 멀어지면 전해지기 어렵고 전해져도 혹 모방하기 쉬워 믿기가 어려우니 의심의 여지가 없는 석묵만 도리어 못한 것이다.

우리나라 풍속은 옛것을 숭상할 줄 모르거니와 탄환이 수차례 지나가고 병화에 다 타버려 남아있는 것이 없으니 지금 어디에 나려(羅麗, 신라와 고려)의 진적이 있겠는가. 이른바 진적이라는 것도 세상에 많다. 그러나 자세히 기색을 살펴보면 모두 모작이다. 김생의 금서수능, 고운 최치원의 금서반야경과 진감국사비 탁본을 지난번 옹성원에게 주니, 서찰에 석묵은 고마워하되 진적은 달가워하지 않았다. 그 또한 진적이 아닌 진적을 경시하고 진적인 석묵을 중시하는 뜻이 아니겠는가.

아, 구양신본은 색정이 쓴 비문 아래에서 묵었고, 조자고는 배가 침몰함에 생명을 경시하고 보물을 중시하였다.

전대의 풍류를 흠앙할 수는 있으나 미치지는 못한다. 나는 결구 섭자(입구가 없는 족집게. 구실을 못하는 무능력자를 말한다)와 같다. 다만 글자 배우기를 좋아하여 천 개 붓의 털이 다 닳고 오로지 금석에 전념하여 성명을 거기에 의지하였다. 그 후에 옹담계 스승에게 찾아가 외람되이 전등(옹방강의 가르침을 전수 받았다는 것을 말한다)을 입고 더욱 묘리를 받았으니 천하의 지극한 즐거움이 어찌 이 배움보다 더함이 있겠는가.

나려의 석묵은 가장 청준하고 속기가 전혀 없어 육조 시대의 풍미가 완연하다. 그러나 조극(조자고의 발길을 말한다)이 미치지 못해 발굴될 길이 없어 마침내 명월야광(감출래야 감출 수 없는 귀한 물건을 의미한다)으로 하여금 몇천, 몇백 년 동안 매몰되게 하였으니, 한탄스러움이 극심하다.

이에 널리 찾아 1,000여 개의 비석 중에 7개를 골라 자세히 척촌을 헤아리고 미목을 구분하니 모두 지극한 보배여서 그 나머지는 견주어 말할 것이 하나도 없다. 인각비, 홍법비, 백월비는 가장 오래된 것인데, 인각비, 백월비는 반이 꺾였다. 세 비문이 이미 수서가 아니고 돌 위의 글자가 모두 우리나라 사람의 집자라서 또한 신령한 빛이 없다. 우리나라에서 주조한 종(鍾)·정(鼎)·경(鏡)·패(牌)는 극히 거칠어서 탁본하여 감상할 수가 없으니, 모두 놔두고 논하지 않았다. 내가 지은 시는 다음과 같다.

첩첩 산봉우리 가시덤불 헤치며 몇 번이나 나루를 물었던가

용나무 그림자 드리워 명경(비석을 말한다)에 남아있는 봄 가리우네

신라, 고려 명사들 진심으로 감복하여

필치 한가롭기가 진나라 사람 같네(진나라 명필인 왕희지를 일컬음)

만 길 되는 무지개 드리운 푸른 바닷가에서

종래 품은 옥은 조연에게 부끄럽네

신룡이 솜씨 부린 숭양첩(소동파의 천제오운첩을 말한다)의 꿈을 꾸어

한 번 웃고 배에 오르니 달이 안개 속에 잠기네

이해를 먼저 밝히면 소신이 굳지 못한 법

언젠가는 반드시 청정한 마음으로 진실한 인연을 맺으리라

백제의 비를 찾은 저녁에 괴이한 비와 몰아치는 바람이 객선을
두드릴 줄을 누가 알았으리오.

내가 신미년(1811년) 가을에 평백제탑을 탁본하고 돌아오는 배
안에서 비를 동반한 태풍을 만났다.

내 마음과 넋 항상 옛 비석 앞에 가더니

소담(옹방강을 말한다)에게 뜻을 부친 지 14년일세

자금산의 운해 기운을 받으니

시문에서 야호선을 깨우쳐주네(참선을 실제로 하지 않고 들여우
가 사람을 속이는 것처럼 허위로 한다는 비유로 쓰이는데, 여기서
는 참된 시문을 짓도록 깨우침을 받았다는 것을 말한다)

기억하건대 옛적 백운사에 갔을 때

꾀꼬리 소리 적막하고 꽃들도 보이지 않았네

산등성이 편석 한 편에 정간(바위에 새겨진 글씨를 말한다)이 남
아있어서

탁본하노라니 괴이한 폭포 소리 하나가 되었지

옥을 합하고 구슬을 꿴 듯이 맹서가 새로우니

천제오운첩의 계통(옹방강의 학맥을 말한다)은 누구에게 이어졌
는가
우리나라의 비문 탁본은 도통 법이 없으니
간절히 부탁하노라 참 진리는 일찌감치 찾기를

육교와 홍두는 본래 같은 뿌리이니(이조묵과 옹수곤은 학문의 연
원이 같다는 말이다)
한 번 죽고 한 번 사는 것 말할 게 없으리(두 사람의 우정이 생사
와 무관하게 불변할 것임을 말한다)
금석 같은 인연도 중도에 끊어지니
남긴 비갈을 볼 때마다 문득 초혼가를 부른다네

홍·조 풍류 해외에는 없으니(조는 조맹견을 말하는데 우리나라
에는 견줄만한 인물이 없다는 뜻)
누가 옥척을 가지고 치수를 증명할까
기고함을 탐미하는 고질 벽이 걸렸으니
오히려 옆 사람이 나를 보고 웃지 않을까 두렵네

보배로운 흙 묻은 진주가 시내에 숨겨 있다가
밀몽화가 피니 신령한 빛이 점철되었네
어리석은 마음 빠진 곳은 생사를 가벼이 여기니
층층 산봉우리 건너려다 다시 애간장 끊어지네

琴客＊붓놀림은 봉황이 몸을 뒤채는 듯하다 265

도광 갑신년(1824 순조24) 6월 12일 산곡(山谷) 생일에 육교가 길
금악석지헌에서 쓰다.

신라비 모두 4홀

평백제탑

하수량(賀遂良)이 짓고 권희소가 썼다. 글자는 대해체로 힘차고
강하고 준엄하여 마음과 넋을 놀라게 하니 우리나라 제일의 진귀한
볼거리다. 현경 5년 경신년(660 신라 무열왕) 8월 기사 15일 계미에
세워졌다. 너비는 16척 2촌이며 높이는 5척 2촌 5분이다. 글자는 총
117행인데 전면은 70행에 행당 16자이고 후면은 47행에 행당 20자
이다. 액자는 전서이다.
건륭 갑인년(1794 정조 18)에 태풍이 불어 탑의 반이 부러졌으니,
이것은 아직 부러지기 이전의 옛 탁본이라는 증거가 된다. 부여현
백제 옛터에 있다.

유당 신라 고 지리산 쌍계사 교시 진감선사비명

비 글자는 정해체이다. 전 서국 통순관 승무랑 시어사 내공봉 사
금어대 문창후 최치원(崔致遠)이 짓고 전액을 아울러 썼다. 필법이
수려하고 호방하여 꼭 온갖 꽃이 만개하고 기이한 산봉우리가 날고

있는 깃 같다. 높이는 6척 2촌이고 너비는 3척 1촌이다. 글자는 총 28행인데 행당 모두 70자씩이다. 그 상단은 부러지고 후반은 한쪽 모서리가 약간 떨어져 나갔다. 진주목 지리산에 있다.

신라 무장사비

수 대남령 김육진(金陸珍)이 짓고 비문을 아울러 썼다. 행서체로 난새와 봉황이 날아올랐다가 내려앉았다가 하는 듯이 황홀하여 사람을 놀라게 한다. 파손된 부분까지 자세히 변별하니 17행이 되었고, 중간에 가장 높은 곳은 1행이 24자로 총 283자와 반자(半字)이다. 자료를 보면 이 비는 정원 16년에 세워졌다고 하는데, 상고하건대 금사의 정원 연호는 4년째에 바뀌었으니 그렇다면 이 비는 단연코 당나라 정원 연간에 세워진 것이 분명하다. 경주부 은참산에 있다.

해동 고 신행선사비

당 위위경 국상 병부령 겸 수성부령 이간 김헌정(金獻貞)이 지었다. 동계사문 영업(靈業)이 글씨를 썼다. 산음의 정백을 얻고 완연히 관노의 풍미가 있어 기뻐할 만하다. 원화 8년(813 헌강왕5) 세차 계사 9월 경술 9일 무오에 비석을 세웠다. 높이 5척 6분, 너비 2척 5촌이고 글씨는 합하여 29행이고 행당 모두 63자씩이다. 비문은 행서와 해서이다. 전폭이 갈라지지 않았고 오직 끝 모서리에 1자가 없어졌다. 진주목 지리산에 있다.

고려비 모두 3홀

고려국 청평산 문수원기

비문은 행서이고 비액은 대해체이다. 건염 4년(1130 인종8) 경술에 사문 탄연(坦然)이 썼다. 정의대부 국자감대사성 보문각학사 지제고 김학철(金學轍)이 기록하였다. 붓놀림은 마치 봉황이 몸을 뒤채는 듯하다. 보는 순간 이와 같으니, 비록 매우 기울고 돌도 이미 조금 닳긴 했지만, 미인을 느지막하게 만난 한탄이 없지 않다. 높이는 4척 5촌, 너비는 2척 7촌이며, 도합 29행이고 행당 48자이다. 춘천부 청평산에 있다.

고려국 봉선 홍경사갈기

비문은 대해체이고, 전서 7자가 가로로 쓰여 있다. 태평 6년(1026 현종17)에 세워졌다. 한림학사 선의랑 내사사인 지제고 겸 사관수찬관 사자금어대 최충(崔沖)이 지었다. 봉의랑 국자승 백원례(白元禮)가 썼다. 풍골이 빛나고, 정신이 맑아 예천명과 자못 유사하다. 옹담계의 시에 '옥돌 원석이 완전한 가운데 화씨 옥이 윤이 나고 달이 차사 비로소 금빛 물결 원만함을 알았네' 하였으니, 이 옥돌을 일컬은 것이다. 높이 5척 6촌, 너비 2척 9촌이고 모두 25행에 행당 모두 46자이다. 직산현 소사에 있다.

고려국 조계종 굴산 아래 단속사 대감국사의 비명

비문은 행서이고 비액은 대해 정서로 '대감국사비명' 6자이다. 수 태보문하시랑 평장사 판리부사 수국사 겸 태자태사 치사 이지무(李之茂)가 지었고, 보현사 주지 대오 중대사 기준(機俊)이 전액과 아울러 썼다. 필법은 밖으로는 방종한 듯하나 안으로는 실로 엄밀하여 공경스럽다. 대금 대정 12년 (1172 명종2) 임진 정월에 비를 세웠다. 높이 7척 8촌 6분이고 연달아 가로로 비액이 있다. 너비는 3척 7촌 7분이고 모두 32행에 행당 모두 72자이다. 비석 하단에 크게 갈라진 곳이 있어 93자가 결락되었다. 비액의 사면에 모두 똑같이 연화, 동자, 길운, 선학이 있다. 새기고 다듬고 깎고 치장한 것이 매우 공교하고 우아하여 대정천범(금나라 때 전폐를 주조하는 양식이다)이나 주경배천(송나라 때 주조된 순원원보를 말하는데 천(泉)자가 새겨 있고 전서체이다) 식과 유사하니 다른 비석에는 없는 것이다. 진주목 지리산에 있다.

***

조묵은 오랜 현장답사 과정에서 얻은 금석문의 탁본 경험을 살려 유의 사항을 별도 부록으로 남겼다. 지금껏 아무도 계몽한 적이 없는 일이었다.

탁비비결

비문 탁본 방법은 여름·가을의 바람 없는 날이 적절하고 겨울철은 적절하지 않다. 우선 깨끗한 물로 씻어내어 모래나 진흙을 말끔하게 다 없앤 다음 분당지를 돌에 펴놓고 세세히 물을 한 번 뿜어준다. 종이가 조금 마르기를 기다렸다가 극세사 흰 모포를 종이 위에 붙이고 나무망치로 모포를 두드려서 글자가 파인 곳에 매우 깊이 들게 한다. 그리고 먹을 쓸 때는 고루 깨끗이 하고 가볍게 문질러주어야 한다.(망치는 반드시 평평하고 둥글어야 잘 두드릴 수 있고 종이가 찢어지지 않는다) 종이 위에 글자 무늬가 깊이 베이고 고루 마르기를 기다린다. 그 다음에 홑 명주천으로 가는 솜을 싸고 실로 입구를 단단히 묶는데 이는 바로 글자를 탁본할 때 먹을 쓰는 주단자(紬團子 솜방망이)이다. 수십 개를 만들어 상등품 향묵(香默)(풀기가 적은 것이 좋다)을 간 먹물을 고루 묻혀 주단에 스며들게 하는데, 재차 세심하게 마음을 써야 탁본함에 본 모습을 온전히 다 드러내어 한 가닥도 숨김이 없게 된다.

방망이의 대소는 글자의 대소에 따라 구애받지 않고 시기에 따라 적절히 제작한다. 만약 높고 큰 비석을 탁본할 때는 큰 주단자를 쓰되 가운데 솜을 가득 채운 것을 쓰는 것이 알맞다. 모름지기

빈 종이를 비석 옆에 두고 탁본하려고 할 때에 우선 방망이에 먹을 묻힌 두 개의 방망이를 서로 두드린다.(방망이와 방망이를 맞부딪혀 두드리면 주면이 평평하고 세밀해진다) 이어 빈 종이 위에 먹의 농도를 시험한 다음 고루 세밀하게 재차 탁본을 해야 정문(正文)이 다 전하지 못한 묘를 십분 얻을 수 있고 비록 심히 갈라진 곳도 원래의 모습을 드러낸다. 〈복초재집(復初齋集)〉 주에 이르기를 '매양 돌 변두리가 깨진 곳을 만나면 더욱 사랑스럽다'한 것이 뜻이다.

옛것을 찾아서 변한 것을 고치는 데에 이 일이 근본이 된다. 우리나라는 본래 금석학이 없어 비석 탁본은 많으나 모두 각공에게 맡겨 먹을 잔뜩 묻혀서 함부로 휘두른 흔적이 남아있다. 또한 경중이 고르지 않고 자체의 굵기나 명암의 구별에 있어서 본래의 면목이 다 없어졌다. 그리하여 이 안에 있는 묘미와 진가는 깊이 조사하고 연구하는 자가 아니라면 분석해 낼 길이 없다. 내가 고질 벽으로 인해 이 기술에 실로 정교하므로 이 비결을 발설하니, 작용(作俑 ; 용은 나무로 만든 움직이는 허수아비. 사람이 죽어 함께 묻었는데, 공자는 이것을 못마땅하게 말했다. 이후 나쁜 예를 처음 만드는 것을 빗대어 하는 말이 되었다)하였다는 비난이 없겠는가. 동호인 군자들은 다행히 세심하게 살핀다면 금석과의 인연이 무한할 것이다.

육교가 보충하여 붙인다.

조묵은 나려임랑고가 완성되자 화학비결의 초고를 시작했다. 그림을 그리면서 알아야 할 사항들을 몸소 체험한 것을 제시한 서목(書目)이었다.

윤제홍에게 먼저 복안을 드러냈다. 김양기와 홍현주에게도 지원을 요청했다.

화학비결

서문

수묵으로 회화를 시작하는 데에는 아는 바도 있지만 모르는 경우도 많아 몇 자 남기고자 한다. 처음 하는 이는 사군자로 해야 함은 기본이며 난초를 먼저 쳐야 필법을 따른다 할 것이다. 그림에 입문하고자 하는 이들을 위해 조언으로 화학비결(畵學秘訣)이라 이름 붙인다.

예로부터 매난국죽(梅蘭菊竹)의 사군자(四君子) 가운데 난초는 군자의 기상이라 여름을 상징한다. 또한 방위로는 남쪽을 일컫는다. 처음 중화에서 난에다 사람의 정신적 가치와 의미를 두었다. 우리도 그와 별반 다르지 않다.

난초는 붓으로 끊지 않고 단번에 선을 그어야 하는데 선인들은 이를 두고 '친다'라고 한 것이다.

(…….)

검은 학의 춤

세월 앞에서 꼿꼿한 사람은 아무도 없었다. 옹수배를 이어 옹수곤도 죽었다. 옹방강은 아들 일곱을 모두 앞세우는 비극이 너무나도 원망스러웠다.

"아비보다 먼저 간 놈은 자식이 아니야."

옹방강의 심정은 하늘이 몇 번이고 무너졌다.

'아, 내 자식들. 왜 이리도 천수를 누리지 못하는 것인가? 세상을 다 주어도 수곤이라도 살릴 수만 있었다면 내가 죽어도 여한이라도 없을 진데…. 하늘이시여, 어찌 이리도 무심하십니까. 아, 내 석묵서루. 이 많은 진적들. 어이한다. 어찌하면 좋을꼬.'

옹방강의 탄식은 그칠 줄을 몰랐다.

앞서 섭지선은 조묵의 시문집 ≪오운고략≫서문에 이렇게 적었다.

'뒷날에 말을 몰고 나를 찾아와 함께 노닐고, 서쪽 창에서 촛불 심지를 자르면서 다시금 새로 지은 시를 펼쳐 보게 된다면, 그 시 원스러움을 무엇으로 비유할 수 있겠는가'

서쪽 창에서 촛불의 심지를 자른다는 말은 일찍이 당나라 이상은의 시에 이런 구절이 있었다.

'어찌하면 함께 서쪽 창의 촛불 심지를 자르면서, 파산의 밤비 내리던 때를 얘기해볼까.'

정다운 친구와 함께 밤을 지새운다는 말이었다. 섭지선은 조묵에게 사행의 역관 편으로 초청장을 여러 차례 보냈다. 조묵은 사모의 정에 몸져눕게 되었다. 기우는 가세처럼 자신의 몸도 점점 쇠약해져 갔다. 불현듯 스승 옹방강과 단금지교의 벗인 옹수곤을 무덤이나마 보고 싶어졌다. 그리고 옹수곤의 어린 아들 인달이라도 만났으면 하는 마음이 간절해졌다.

1828년(순조 28) 2월이었다. 조묵은 무조건 행장을 꾸렸다. 그러나 예전 같지를 않았다. 남의 어려운 사정을 돕고 골동서화 수집에 가세가 줄어들어 형편이 말이 아니었다. 그는 무작정 의주나루에서 기다리다 보면 1년에도 몇 차례나 가는 사신행차에 반당 자리라도 얻어 가려고 작정을 한 터였다. 늙은 복덕이 울면서 만류하는 것을 가까스로 뿌리치고 대금이만 데리고 송도를 향했다. 송도에 도착하자 유수에게 면담을 요청했다.

"유상께서는 그간 강녕하신지요."

"그래, 자네가 청원한 서찰은 잘 살펴보았네. 전관 자제의 청이라 허가는 하겠네. 한데 퇴역을 앞둔 가기를 속량시켜 어디다 쓰려고 하는지는 모르나 비용이 만만치 않을 걸세."

"소인에게 관용을 베푸신 유상 어른께 깊이 감사드립니다."

"정히 그리하겠다면 먼저 당사자의 의견을 알아보도록 하시게나."

유수는 감역을 불러 가매의 의사를 물어보도록 하였다. 객사에서 면담이 이루어졌다.

"내가 이참에 자네를 속량시킬 것이네. 이제부터라도 오로지 자신만의 뜻대로 한번 살아보게나."

가매는 느닷없이 찾아와 관기의 몸에서 풀어준다는 조묵을 보고 한편으로는 반갑기도 하지만 당황스러웠다.

"서방님, 저도 이제 퇴기 소리를 들을 때가 되었으나 갑작스레 무슨 변고이신지요?"

"나도 이제 늙어가나 보네. 유수께 고하여 허락을 받았으니 그리 알게."

"서방님, 설마 소첩을 댁으로 들여앉히려고 하기는 만무하고 대체 무슨 연유이신지 듣기라도 해주셔요."

"나하고 금강산이나 함께 갔으면 하네. 세상에 태어나 금강산은 보고 죽어야 할 게 아닌가."

"정녕 그리하시고 싶으면 소첩이 한 달간 말미를 얻겠습니다."

"유상 어른과 이미 약조를 하고 끝난 일이니 더 이상 토를 달지 말게나."

그날 저녁이었다. 가매는 자신에게 일찍이 아버지와 함께 창가(唱歌)를 가르쳐 목을 트이게 해주었던 퇴기의 집을 숙소로 삼았다. 기둥마다 걸린 등이 불을 밝히고 있었다. 가매가 마당에 들어서자 퇴기가 맨발로 뛰어나와 얼싸안았다.

"가매야! 어디 보자. 네가 정말 속량을 받았다는 것이냐?"

"네, 어머니. 이제야 풀려 나왔어요."

두 여인의 눈물바다는 조묵의 헛기침 소리에 다소 가라앉았다. 진정이 되자 퇴기는 조묵을 안방으로 들였다.

"나으리, 소문대로 인물 좋고 훤칠 하구만요."

안내를 마친 퇴기는 반색을 했다.

"아니야, 아닐세."

조묵은 민망한지 얼굴이 달아올라 돌아서서 도포의 끈을 풀었다. 뒤따라온 가매가 도포를 받아 들였다.

"서방님, 천천히 하셔요. 세숫물을 대령할게요."

"가매, 아닐세. 내가 우물가에서 씻으면 되는 것이야."

"무언 말씀을 그리하셔요. 찬물에 아니 됩니다. 서둘러 준비할 겁니다."

조묵이 가매의 팔을 잡았으나 소용이 없었다. 찬물을 비우고 다시 물을 데워 담아 왔다. 가매는 조묵을 보료에 앉히고 버선을 벗겼다. 보료 앞에 큰 수건을 깔더니 세숫대야를 올려놓았다. 조묵의 맨발을 물에 담갔다. 김이 나는 물속으로 가느다란 가매의 손이 헤엄치듯 발가락 사이로 파고들었다.

저녁상을 물리고 주안상이 차려졌다. 백자주병의 목이 학처럼 길었다.

"가매야, 술병이 빼어난 네 자태를 닮아 보아줄 만하구나."

"서방님, 저더러 몸 둘 바를 모르게 하시려고 그리 놀리십니까?"

"그런 것이 아니라 진심으로 하는 말일세."

"더욱 부끄러워집니다. 소첩이 술을 따르겠습니다."

가매는 난생처음 맛보는 자유가 기뻤다. 몸도 마음도 스스로의 뜻대로 움직이고 생각할 수가 있다는 사실에 놀랐다.

조묵은 술잔을 받아 들고 생기 가득 찬 가매의 얼굴을 바라보았다.

"참으로 아름답구나."

"어인 말씀이신지요."

"동짓달의 꽃이라고."

"이 철에 꽃이 어디에 있습니까? 소첩은 도무지 알아듣지를 못합니다."

조묵은 술잔을 내려놓고 두 손을 뻗어 가매의 얼굴을 매만졌다.

"살아있는 꽃이 여기에 있지 않느냐."

"소첩이 꽃이라니요. 지나친 칭찬이십니다."

"병들어가는 나를 이리도 성심을 다하니 고맙네."

"천부당입니다. 소첩이야말로 너무 고맙고 감사할 따름입니다. 어찌 이 은혜를 갚아야 할지 백골난망입니다. 서방님."

"자, 이제 지필묵이나 좀 내오게나."

가매에게 시구를 받아 적으라고 일렀다. 그녀의 붓 잡은 고혹적인 모습을 보니 언젠가 윤제홍과 동행했던 청평산 문수원이 새삼 떠올랐다.

"자네의 붓놀림은 마치 봉황이 몸을 뒤채는 듯하네. 교태는 없지만 옆에서 보아는 줄만 하네. 아, 늘그막에 다시 만난 미인을 어찌하면 좋을까."

"서방님. 소첩을 놀리지 마시어요. 서글퍼집니다."

"그래, 그래. 좋은 생각만 해도 턱없이 부족한 시간인데 미안하네."

가매의 눈가에 생기기 시작한 잔주름이 그녀의 인생 여정이 새겨 있는 듯했다. 하지만 사십을 바라보는 여인의 자태가 어머니 같은 푸근함을 주었다. 가매의 눈에 맺힌 이슬을 보자 조묵의 볼에도 한줄기 눈물이 흘러내렸다.

가매는 떨리는 손으로 조묵의 옷을 천천히 거두었다. 조심스레 자신의 속곳을 벗어 내렸다. 두 정인은 서로를 탐하여 가졌다.

***

조묵은 날씨가 풀리자 가매와 동행하여 금강산을 향했다. 말을 한 필 더 구하고 새 마부도 그동안 신세 졌던 퇴기의 오라비로 삼았다. 대금은 하는 일이 반으로 줄어들어 못마땅한 표정을 지었지만, 주인이 하는 일이라 어쩔 도리가 없었다.

금강산. 우뚝우뚝 솟은 36개의 큰 봉우리와 운해 사이로 드러나는 1만 3천 개의 작은 봉우리에 감기는 순간이었다. 금강산의 이름이 봉래산, 풍악산, 개골산으로 여럿인 이유를 알 만했다. 계절 따라 변화무쌍한 존재를 단 하나의 이름에 가둘 수가 없음이었다.

조묵은 그림을 그리고 시를 짓고 기행잡기를 비망록에 적어 나갔다. 가매도 뒤질세라 즉흥시를 지어 창가로 응대를 해나갔다. 조묵은 절경에 취해 탄식을 거듭했다.

금강산에 들어

일찍이 본 적 없는 산을 보니 두 눈이 새로워
숭양(崇陽)의 진귀한 서적 누가 그린 것일까(단구금강진경첩을 휴대하였기 때문에 말한 것이다.)
비석에 임할 때마다 옹(翁 ; 옹방강을 말함)의 재주 기억나고
바위에 조아릴 땐 초야의 도인 잊지 못하네
찬 못에 달 잠기니 구슬에 눈물 흐르고
빈 골짝에 가을 깊어 회나무에 비늘이 생겼구나
고목이 된 등나무는 노인처럼 몸이 구부러지고
당목으로 치는 종소리 전생의 인연인 듯하네.

조묵은 시첩을 펼치더니 시상이 떠오르는 대로 절구를 이어갔다. 가매도 시 세계에 흠뻑 빠져들었다.

"그림으로는 어찌 이 아름다운 경치에 맞춰 들을 수 없는 산새들이 지저귀는 소리며 바람 불 때 나뭇가지가 장단을 맞추는 소리와 계곡에서 흐르는 물소리를 드러낼 수 없는 것이 아쉬울 따름이다. 글로서는 아무래도 기기묘묘한 금강산의 아름다움을 나타낼 수 없

는 일이 또한 한탄스러울 뿐이로다."

조묵의 탄식에 가매도 울적해졌다.

"서방님께서 금강산의 자태를 그림과 글로 못다 표현함으로 찬사의 극치를 보여주었습니다. 참으로 절묘합니다."

"가매야, 아닐세. 다만 내 재주가 미치지 못하여 나온 말일세."

며칠 후. 조묵은 구룡연을 화첩에 초화를 그리고 나자 시를 한 수 지었다.

구룡연

참(參)을 만지고 정(井)을 거쳐 아득히 돌아갈 수 없는데
흩어져 뜬 아지랑이 푸르고 희미하네
천 척(千尺) 은하수가 하늘에서 떨어지고
사시사철 내리는 세찬 비는 세간에 드물다네
마음 오싹한 큰 못에는 벼락이 싸우는 듯
혼백 씻은 벼랑에는 하얀 비단 날리는 듯
이름난 선비의 문장 응당 여기 있을지니
깊이 읊조리는 골짝에 구름이 일어나네.

조묵은 시흥에 도도해졌다.

"대금아, 거문고를 내오너라."

대금은 군말 없이 넓은 바위를 골라 자리를 깔았다. 거문고를 조

심스레 옮겨 왔다. 봄볕이라 하나 바위는 차가웠다. 조묵은 현줄을 고르고 가매는 술대를 꺼내 바른 것으로 골라 수건으로 닦아놓았다. 조묵은 가매가 건네준 술대를 잡았다.

슬기둥, 슬기둥, 쌀갱

거문고를 달래며 탄주에 들어갔다. 가매는 추임새를 넣었다.

"얼쑤, 좋아요."

한 달하고 반이 걸려 금강산을 돌아보고 송도로 돌아왔다. 퇴기가 미리 사둔 가세가 기운 양반이 살던 집은 크지는 않지만 가매가 살기에는 부족함이 없어 보였다.

조묵은 며칠 밤을 새워 가면서 유람기록을 정리하였다. 가매가 교정을 보아주어 작품을 완성하기에 이르렀다. 〈금강산기(金剛山記)〉가 탄생되었던 것이다. 퇴고에 이어 탈고가 끝나자 이별의 날짜가 다가왔다. 가매는 정성을 다해 주안상을 보았다. 조묵은 취흥에 젖어 들었다. 가매는 언제나처럼 지필묵을 준비하고 다소곳이 앉아 정성을 다해 먹을 갈았다.

서호(西湖)를 위해 난죽 그림에 쓰기를

병든 몸으로 솔바람 시원한 고조헌을 걸어 닫고 있으니
방긋방긋 웃는 난초 성 낸 듯한 대나무를 뉘와 함께 논할쏘냐.
은비녀 잡혀 술 사 오던 일 참 재미있었는데

서호의 부인이 은비녀를 잡혀서 술을 사다 대접해 주었다.
지금 새로 지은 시를 대추나무에 새기려 하는구나.

향불 피우고 이십 년 동안 잘못한 일 곰곰이 생각하며
거나하게 취해 이재(彝齋 ; 조맹견)의 미묘한 글씨를 모방하고 있
구나.
푸드득 물새 소리에 그림자가 물같이 얼렁거리니
어제 오신 시인은 비에 막혀 가시지 못했네.

조묵은 시를 한 수 짓고 나자 한숨을 크게 쉬었다. 다시 붓을 들
어 가매의 속치마에 먹물을 그었다.

天際烏雲含雨重

하늘가 검은 구름은 비를 머금어 무겁고

조묵은 가매에게 말했다.
"자네는 지금부터 오운(烏雲)이라 개명을 하면 어떨까 싶네."
"서방님께서 원하시면 그리 따르도록 하겠습니다."
오운은 슬피 울었다.
"자네가 이러면 난들 마음이 편하겠는가. 이제 진정을 하게."
그래도 그치지 않았다.

"자사, 이보게. 내 한 가지 청이 있네."

그때서야 오운이 고개를 들었다.

"서방님, 소첩에게 무슨 청이 있습니까? 무엇이든 말씀만 하셔요."

"이름을 오운이라 하였으니 검정 옷으로 갈아입고 나를 위해 춤사위를 한번 보여주었으면 하네."

"예, 서방님. 소첩이 할 수 있는 일이라 바로 거행하겠습니다. 잠시만 기다려 주셔요. 하온데 어찌 검은색인지요."

"본시 거문고라는 현학금(玄鶴琴)의 이름이 검은 학이 날아들어 지었다는 뜻일세. 검은 학을 자꾸 부르다 이름이 되었다는 것인데 틀림없는 대답이라고는 장담은 못 하겠네."

"소첩이 오늘 검은 학이 되어 춤을 추겠습니다. 부족하더라도 잘 보아주시기를 바랄 뿐입니다."

오운은 윗목에 놓인 삼단 옷장을 열어 검은색 치마저고리를 찾아냈다.

"서방님, 잠시만 돌아앉으시면 어떨까요?"

"허허, 우리 사이에 내외를 한다는 겐가? 갈아입는 동안 내가 눈을 감을 테니 안심하고 일을 보게나. 하하하."

"서방님께서 하신 끝말에 웃음소리가 안심이 아니 됩니다."

"허어, 이 사람이 여태 속고만 살았나. 알았으니 돌아앉겠네. 하하하."

조묵이 돌아앉자 오운은 서둘러 붉은색 비단 저고리의 고름을 풀었다. 조여 있던 젖무덤이 제 모습으로 솟아올랐다. 이어서 치마

끈을 풀어 내렸다. 하얀 속치마가 드러났다. 손이 떨리고 이마에는 진땀이 났다. 검정색 치마를 집으려고 머리를 숙이는데 조묵이 갑자기 돌아앉았다. 오운은 화들짝 놀라며 젖가슴을 가리려 했지만 쉽지가 않았다.

"서방님! 그러시면 아니 됩니다. 도세요. 어서요."

"뭘 그리도 오래 지체하느냐. 다 된 줄 알았다네. 하하하."

"서방님, 제발요. 정히 이러시면 소첩은 밤새 울고 말 것입니다."

"알았네, 알았어. 내 그리함세."

조묵은 여유를 부리고 가슴께를 훔쳐보며 마지못해 돌아앉았다. 오운은 서둘러 옷을 갈아입었다.

"서방님, 이제 돌아보셔요."

조묵은 돌아앉으며 오운의 자태를 살폈다.

"이보게, 오운이 맞는가? 내 눈이 의심스럽네. 아까는 한 송이 매화꽃이더니 지금은 한 마리 검은 학이 분명하네."

"서방님, 소첩을 너무 놀리지 마셔요. 탄주를 하시면 곡에 맞추어 춤을 한번 춰 보이겠습니다."

조묵은 거문고를 안아 무릎에 올렸다. 다소 느린 곡으로 오운이 몸을 풀도록 배려해 주었다. 오운은 치맛자락을 살짝 들자 하얀 속치마와 버선이 돋보였다. 검은 겉치마와 배색을 이루어 자극적이었다.

두 사람은 호흡이 잘 맞았다. 서로 눈길만 지나도 다음 동작이 무엇인가를 알 수 있을 정도였다. 한바탕 가무를 즐겼다.

"아, 아! 한 마리 검은 학이 춤을 추네."

조묵은 감흥에 복받쳐 혼잣말이 터져 나왔다. 한숨 돌리기로 하였다. 오운은 그와 마주 보며 벽에 기대고 앉았다.

여자는 손을 내밀어 남자의 손을 잡는다. 열이 나 뜨겁다. 남자는 잡힌 손에 힘을 주어 앞으로 당긴다. 여자는 바로 남자의 품으로 넘어온다. 남자는 오른팔로 여자의 목덜미를 감아 조심스레 방바닥에 눕힌다. 놀란 새처럼 가슴이 팔딱거린다. 남자는 여자의 옷고름을 푼다. 날개 같은 검은 저고리 안의 하얀 적삼은 남자의 욕구를 자극한다. 남자의 왼손은 치마끈을 찾는 사이에 입술은 여자와 포개진다. 여자의 입술에서 단내가 난다. 남자의 입술은 젖무덤 사이로 내려와 양쪽을 탐한다. 여자가 신음소리를 낸다.

"아, 서방님. 오운의 서방님."

남자도 따라한다.

"아, 오운아. 내 사랑아."

남자의 손이 치마 속으로 들어가자 여자가 허리를 든다. 세상이 끝나기라도 하는 양 격정의 도가니에 빠져든다. 두 정인은 촛불이 생명을 다하도록 몇 차례나 혼절하다 살아난다.

오운은 조묵이 곤히 잠들자 몸 치수를 재어 밤을 꼬박 새면서 옷을 지었다. 떠나는 날 아침이었다.

"이 돈으로 땅마지기를 장만하여 여생이라도 눈물 없이 살게나."

"오직 서방님만 믿고 속량에 동의하였는데 떠나시면 소첩은 누굴 믿고 살란 말입니까. 예, 서방님."

"오운아, 자넨 내 몸 반쪽이야. 우리는 떨어져 있어도 같이 있는 것이나 진배없다네. 한시도 어긋남이 없이 마음속에 가슴 안에 언제나 함께하는 것이야."

예전에 그랬듯이 오운은 밑반찬을 만들어 챙겨 주었다. 알음을 통해 준비한 백삼이며 홍삼을 실었다.

"서방님, 부디 부디 몸조심하셔요. 혹여 무슨 일이 생기면 소첩도 세상에 없는 사람입니다. 하오니 첫째도 둘째도 몸조심이어요. 아셨지요. 꼭이요."

조묵은 떨어지지 않는 정을 두고 의주로 향했다.

돌아오지 않는 강

조묵은 의주에 도착하여 예전에 연행할 때 묵었던 민가에 행장을 내려놓고 일만을 찾아보았다. 그는 연경에 들어가 만나지 못하고 겨우 준석에게 연락이 닿았다. 준석은 머지않아 연경에 가는 사신이 의주에 당도할 거라 했다. 이번 사신은 청나라가 서역에 있는 회강을 토벌하여 평정하자 우리나라에서 진하사를 보내는 것이라고 했다.

정사는 남연군 이구(李球)였다. 남연군은 종실로 정조의 배다른 동생인 은신군(恩信君)의 양자로 입적하였다. 하지만 한직의 말석으로 별로 두각을 나타내지 못하고 있었다.

1828년(순조 28) 5월 1일 저녁 무렵에 사신 일행이 용만에 들어 의주성 남문으로 들어왔다. 그들은 내선각에 짐을 풀었다.

5월 3일에 아침에는 가랑비가 오더니 맑아졌다. 조묵은 백일원에서 관기들의 말 달리기를 구경하면서 여유를 즐기는 사신 일행의 거동을 살폈다. 정사의 반당인 김노상에게 명함을 건네준 터라 언제 부를지 모르기 때문이었다.

5월 5일 천둥 치고 비가 왔다.

그래서인지 모두 객사에 머물렀다. 비장이 와서 정사가 찾는다고 알려왔다.

"소인 전 판서 이병정의 자제 조묵이라 합니다."

"그 재산이 많다던 이 대감 말인가. 그래 무슨 일로 나를 보자고 했는가?"

남연군은 사람을 물리고 이조묵과 독대했다.

"소인이 경오년에 북경에 가서 옹담계 스승님과 사제의 연을 맺은 바가 있었습니다. 하나 옹씨의 가업이 몰락하여 천애 고아가 된 손자가 하나 있어 한 번 돌보았으면 하여 북경에 가고자 청을 드리는 바입니다."

"그 유명한 옹담계라면 나도 익히 알고 있는 터이고 자네 또한 이름이 조선에서 모르는 사람이 없을 정도 아닌가. 나로서는 그리 어려운 일도 아니고 손해 볼일은 없을 것 같네. 하하하."

"종실 나으리, 소인이 예물을 준비할까 해서 무엇이 필요하신지 말씀해주시면 고마울 뿐입니다."

"허어, 무슨 당치 않은 소린가. 내 비록 종실이라고는 하나 알다시피 가난한 선비일 뿐일세. 정히 그렇다면 내 아들 중에 그림을 좋아하는 녀석이 하나 있네. 아직 열 살이 안 되었지만, 난을 치는 것이 제법일세. 내게 지병이 있는 터라 장래를 알 수가 없으니 답답하네."

"소인이 어떻게 하면 되겠습니까?"

"참, 한마디 농이 진담이 되는 건가. 자네는 재산가이고 그림에 재주가 있으니 후일을 보아 내게 어음을 하나 써줄 수가 있겠나? 하하하."

"얼마짜리면 되겠습니까?"

"이 사람아, 그냥 내게 믿을 신자 하나면 족하네."

信

조묵은 그 자리에서 소품으로 묵란을 치고 신자를 쓰고 자신의 수결을 마쳤다.

"소문대로 그림이며 글씨가 보통이 아니구먼. 소장한 서화골동이 조선 제일이라 들었네. 전조의 공민왕 거문고까지 손에 넣었다니 정말 대단한 일이야."

"부족하여 면구스럽습니다."

조묵은 남연군의 비장으로 동행하기로 결정을 보았다.

5월 9일 날씨가 맑았다.

조묵은 대금을 민가에 남게 하고 통역이 가능한 준석이 마두로 같이 가기로 정했다. 아침밥을 먹자마자 비장의 차림으로 뱃나루로 나갔다. 도강하는 광경은 오래전에 그가 일행을 이끌고 압록강을 건너던 모습과 별반 다르지가 않았다. 다만 계절이 다를 뿐이었다.

5월 10일 아침에는 맑았다.

책문에 이르렀다. 남연군이 조묵을 찾았다.

"점심을 여기서 같이 드세나."

"상방 어른, 소인은 몸 둘 바를 모르겠습니다."

"이 사람아, 무언 말인가. 자네 선대도 종실이니 우리는 같은 종친이 아닌가. 너무 어려워 말게나."

"왕실이라면 소인 외할아버지의 누이께서 효순왕후가 되시지요."

"아, 그럼 외조부께서 함자가 조재호 대감이란 말이지. 효순왕후께서는 나한테 종조할머님이 되시지. 그 참, 묘한 인연일세그려. 그럼 우리 사이는 종친에다 사돈 간이 되는 셈이네."

남연군은 조묵의 손을 끌어 굽은 소나무 그늘로 왔다. 두 사람은 주방에 일러 점심을 준비시켜 같이 먹었다. 그날 저녁 남연군은 조묵에게 온돌을 한 칸 내주었다. 주위에서는 정사의 파격적인 처사에 놀라는 눈치였다.

5월 16일 날씨는 맑았다.

낭자산 아래 숙소에서 아침밥을 먹고 40여 리를 가서 옥보대에서 점심을 먹었다. 낮에 길을 재촉하여 요동성 남문으로 들어갔다. 서문으로 빠져나와 관제묘를 거쳐 백탑을 지났다. 요동성은 봉황성의 두 배는 되었다. 태자하를 건너 영수사참에 도착했다. 책문에서 이곳까지를 동팔참이라고 불렀다.

조묵은 오래전에 지나갔던 길이라 눈에 낯설지는 않았다. 사신 일행이 머무는 객점에 짐을 풀었다. 주인의 말로는 5리만 가면 폐허가 된 성이 있는데 예전의 요동성이라고 했다. 그곳에는 조선 역관들이 심양에 들어가기 전에 미리 병든 말이나 못쓰게 되고 귀찮은 물건들을 버리고 간다고 일러주었다.

여름이 가까워서인지 저녁을 먹었는데도 해가 서산을 넘지 않고 있었다. 조묵은 준석을 데리고 바람이라도 쏘일까 하고 버려진 성으로 발걸음을 옮겼다.

버려진 요동성은 흡사 송도의 만월대와 같은 분위기를 자아냈다. 여기저기 성곽이 무너져 돌덩이들이 널려 있었다. 한 바퀴를 돌아

나오는데 성문 옆에 벽을 기대고 사람 형상의 석상이 비스듬하게 서 있었다. 머리 위 갓 모양이 눈에 들어왔다.

"나으리, 이것도 혹시 골동품이 아닌가요?"

준석이 지나가는 말로 떠들었다. 조묵은 무심코 석상을 쳐다보게 되었다.

"아니, 이럴 수가. 세상에 이럴 수도 있단 말인가!"

조묵이 옹수곤에게 보냈던 자신의 전신 석상이었던 것이다. 갓테가 몇 군데 떨어져 나갔다. 콧날과 한쪽 귀가 약간 부서졌지만 틀림없는 자신의 모습이었다. 조묵은 충격에 빠져 망연자실 하늘을 올려다보았다. 소리쳤다.

"아, 수곤 형님이 이 석상을 보지도 못하고 세상을 떠난 것이었구나! 아아! 이 일을 어찌해야 한단 말인가!"

조묵은 석상 앞에 주저앉고 말았다.

"아, 하늘이시여! 어찌 이리도 가혹하십니까!"

그는 석상을 끌어안고 통곡했다. 한없는 서러움이 밀려와 진정할 수가 없을 지경이었다.

"수곤 형님! 지금 하늘에서 내려다보고 있나요? 한 마디라도 해 보세요! 천지신명께 고하여 이 석상을 하늘에라도 형님께 올려보내고 싶습니다!"

소리를 또 질렀다. 메아리만 돌아올 뿐 대답이 없었다. 역관에 대한 배신감보다 지난 일들이 손에 잡힐 듯 주마등처럼 흘러갔다. 김정희의 소개장을 들고 뛸 듯이 좋아하던 날. 연행을 준비하던 설

레임. 홍제다리를 건너던 감격. 송도에서 가매를 만나던 벅찬 기쁨.
압록강을 건너며 불안에 찬 기대. 중국을 처음 본 광경. 극락을 찾
은 석묵서루에서의 빛나는 추억들. 지혜로 가득한 스승 옹방강. 예
지에 찬 단금지교 옹수곤. 검은 학의 오운.

'아, 이 모두가 부질없는 일이었단 말인가? 나는 왜 태어났는가?
사람은 과연 무엇으로 사는가? 어떻게 살아야 제대로 구실을 하고
행복하다고 할 것인가?

조묵은 울다가 지쳤다.

'아, 이 처지로 북경에 간들 무슨 소용이 있을까? 이제 마음을 내
려놓자. 이대로 죽기 전에 고국산천으로 돌아가자.'

주변이 어두워지고 별이 총총하지만, 준석은 주인을 말릴 재간이
없었다.

다음 날 날씨가 흐리고 요동 벌판에 바람이 일었다. 사절단은 남
연군과 조묵이 이별을 하느라 지체되었다.

"종실 나으리, 그간의 배려에 고마웠습니다. 장도에 몸조심하시
기 바랍니다."

"이 사람아, 웬만하면 같이 가자고 하겠네만 결심이 섰다니 잘 돌
아가게나. 참, 이보게. 보아하니 들고 다니는 해시계를 가졌던데 연
행 동안에만 내게 빌려 줄 수가 없는가?"

"아, 예. 앙부일구 말씀이군요. 저야 이제 시각을 알아서 뭐 하겠
습니까. 종실 나으리께서 연행 길에 요긴하게 쓰시지요."

"이보게 염치없는 소리라 면구스럽네."

"아닙니다. 부디 장도에 무탈하시기를 진심으로 바랍니다."

조묵은 가죽주머니에서 길이가 한 뼘 폭이 반 뼘 정도의 휴대용 앙부일구를 남연군에게 건넸다. 사신 일행은 연경으로 떠나고 조묵은 압록강을 보고 말머리를 돌렸다.

조묵은 의주에 도착하였다. 준석에게 수고비를 웃돈을 얹어주었다. 준석은 울먹이면서 헤어졌다.

"나으리, 부디 만수무강하셔야 합니다."

"오냐. 너도 몸성히 잘 지내도록 하여라."

조묵은 천근 같은 시간을 따라 송도에 다다랐다. 해가 넘어가기를 기다렸다. 대금에게 짐을 실은 월따말을 챙겨 객점에서 식사를 하게 하였다.

조묵은 말을 몰아 오운이 사는 동네로 향했다. 동네 어귀를 지나 오운의 집 담 너머로 안방에는 불이 켜져 있었다. 바느질을 하는지 창호지에 비친 쪽진 머리가 숙였다 일어나곤 했다. 그는 차마 대문을 두드릴 용기가 나질 않았다.

'아, 어찌하면 좋을꼬. 내 사랑 오운아. 정녕코 어찌하면 좋단 말인가.'

조묵은 자시(子時)가 넘도록 망부석이 되어 있었다. 안방의 방문 그림자는 한결같은 동작으로 고갯짓을 이어갔다. 축시(丑時)가 가까워오자 때 이른 장닭이 홰를 치는 소리가 들려왔다. 안방의 그림자는 그때서야 하품을 하는가 싶더니 두 팔을 들어 올리며 기지 개를 켰다. 저고리를 벗다가 손을 뻗자 호롱불이 한번 일렁거리더 니 꺼졌다. 조묵은 하늘을 올려다보았다. 수많은 별들이 제각각 빛을 발하고 있었다. 한 가닥 유성이 꼬리를 물고 만월대 쪽으로 떨어졌다.

조묵은 눈물이 났다. 슬픔을 참기가 어려웠다.

재갈 물린 월따말의 고삐를 다잡아 방울을 묶은 채 조용하게 남 쪽으로 향하였다.

금객, 마지막 탄주에 지다

조묵은 두모포에서 한강을 배경으로 산수화를 그리고 있었다. 동 행한 김양기는 그림은 둘째치고 놀리기에 바빴다.

"자네는 갈수록 한강을 찾는 빈도가 많아지는 걸 보니 아직은 청 춘일세."

"긍원이, 내 나이 먹어보면 알 걸세. 지는 해라야 강물을 붉게 물 들이고 죽어가는 광경을 보고 싶어 할 것이네. 그때는 내 말일랑은 하지 말게나."

"그나저나 송도댁은 안녕하신가?"

"아, 그래. 잘 지낸다네."

"이보게 육교. 전조의 거문고는 안녕하신가."

"에끼 이 사람. 친구의 보물들을 놓고 비웃다니 안될 말일세."

조묵은 붓을 강물에 씻으면서 맞받았다. 이에 질세라 김양기는 지나가는 나룻배를 가리키며 너스레를 떨었다.

"조자고는 배가 침몰하면 사람보다 골동품을 중시한다더니 자네도 같지 않을까 걱정스럽네. 하하하."

조묵은 언뜻 맞을지도 모른다는 생각이 들었다. 어느덧 해가 기울고 있었다. 붉게 물들어가는 석양을 향해 날아가는 한 무리의 기러기 떼가 보였다. 조묵은 혼잣말을 중얼거렸다.

"석양을 따라 나는 기러기나 내 처지가 같은 것이야."

김양기가 자신을 보고 말하는 줄 알았는지 대꾸를 했다.

"뭐라 했는가?"

"아닐세. 이 그림의 화제를 정했다는 말일세."

"무엇으로 정했는가?"

"〈한강낙안〉이라 이름 지었네."

한강낙안이 이조묵 자신의 처지를 보여주듯 완성되었다. 그가 이 무렵에 그린 〈취산담소〉에는 왕유의 시를 적어 넣었다.

산길에 비가 내리지 않았는데 짙푸른 산이 옷을 적시네

얼마 뒤에 조묵은 부채를 준비해 김양기를 집으로 불렀다.

"이보게. 자네 솜씨로 주야운 선생의 〈하부도〉를 모방하여 이 부채에 그려주게. 그런 다음에 시를 한 수 남겨주면 고맙겠네."

"좌장의 부탁이니 그리하겠네만 위중한 병이라도 걸린 것인가?
실로 걱정이 태산일세. 하하하."

"하하. 들키고 말았네. 그 많던 유산을 골동서화에 탕진하고 알거
지를 면치 못하니 마음의 병이 위중하다네."

"이보게, 육교. 탕진은 아닐세. 사내대장부의 벽(癖)을 아낌없이
부렸을 뿐이라네. 그동안 자네 덕분에 우리 동인들은 눈 호사를 누
리지 않았는가 말일세. 세상 어디에 가서 그토록 진귀한 골동서화
를 만나보겠는가. 자, 지필묵과 물감이나 내놓게나."

주야운의 붓끝은 깨끗하고 시원해

꽃과 잎사귀가 서로 어울리고 오리는 두 마릴세.

천리(千里 ; 김양기의 자)의 교묘한 생각이 그 많은 것을 덜어 내

오리 한 마리 잎사귀 하나가 더 재미있게 되었구나.

아무리 꽃은 없고 잎사귀만 있다 하나

꽃 없는 것이 격조는 되레 높구나.

그림 속에 담긴 팔만사천게(八萬四千偈)는

섶에다 불을 당겨 참 법만 찾아왔네.

1837년(헌종 3) 5월이었다.

조묵은 자신의 감식안이 녹슬기 전에 거문고에 이름을 새겨 역
사의 기록으로 삼고자 하였다. 왜곡되지 않은 진실을 남기고 싶었

다. 거문고가 언제 자신의 손을 떠날지 모르기 때문이기도 했다. 별점을 보아 길일을 택했다.

조묵은 목욕재계하고 거문고의 비단 보자기를 풀었다. 큰 바위 사이에서 고사한 석상자고동의 판대 위에 거북이 등가죽으로 만든 노란색 대모장식, 학슬에 매단 향낭에 옹골차 보이는 6줄의 현금이 금방이라도 소리를 낼 기세였다. 손을 올려놓고 현줄을 조율했다. 몸통을 살뜰하게 만지고 쓰다듬었다. 눈을 감고 구석구석 나뭇결을 감촉으로 느꼈다. 눈으로 손으로 마음으로 가슴으로 상통하여 혼자만 알고 있었던 공민왕 거문고의 비밀이 희미하게 흔적으로 남아 있었다. 향을 살랐다.

"거문고에 이름을 올린 사람들은 이제 떠나야 할 때입니다. 소생의 목숨이 경각에 달려 이제 이야기를 주고받을 수 없게 되었습니다. 이제 미련을 거두고 제 손에 모든 것을 맡겨주기를 바랍니다."

거문고를 뒤집었다. 지필묵을 준비하여 찬문의 초안을 잡아갔다. 먼저 수십 년을 맴돌던 거문고의 이름을 정했다.

恭愍王琴

'공민왕금'을 적고 다시 먹을 갈았다. 붓을 다잡았다. 찬문을 적어 내려갔다. 몇 번에 걸쳐 문안을 손봐 고쳤다. 전각도 여럿을 숫돌에 갈았다. 거문고에 새겨진 여러 사람의 이름이며 낙관들을 지웠다. 조묵 자신의 이름도 지웠다. 붓을 들었다. 그 위에 이름을 지어 각인하고 찬문을 새겼다.

공민왕금

찬문

현금이 넉넉하기는 동료와 같지만 환패는 지보로 삼을 만하다.
공민왕이 신령스러운 오동을 얻어 이것을 만들었으니
그 후 야은이 진장하고 명현고사들이 그 맑고 상쾌한 소리와
가락을 특여사로 삼아서 다투어 켜지 않음이 없었다.
택당의 명과 문서등과 더불어 진실로 아꼈으니 이제 거의 마멸
되었으나
그 짙은 세간에 직명하기에 충분하여 다행스럽게 여기는 바이다.

정유년에 대를 쪼개는 날 육교는 이에 제를 찬한다

조묵은 거문고를 당겨 끌어안았다. 왼손으로 줄을 누르고 오른손
으로 현을 강하게 당겼다. 술대가 없어도 소리는 제대로 울렸다.
덩더둥, 쌀갱.
'아, 이 소리는 울음이야. 망국의 한을 뿜어내는 거문고의 울음소
리야.'

조묵은 평생을 두보의 〈강상치수여해세〉에 나오는 시구를 가슴에 담고 살았다.

爲人性癖耽佳句
語不驚人死不休

나는 본디 성벽이 멋진 시구를 아주 좋아해서
말이 남을 놀라게 하지 못하면 죽어도 쉬지 않노라

1840년(헌종 6) 입춘이 돌아왔다. 조묵은 정초부터 몸져눕는 날이 많아지더니 이때가 되어 더욱 사그라지고 말았다.

가세도 주인을 따라 더욱 기울어졌다. 몸도 마음도 집안도 쇠락하였다.

조묵은 그동안 팔도를 다니면서 모은 금석의 탁본을 정리했다. 그리고 고서들을 분류하여 누구든지 찾아보기 쉽게 색인을 해두었다. 자신이 그린 그림과 시문들을 순서대로 묶었다.

연경에서 구입한 그림을 꺼내 펼쳐 보니 옹방강과 수곤 부자와 주학년이 더욱 그리워졌다. 만나지는 못했지만 수많은 진적들을 보내며 그때마다 수고를 아끼지 않던 섭지선도 고마웠다.

'아, 그들이 스스로 나서 인맥이나 학맥을 동원하여 자신의 일처럼 책을 소개하고 그림을 주선해 주며 골동기완을 감식해주지 않았던가. 피붙이라 한들 어느 누가 그렇게 진심을 가지고 나서 줄 수가 있을 건가. 만사를 제쳐두고서 오직 나만을 위해 이 보물들을 모아 주지 않았던가. 지난날 마지막 시간을 앞두고 석묵서루에서 담계 스승님의 심사도 이토록 절실했을까.'

조묵은 그림을 차례로 어루만져 보았다.

소동파의 〈묵죽도〉. 보물 1호였다. 조간(趙幹)의 〈단림노옥도〉가 눈에 들어왔다. 유송년(劉松年)의 〈추강조어도〉, 관도승(管道昇)의 〈수정계죽도〉가 차례를 기다렸다. 예운림의 〈소림노옥도〉와 왕몽의 〈범라산도〉를 쓰다듬었다. 구십주(仇十洲)의 〈은산누각도〉, 문백인(文伯仁)의 〈추림배회도〉를 넘기고 여기(呂紀)의 〈노주설안도〉는 아직 녹지 않은 눈밭에 와 있는 느낌을 주었다. 나양봉의 〈필매화도〉가 펼쳐지자 얼굴에 기쁨이 잠시 돌았다.

글씨를 펼쳤다.

옹방강의 글씨와 편지를 눈으로 손끝으로 보고 만졌다. 옹수곤의 글씨를 열자 눈물이 앞을 가렸다.

'수곤 형님. 곧 만나 세세생생 헤어지지 말아요.'

섭지선의 글씨는 너무나 정갈하였다.

조묵은 고려사람 정홍진의 〈묵죽도〉를 펼쳤다. 김부식의 손자인 군유의 〈묵죽도〉 또한 손색이 없었다. 무인 최우의 글씨에 눈길이 멈추었다.

'할애비 충헌의 글씨를 닮은 것이야. 초서는 마치 날랜 송골매가 하늘을 날고 가벼운 바람이 안개를 말아 올리는 것 같구나. 해서와

행서는 전장에 나간 말이 나란히 하여 걸음걸이가 익숙하고 지극히 필법에 맞는 것이야.'

공민왕의 작품을 비단 보자기에서 풀었다. 대선사 구곡운공에게 내린 글씨와 그림이었다. '龜谷(구곡)'과 '覺雲(각운)' 큰 글씨 4자와 보현과 달마의 초상화 2점이었다. 초상화는 보현이 코끼리를 타고 달마가 갈댓잎을 탄 것을 묘사하였다.

'아, 공민왕은 어찌 이리도 나와 만나는 것인가? 거문고와 글씨에 그림까지 인연인가, 악연인가. 모를 일이다.'

조묵은 파리한 손을 내민다. 성석린(成石璘)의 〈태조건원릉비〉의 글씨는 순간 숙연하게 만든다. 안평대군과 김정희의 글씨들도 손길을 기다리고 있지만 기력이 말을 잘 듣지 않는다. 김홍도와 윤제홍 등의 많은 그림과 겸재 정선(鄭敾)의 초기작품에도 눈길에 손길이 간다. 잠시 쉬면서 벽장을 열고 제나라 환공이 쓰던 화로를 만져보고 방초투계완도 쓰다듬어 본다.

'아, 이것들이 걱정이야. 내가 죽으면 어찌 지켜 낼 것인가. 옹수곤의 가문이 멸문에 이르지 않았던가. 심히 염려스럽구나. 골동서화에 미쳐 가산을 모두 잃었으니 가족에게도 미안하구나. 내 예술적 동지이자 정인 오운은 곁에 없으니 어쩌랴. 내 운명이 이토록 야박한가.'

조묵은 마지막 힘을 모아 큰 책궤를 열고 그동안 모아둔 붓들을 본다. 짧고 길며 가늘고 굵은 붓이 서로 엉켜 가득 쌓여 있다. 그는 붓 무덤 속으로 팔을 뻗는다. 손에 몽당붓 한 움큼이 쥐어진다.

며칠 전이었다. 이하응이 조묵의 오두막으로 어둠을 뚫고 난초가 그려진 서찰을 보냈다.

머지않아 홍선정(興宣正)에 봉해질 예정이오. 그리만 되면 홍선군(興宣君)으로 품계가 오르는 일은 떼어 놓은 당상이요. 하여 공민왕 거문고를 순순히 내놓길 바라는 바요. 진정한 금객(琴客)이라면 순리를 따르시오.

금객 이조묵은 거문고를 눕히고 술대를 잡는다.
덩덩, 궁궁
싸르갱, 쌀갱
탄주에 거문고의 날카로운 울음이 귓전을 스친다.
"아, 공민왕의 거문고 소리. 아니다. 내 거문고 소리."
금객은 거문고를 안고 쓰러진다.
쌀갱
단말마의 비명과 함께 현줄이 끊어지고 말았다. ☆

// 참고문헌 //

조선왕조실록

전주이씨세종왕자영해군파보(영해군파종회)

오운고략(이조묵)

오운고략 서문(섭지선, 낙선재 편액 글씨)

육교고략(이조묵)

나려임랑고(이조묵)

탁비비결(이조묵)

육교화첩(이조묵)

복초재시집(옹방강, 낙선재 주련 글씨)

삼한금석록(오경석)

근역서화징(오세창)

근역인수(오세창)

금객

초판 1쇄 인쇄 2022년 12월 15일
초판 1쇄 발행 2022년 12월 20일

지은이 이호철
펴낸이 이태선
펴낸곳 창작시대사

주소 경기 고양시 일산동구 장백로 20 굿모닝힐 102동 905호
전화 031-978-5355
팩스 031-973-5385
이메일 changzak@naver.com
등록번호 제2-1150호 (1991년 4월 9일)

ISBN 978-89-7447-269-6   03810